爱情修正液

樱桃阳子 著

新世界出版社
NEW WORLD PRESS

图书在版编目（CIP）数据

爱情修正液 / 樱桃阳子著 . —北京：新世界出版社，2013.7
ISBN 978-7-5104-3912-4

I . ①爱… Ⅱ . ①樱… Ⅲ . ①言情小说－中国－当代
Ⅳ . ① I247.5

中国版本图书馆 CIP 数据核字（2013）第 152388 号

爱情修正液

作　　　者：	樱桃阳子
责任编辑：	秦彦杰　刘颖
责任印制：	李一鸣　黄厚清
出版发行：	新世界出版社
社　　　址：	北京西城区百万庄大街 24 号（100037）
发 行 部：	（010）6899 5968　（010）6899 8733（传真）
总 编 室：	（010）6899 5424　（010）6832 6679（传真）
	http://www.nwp.cn
	http://www.newworld-press.com
版权部：	+8610 6899 6306
版权部电子信箱：	frank@nwp.com.cn
印　　　刷：	三河市骏杰印刷厂
经　　　销：	新华书店
开　　　本：	880×1230　1/32
字　　　数：	153 千字　印张：9
版　　　次：	2013 年 7 月第 1 版　2013 年 7 月第 1 次印刷
书　　　号：	ISBN 978-7-5104-3912-4
定　　　价：	26.80 元

版权所有，侵权必究

凡购本社图书，如有缺页、倒页、脱页等印装错误，可随时退换。

客服电话：（010）6899 8638

{创作缘起}

每一个人都认为自己的爱情独一无二。

《爱情修正液》这部小说的灵感,就是来自于一段永生难忘的情感——一个我曾经深深爱过的男人。

那一段时间,我尝到了狂喜的滋味,也受到了极大的伤害。

要重新撕裂自己的伤口,仔细审视内里血肉模糊的一片,无疑是一段痛彻心扉的过程,因此,在写这一部小说的同时,只要写到了相仿的情节,我的眼泪就会不知不觉地掉下来,而更令人难堪的是,无论怎么写,都写不出我当时的悲痛,所以哭的时候总比写的时间多,然后我突然想到了那时经常在脑海里浮现的一句话:痛苦是否有尽头?

人类有一个本能的防卫机制,那就是昏迷。

只要我们遭遇到了强烈的痛楚时,立刻就会陷入昏迷的状态,这是造物主对我们的一种怜悯,当时的我,就是这种心情。

我并不想死,毕竟人世间还有那么多美好的事物在等着我,但我太痛了,痛到无以复加的时候,我多么希望能够暂时地失去知觉,哪怕是一分钟也行,好让我有一个喘息的机会。于是,仿佛自救似的,我提笔写了这部小说,替自己找到了一个情绪宣泄的出口,因为真实的情况,是比小说里还要残忍百倍的,但是为了心里残存的梦想,我美化了它,为了弥补自己的错误,我修饰了它,至于结局……其实是没有的。

如今成为好朋友的我们,以前的情感变得云淡风轻,爱情升华成了友情,然而友情也有可能再度变质成为爱情,就这样缠绕至今,持续不懈,生生不息,也许会至死不渝吧!

未来对我们而言,仍是不定之数。

然而无法画上句点的爱情,在我心里早已成为永恒的记忆。

目 录

第一章　那时初见/1

第二章　就在一瞬间/13

第三章　沉没的火花/23

第四章　告别遗憾/35

第五章　剑桥奇缘/45

第六章　伦敦OL/63

第七章　魅力BOSS/75

第八章　猫和老鼠/89

第九章　旧地重游/103

第十章　爱的初体验/113

第十一章　也许这就是完美/127

第十二章　破碎的水晶鞋/141

第十三章　我要的幸福/151

第十四章　困兽之门/167

第十五章　豪门主妇的生活/179

第十六章　进退两难/193

第十七章　什么是永远/201

第十八章　狭路相逢/211

第十九章　哀莫大于心死/229

第二十章　起死回生/241

第二十一章　原来你不孤独/255

第二十二章　成全/265

尾　　声/277

{第一章}

那时初见

也许这一步,她们便跨进了生命中的另一个阶段,也许这一天,人生的悲欢离合就在毫无预警的情况下正式登场,但她们有的是青春,任何事也无法阻挡她们的热情。

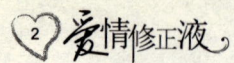

　　红极一时的美艳女星江雁贞,突然在一场盛大的记者会上宣布自己即将结婚息影。

　　记者会上,镁光灯闪个不停,江雁贞显得淡定自若,身上一袭洗尽铅华的黑色毛衣裙和随意扎起的马尾代表了坚定的决心。

　　从影十几年来,数不清这样的场合见过了多少回,她紧紧握着一路相陪的亲姐姐江雁虹的手,心里说不出的感激。

　　她那又高又壮的姐夫兼经纪人葛明威正堆满了笑,不厌其烦地回答记者们一个又一个的问题。

　　是的,大明星江雁贞要结婚了。

　　是的,她如其他女星般嫁给了富二代。

　　不是,她的退隐只是暂时。

　　不是,有好的剧本随时复出拍戏。

　　最后,有记者问:"江小姐,你怀孕了吗?"

　　她优雅地回答道:"没有。"然后深深地一鞠躬,离开了这个她永远都不会想再回来的舞台。

　　走下台时,她们姐妹互望了一眼,两人同时在心底悄悄地松了口气,因为事实的真相是,她江雁贞终于摆脱了葛明威,追求到自己梦寐以求的幸福。自从一年前在一个酒会上,她认识了某位企业家第二代后,两人便

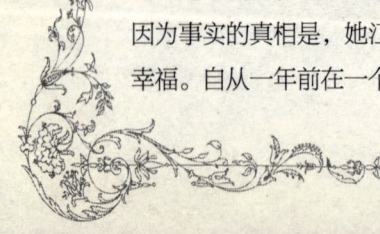

开始秘密交往，在姐姐的帮助下，她总算得偿所愿，于上个月初和对方在美国订婚，开始了新婚生活。

但毕竟只是订了婚，江雁虹仍有点担心，几乎是好声好气地，她疼爱地看着那个与自己毫不相像，高雅出尘的亲妹妹，叮咛道："你还有最后一关要过，过了这一关，你就算是真的熬出头了。"

江雁贞微微笑道："姐，别担心，我知道该怎么做，不管发生什么事，我都会忍下来，但是……"她忽然身子往前倾，压低声线，脸上的表情也由原先的喜悦转为担忧，"我走了以后，你真的没问题吗？我这一离开，怎么也要一年半载才能回来……"

原来姐妹俩的打算是，记者会后江雁贞即刻赴美陪伴在当地做生意的周邦彦，从此落叶生根，光环渐淡，葛明威也拿自己没辙，唯一的担心就是无法一起离开的江雁虹。

江雁虹坚定地打断道："这个你不用担心，到时木已成舟，我就不相信你姐夫真能把我怎么样，别忘了，我和他还有两个孩子呢！"

既然障碍已除，姐妹俩不禁望向彼此，此时此刻的两人是多么的不舍，却又是多么的高兴即将到来的新生活。

幸福，似乎就在眼前。

* * * * *

八年后。

宿舍里，杨品馨正在收拾打包。天气又湿又热，一件薄薄的衬衣也因湿黏的汗水而紧贴在肌肤上。

她挥汗如雨，热得心烦气躁，只好猛灌矿泉水解渴。

张静旋在她半敞开的房门敲了一下，"我可以进来吗？"

她从一堆书籍衣服等杂物堆里抬起头，扎着马尾的头发略显凌乱，气色也因几晚的失眠而显得灰白憔悴，唯一不变的是那对不论何时都晶莹透亮的眸子。

静旋走进房间，见地上除了杂物外还摆了几个大大小小的纸箱，书桌前的椅子上也放了小山丘般高的原文书，只好在单人床上的一角坐了下来。

"你好像很累的样子，要不要我帮忙？"

"没关系，我快好了。"品馨站起身，将身旁的一个大纸箱推到角落，然后拉来了一张小圆椅到床旁边，坐下来时又一口气喝了半瓶水。

品馨看了看四周，"你都收拾好了？"

"我爸妈过来帮我，昨天就把大部分的东西载回家了，明天还会过来，你要不要跟我们的车一起回台北？"

她羡慕不已，"伯父伯母真疼你。"

静旋笑了笑，难掩得意，确实得天独厚。

她家世好，人又娇俏活泼，大学时期即开始做兼职模特，在父母的支持下，毕业在即的她满怀憧憬地准备开始自己的明星之旅。

"我爸妈很支持我，他们说给我三年的时间好好冲刺看看。"她的脸上像打了光似的闪闪发亮，两颗黑眼珠子转个不停，兴奋地说着早已想过无数遍的计划，"而且现在毕了业，不会被学业绊手绊脚，当务之急就是找一个更有力的经纪公司。"

"去哪找呢？"

"找关系啊！"静旋认真地说，"我爸说既然确定要往这条路走，他会想法子帮我。"

品馨知道静旋的父亲以前是电视台节目部经理，很有些权势，现在虽然已经退休，但想来还是有些旧有的人脉关系可以运用。

"那你呢？你的打算是什么？"

"我啊……"父亲是一直希望她毕业后出国深造，仿佛唯有如此才能在人生的路上占到上风。父亲对她说："拿到学位后，回来去考公务员，或是做老师，这一生就不用愁了。"

这是父亲最贴心的安排，为此，他还将唯一的一间房子抵押，贷了笔

款项作为留学基金。她当然乐意出国念书,但是父亲兴致高昂的人生规划却浇熄了她的热情,人生之于她就算没有惊涛骇浪的情节,也该是充满惊奇的冒险故事吧。

她所追寻的不该是十年如一日、毫无波澜的生活,而是轰轰烈烈的理想,遥不可及的梦想,任何不同于流俗的事物。

只是要如何展开这一场冒险旅程呢?旅程的终点又该是哪里呢?

只知道父亲是绝无可能花大钱支持自己的冒险心情,最后她决定闭口不提,待取得学位后再说。

"去英国留学吧!"

静旋眼睛一亮,"英国好呀!我可喜欢英国了!"

一提到英国,静旋叽叽喳喳地说个没完,未来早就抛到了脑后。

谁叫她的未来是"笃定"的呢!

仿佛胜券在握,没了学校和学业的牵绊,静旋就像匹奔腾的野马,每日只做两件事,练舞和玩乐。

品馨则一口气报了托福和GMAT的课程,日子过得比念大学时还苦,每天早上不到七点便要起床,八点就坐在补习班里复习前一晚的课程,然后九点准时上课。

好不容易到了周末,也只是换到自家开的咖啡厅念书。

她们家开咖啡厅不过是这几年的事。

父亲原本在银行工作,生活过得四平八稳,直到她十二岁那年,一向老实的父亲竟干了不老实的事,不但在外头另结新欢,还执意离婚,母亲用尽肥皂剧里演的各种桥段都挽不回父亲的心,最后与其说是放下,不如说是无奈,在父亲应允把名下的两栋房子全过给母亲后,母亲终于在离婚协议书上签了字,品馨和小自己三岁的妹妹品芬也成了协议的一部分,于是三个月后,她便随着父亲和继母张婷到美国定居。

到了美国后的父亲开了间半大不小的华文书店,在陌生的国度,重新过起他四平八稳的小日子,所不同的是,有别于和母亲的相处,父亲和继

母极少争执，取而代之的是笑语不断的甜蜜生活。

也许她应该对继母怀有恨意，哪怕是一点都好，她也确实努力过，可那一点点恨意敌不过继母的嘘寒问暖，真心关怀，宛如被瞬间扑灭的余火，消失得无影无踪。

她在新的地方，新的家庭，过着快乐的生活，也和母亲与品芬逐渐少了联系，最后竟断了音讯，一直到高中毕业后，父亲才结束在美国的书店生意，再次带着她和继母回到台湾，开了一间足以打发时间，支付平常生活开销的咖啡厅。

随父亲回国后，他们父女俩在寻访中，才从邻人口中得知，母亲在离婚后经常责打品芬出气，终于酿成错手杀人的悲剧，误杀品芬的母亲在未等到法庭宣判前便选择了自我了断。她不知道父亲是如何面对这个沉痛的消息，不提这段往事早已成为父女间不需言说的默契，但她却难以摆脱各种想象中的重新来过。

张婷走过来，问她吃了没，她仍旧摇头，留学考试的压力随着考试时间的临近愈来愈大，她希望一次就能取得好成绩，否则又是重考，又是申请学校，至少还要浪费几个月的时间。

她正发愁着，两个星期没见面的静旋忽然出现，一身时髦新装完全洗去了学生味。

见到好友，品馨心情忽然又好多了，还不忘调侃道："有何贵干，大明星？"

静旋嘟着嘴，开始诉苦，但听起来也没有苦的成分，不外乎是练舞很辛苦，还没谈好经纪公司等事。

她说完了自己，又问品馨："那你书念得怎样？"

品馨瞄了一眼面前的读书计划，几乎没有一天能照表操课，进度早已落后许多。

"你还需要念英文啊？"静旋问。

我念的不止是英文，还有考试技巧，我希望拿高一点的分数。还有要

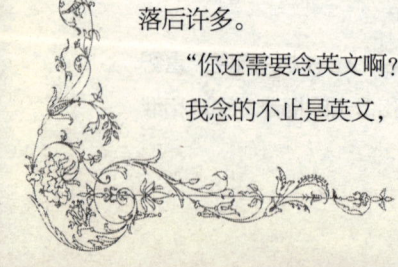

命的文法，在美国念书期间，根本没上什么文法课，更不要说什么音标之类的玩意儿。"

"那怎么办啊？"静旋指着桌上的读书计划表。

她耸耸肩，"考多少分算多少分，我总不至于申请不到好学校。"品馨在校成绩还不错，但父亲望女成凤，自然抱着不切实际的希望——希望她能挤进剑桥牛津之类的名校。

静旋漫不经心地点点头，随手抓起品馨放在桌上的梳子，从包里拿出一面小圆镜，自顾自地照着镜子，梳理起一头刚染烫过的及肩卷发，微翘的嘴角和一对炯炯有神的猫眼让她看起来个性十足。梳完头发后，一时也想不到要做什么，正感无聊时，又让她想起一件事，"哎，你记得上个月我们在Pub玩认识的那个眼镜男吗？"

品馨想了一下，实在没印象，她甚至不记得自己最近有到夜店玩过，"不记得……怎么了？"

"不记得？"静旋顿了一顿，跟着笑了，"哎，我忘了，不是和你一起啦，不过也没关系。"

"哦！"这么一说，她反而想起来了，手中的书也放下了，盈盈地笑着，"但你和我提过他。"

静旋脸一红，娇嗔地抗议道："干吗这样看人家！"静旋本来就好交朋友，平时活动也多，那是上个月，她到Pub去玩的时候认识的一个男孩子，那男的长得高大威猛不说，还挺会跳舞的。

一开始先眉来眼去地追逐了好一阵子，过了半刻钟，对方就三步两步地蹦到她跟前，笑嘻嘻地邀她共舞。静旋原就爱玩，见他长得清秀干净也就爽快答应了。

品馨好奇地催促道："快点从实招来，现在进展如何？"

静旋双手一摊，无辜地说："出去玩过几次，人很和气，也蛮大方的，他好像是什么国外牙膏的代理商，就这样。"

"那你喜欢他吗？"品馨问。其实以她们对爱情的一知半解，谁也答

不出这个问题，尤其是年轻的静旋，更只是喜欢找人做伴玩乐，享受异性呵护娇宠的感觉而已。

果然静旋迟疑了片刻才说："我也不知道，不讨厌就是了，不过他大我好多岁……"她突然俏皮地向品馨眨了眨眼，"他和我说他有一个朋友刚从日本回来，找我下星期和他们吃饭，你陪我一起去吧？"

"我不能去，我还要念书呢！"品馨对这种陌生的邀约不屑一顾，在学校里就已经有太多的男生争先恐后地向她们示好，何必多此一举呢！

"你一定要去啦！"静旋神神秘秘地笑着，"听说他朋友长得英俊潇洒哦。"

"这种男生最可怕了。"她仍不为所动，立刻下了结论。

"你怕什么？我们不也年轻貌美吗？"静旋很自信，也很天真，她才不管那么多呢！

品馨兴趣不大，但成日念书做题库的，确实也闷得难受，于是半推半就地答应了。

＊＊＊＊＊

从中午开始，两个小女生就忙着洗头吹头化妆试衣。

静旋很清楚自己的特色，对于如何妆扮也颇具心得，她模样性感，一头微卷的及胸秀发，与狐媚轻佻的桃花眼相辅相成，脸上鲜艳的色彩显得她气色红润，看起来娇艳欲滴，她站在整面落地的穿衣镜前试穿一件酒红色紧身洋装，不时左顾右盼，看着自己的身材被薄薄的布料包裹得凹凸有致，她不禁露出得意的笑容。

品馨虽然没有静旋五官分明的靓丽，但白净得如剥壳鸭蛋的脸庞先就讨巧，那双亮如星斗的眼睛仿佛蕴藏着真善美，能洗涤人心，连她自己也觉得，如果少了这灵魂所在，她即刻被打落凡间，从脱俗变成了庸俗。

但她不擅打扮，衣服也是成套成套地买，少一件便六神无主了，家里

的衣柜也不似静旋那样五颜六色、喜气洋洋的。静旋看不过去，大方地从柜子里翻出两件衣服扔给她。

她拿起上衣在身上比了一下，颜色是自己喜爱的柔粉色，只是静旋身材较为娇小，丝质上衣又显单薄，穿上去后明显过短，但搭配的小圆裙却令她爱不释手，最后她想，反正自己只是陪客，不合身也无所谓。

从洗手间走出来的静旋，没想到自己的衣服衬出了品馨纯美的气质，犹如韩剧明星一般，她一愕，跟着故意夸张地大呼小叫道："你打扮成这个样子简直是喧宾夺主嘛！"

品馨被说得不好意思，"拜托哦，大小姐！谁抢得过你的风采啊！"

静旋也只是嘴上说说，她其实有某种程度上的自恋，更何况她们的型不同，味道也不同，根本无从比较起，也正因为如此，两个漂亮的女孩才能如此心无芥蒂地成为好友。

她们准时到达约定的日本料理店，那是在一栋商业大楼的地下室，很隐蔽，陈设也简单，似乎只做熟客的生意。

静旋拉着她的手，故作轻松地一步一步地走下楼，两个人说说笑笑地，其实是在掩饰内心的紧张。

静旋在学校里虽然是风头强健的人物，平常又爱跑夜店玩乐，但像这种正式的社交经验几乎没有，品馨就连社团活动都很少参加，更不要说对方不论背景或年纪皆与她们有一大段差距，任凭她们表现得如何活泼自然，也难免有些不安，只是年轻少女喜爱冒险犯难的精神又令她们感到新鲜刺激，也许这一步，她们便跨进了生命中的另一个阶段，也许这一天，人生的悲欢离合就在毫无预警的情况下正式登场，但她们有的是青春，任何事也无法阻挡她们的热情。

两人一走进包箱，一个白白净净，个子不高，年纪比想象中还要年轻许多的男子已坐在里头。他看到她们连忙站起身，寒暄道："两位美女好，我姓林，叫我 Peter 就行了。"

品馨含蓄地点点头，表现出家教良好的模样，静旋则大方地向 Peter

介绍:"这位就是我之前和你提过的品馨,杨品馨,是我大学的好友兼死党。"

Peter 一开口便流里流气,对着两人连声赞美了一番。

品馨忍不住在心里偷笑,看他的样子还挺斯文的,没想到这么油嘴滑舌,和他的模样还真不搭调。

她们一坐下来,Peter 就热心地将菜单推了过来,鞠躬哈腰道:"对不起,我朋友要晚一点到,你们想吃什么就先点,没关系。"还没坐稳,又笑眯眯地问她们:"需不需要我介绍啊?不过这里的菜都不错,随便点应该也不会太差。"

但菜单上的日文令两人不知所措,只好就着偶尔出现的几个汉字,拼拼凑凑地猜个大概意思,倒是静旋有些不耐烦了,娇滴滴地嘟囔道:"怎么全是日文呀,这里又不是日本!"

静旋话语刚落,Peter 的声音又在耳畔响起,"我大哥来了!"

她们顺着他的目光看过去,一个高大挺拔、英姿焕发的男子被服务生领了进来。

只一个照面,品馨的心里竟怦然一动!

他浑身散发出来的稳健自信和学校里的男生截然不同,不知道为什么,她心慌意乱得很,一时忘了将椅子拉开,便急急忙忙地跟着站起身,结果膝盖重重地撞上桌子,她痛得当场大叫一声。

在场的人被突如其来的撞击声与尖叫声吓了一跳,静旋立刻扶起她,一迭声地问:"你怎么了?没事吧?撞到哪了?让我看看。"

Peter 也靠了过来查看,品馨强忍着痛,赶紧又坐了下来,忙不迭地说:"我没事,我没事,不好意思,呵呵。"

只有刚进门的男子完全不以为意,还爽朗地笑道:"这种打招呼的方式还真特别啊!"

品馨尴尬地笑一笑,两个人对望了一眼后,她故作镇定,手中的菜单却不自觉地递了过去,语气中尽是讨好,"你看看要吃什么,不过都是日文。"

Peter 笑了，"没事的，我大哥在日本留学好多年。"

"哦……"品馨红着脸，静旋却嚷嚷道："但我们可没在日本念过书，菜单上全是日文是故意让我们点不了菜吗？"

那男子指了指静旋面前的菜单说："背面有中文。"

"哦……"这下换静旋脸红了。

"还有法文、英文、泰文、西班牙文的菜单，事实上这家店最齐全的不是菜，是菜单。"那男子继续说道。品馨怔了怔，噗嗤笑了。

静旋也忍不住笑骂道："真无聊！"

Peter 在一旁嚷嚷道："你们话真多，应该先自我介绍吧！你们懂不懂礼貌啊！"

静旋嘴利，立刻顶回去："应该你们先介绍吧！我们是客呀！"

"我姓周，叫周邦彦。"那男子抬起头微笑地说。

"周邦彦……好熟的名字哦！"品馨努力思索着，"好像是宋朝有名的词人？"

"是的。"周邦彦友善地看着她，"而且是同名同姓，不过我的文学造诣和他比可是一个天一个地。"

"这倒是真的，没办法，我大哥初中才毕业就去日本念书了。"

听到 Peter 这么一说，两个小女生立刻丢出无数的问题，气氛很快被炒了起来，一餐饭吃得很是热络，周邦彦无疑是常客，最后还是由他包办点菜的任务，一顿饭吃得宾主尽欢，饭后 Peter 提议去唱歌，原本品馨和静旋事先说好吃完饭就要回家的打算，也早就忘得一干二净。

周邦彦不唱歌，但很有耐心地听她们两个女生一首接一首地唱个不停。

Peter 歌唱得不好，却对麦克风情有独钟，连着试了三首歌后，静旋就笑闹着不让他再唱了。

品馨虽然也喜欢唱歌，但此时一颗心却莫名其妙地飘来荡去，好几次连歌词都看错，不知何故，她竟然无法不去注意就坐在她身旁的周邦彦，即使他整个晚上都很少说话。

周邦彦的确长得好看,虽然学校里也不乏长相英俊的男生,但周邦彦的好看融合了一股特殊的男性魅力,无论是说话或微笑,处处显得英姿焕发,稳健自信。

于是自那次相遇之后,她几乎天天盼着周邦彦的电话,渴望再见到他的心情强烈到令她自己惊讶不已。分不清是因为好奇还是真心喜欢,周邦彦的成熟已经深深地吸引住年轻的她。

{第二章}
就在一瞬间

像普天下所有的男女,爱情,就在不经意的瞬间发生了。

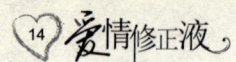

最近好长一阵子，静旋看到品馨闷闷不乐的样子总忍不住取笑，"瞧你成日失魂落魄的，原来你喜欢老头子啊！"

"他才不老呢！"她自然而然地替他辩护。

"哇！这样还不算老！"静旋夸张地大呼小叫，"他们大我们十来岁呢！"

"看起来不老就好了。"她故作老成地说，"男人就是要到一定的年龄才会有味道，不像学校那些毛头小子，幼稚得很！连话都不会说。"周邦彦他们是见过世面的，从他们谈话的内容就可以知道。他们知道什么地方好玩，懂得东西怎么吃好吃，什么年份的酒好喝，什么话能够引人兴趣。上回周邦彦还告诉她们一个发生在法国酿酒的葡萄园里鲜为人知的爱情故事，听得两个小女生感动得恨不得马上飞往法国去瞧个究竟。

"是，是，是！"静旋笑盈盈地附和，嘴上仍忍不住泼她冷水，"不过我看他条件那么好，你有得拼啰！"

"我又没有要干吗！"品馨心虚道。

静旋斜眼瞟她："谁不晓得你脸皮比谁都薄，他没打来你不会打过去啊？"

"我打了！"她脱口而出，又自觉失态，脸红红地低声说，"他关机。"

"哦？"静旋端起磁杯，轻轻地啜了口咖啡，似乎一毕业就马上长大

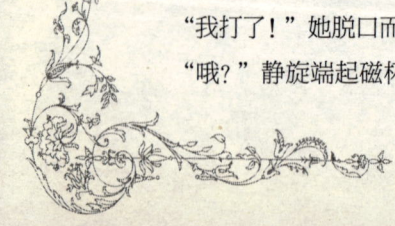

了似的,她的行为举止在一夕之间便改变,力图成熟而优雅,更自觉地改掉了未语先笑的毛病。放下杯子时,她又突发奇想,"你想他该不会是有家室了吧?"

"不会吧……"听静旋这么说,品馨的心情瞬间低落起来,静旋不停唤她:"喂!喂!你耳聋啦?我说我要去练舞了,你呢?"

毕业典礼才结束不到三个月,静旋已完全适应新的生活,对属于学生时代的种种丝毫不留恋。

她回过神道:"我再坐会儿,也差不多要去上GMAT课了。"

"你还要上GMAT课啊!都上了两个月了。"静旋说这话时已站起身,将桌上的手机和小钱包放进手提袋里。

"要熟悉一些考试技巧,免得到时出差错,而且我数学不好,趁机再恶补一下。"

"好吧,"静旋挥挥手,"那我先走啦!"

看着静旋刮风似的轻快离去,她却轻松不起来,一整天下来她仍止不住地胡思乱想,老师说了什么,同学说了什么,无论她如何强迫自己,仍一个字也进不去耳里。

浪费了一天的时间后,她开始自责,于是当她再度接到周邦彦的邀约,她竟在急忙下楼接电话时从楼梯上摔了下来,还扭伤了脚。

她强忍住痛,看着自己明显红肿的脚踝,听着周邦彦在电话里说自己去了一趟日本,昨天刚回来。

脚踝痛得她龇牙咧嘴,周邦彦的邀约也令她兴奋得龇牙咧嘴,她嘴上支吾应对,心里却想,这种感觉多么奇特啊。

父亲和张婷从咖啡馆回家后,她的脚踝已肿得跟个球似的,他们立刻把她带到医院检查,医生说要上石膏,还要拄拐杖,没有个把月好不了。张婷担心得又要她暂时停课,又要她躺床上什么都别做,每天去咖啡馆前都要在厨房里东磨西弄,几个保鲜食盒里塞满了煎蛋、煎包、饺子、糯米肠等食物,还鲜榨了一整壶的橙汁,就怕品馨会因行动不便给饿着。

看着张婷像小蜜蜂似的瞎转，品馨父亲忍不住说："瞧你紧张的，她可没残废呀。"

"她走路都要撑拐杖了……"有别于自己的生母，张婷连抗议的脸部表情都是柔顺的，声音更是好听得和小鸟似的，更重要的是，十年如一日，品馨完全不怀疑张婷对自己是真心疼爱。

张婷又转过头来，担心地看着她，"我看你还是和我们一起去咖啡馆吧，这样也好看着，万一你有什么需要……"

"我没事，"品馨赶紧打断她，又催促她和父亲快点去开门，再晚服务员进不了门了。

为了接下来的约会，她必须装作没事，她才舍不得放弃苦等许久才等到的机会，不管有多么奇怪和难看，她仍决定不顾形象，一跛一跛地去见周邦彦。

"你又怎么了？"周邦彦略为吃惊地看着她左脚脚腕上缠着的厚厚白色绷带，"这次与我无关吧？"

她又好气又好笑地瞪了他一眼，开始唠唠叨叨地叙述她事先想好的整个过程。

当然她是不会让周邦彦知道自己是因为接他的电话而摔倒的。

于是，为了让这个摔伤腿的理由听起来合情合理，且毫无破绽，她甚至连跌倒的时候穿什么衣服，那件衣服后来拿去送洗时才发现下摆破了一个小洞等小事，都一五一十地仔细向他说明，说到最后连自己都觉得无聊，语气也愈渐乏力。

周邦彦耐着性子听完她冗长且毫无重点的叙述后，脸上的表情仍看不出相信或是不相信，倒是立刻决定带她去看医生。

"这个跌打医生的技术很好，我们全家都在那里看的。"他熟练地操纵着方向盘，一边不忘问她，"你饿了吗？不饿我们就先去看医生再吃饭好吗？"

他的体贴让她有些受宠若惊，因着他的关心，她乖巧温驯地顺着他，

一颗心也被烘得暖洋洋的。

他开着车,带她来到一间看起来不但破旧,而且连块招牌都没有的小诊所,说是专治跌打损伤。

那诊所空荡荡的,只放了几把竹藤编织的椅子,还有两张毫不搭调,一红一黑、一高一低的木桌子并在一起充当办公桌,桌上堆放了十几块像狗皮膏药的药贴,桌脚还结了薄薄的一层蜘蛛网,也不知多久了,连蜘蛛都跑得不见踪影。

品馨就这么东张西望的,也没看到半个病人,只有一个头发花白的胖老头坐在最靠墙的藤椅上看电视。

她禁不住转过头看了周邦彦一眼,简直不敢相信看起来干净清爽的他,竟然会来这种地方看病。

她紧张地拉了一下周邦彦:"你没记错地方吧?"

周邦彦回身肯定地说:"就是这里,我们家连狗出车祸都是在这儿看好的。"

她惊道:"你们家的狗?真神奇!那好吧!"她想,既然连狗都能治,想来是错不了的,没想到周邦彦却忽然笑出声,"这你都信?"

"你骗我?"她悟到,旋即作势要打他,他边挡边笑道:"早知道你那么好骗就玩大一点。"

她停住手,好奇道:"大一点是什么?"

那么说他已察觉到自己失态,突然住了口,故作自然地转去和正站起身的老医生打招呼。

她看着他向老医生概略地说明自己的病况,但心思却仍停留在刚才的对话上。

老医生听完后点了点头,示意他们随他进诊室。

所谓的诊室,也只是木板搭出来的隔间而已,看不到什么医疗器材,唯一和看诊扯上关系的大概就是搁放在角落,有半个人高,全身用各种颜色绘满了经络的人像了。

老医生要她躺到房间中央的黑色按摩床上。他指示她趴着，背朝上，放轻松，周邦彦站在一旁拍拍她的头，要她别紧张，她点点头，深深地吸了一口气，事实上，她正是因为什么工具都没看到才紧张的。

老医生告诉她，需要先全身调整一下，可能会有点不舒服，她只好强迫自己静下心来，全神贯注地注意他的手势，只见他的双手顺着头部开始，往下捏她的脖子、肩膀、脊椎和腰部，就在她仍感受着揉捏筋骨的力道时，他突然间将她的裙子往下拉，吓了她一大跳，立刻回过头，赫然发现里面穿的黑色透明薄纱内裤已露出了大半！

她涨红着脸，大气都不敢喘一声，只是尴尬得一直发笑，老医生丝毫没有觉察到她的失态，还很严肃地要她躺好别乱动，"我现在要帮你转腰，你一定要放轻松。"在一旁陪伴的周邦彦，不忍看着因过度紧张而笑到失常的她，平时的大方潇洒顿时变成手足无措，只好匆忙地离开现场。

她忘记了自己仍暴露在外的黑内裤，看着他闪躲的背影想：原来年纪这么大的他也会害羞呢！

总之该害羞的人紧张，该紧张的人害羞，他们之间起了微妙的变化，也瞬间拉近了彼此的距离。

那之后周邦彦偶尔会把那天发生的事拿来取笑她，她敏感地发现他故意用讲笑话的方式去除她心里的尴尬，意识到这一点后，她也能自然地和他你一言我一语地斗起嘴来。

虽然他的背景经历，以至于年纪皆与她相距甚远，却从不会故作正经，周邦彦喜欢和她说说笑笑，有时也能侃侃而谈，她尤其喜欢看他说话时那种从容不迫，充满自信的神采。

但是真正让她欣赏有加的是他的低调内敛。

Peter在与她们闲聊时曾提起过周邦彦的家世，令她颇为吃惊。因为每次只要提到工作，周邦彦总是轻描淡写地说自己"帮人打工""压力很大""累得跟狗一样"，她原以为他和一般的上班族没两样，没想到原来他是在家里做事，而他的家竟是台湾知名的家族企业！事实上身为长子的他，

很早就被纳为第一顺位的接班人，接受家里的苦心栽培，十几岁便负笈留学日本，后来又到美国拿了一个硕士学位，和学校里那些开口闭口名牌名车的同学相比，她更加觉得他们肤浅可笑，俗不可耐极了。

她不知道像他们这样偶尔见面算不算男女之间的正式约会，除了吃饭聊天，连场电影也没一起看过。但若不是约会，为何周邦彦总是单独找她，不像第一次认识时那样，几个人一块吃饭唱歌，他肯定也喜欢和自己单独相处的吧。

她就这样反反复复地想着，猜着，成功地给自己营造了恋爱中的陶醉感，即使唯一和爱情沾上边的，就是他们之间忽冷忽热的关系、忽远忽近的距离感。

但飘忽的爱情令她苦恼不安，一颗心不但无法感到踏实，反而七上八下的难以安定，只知道她几乎是把他的一字一句当做圣旨，反复推敲，细细琢磨，为的就是要清楚知道他究竟喜不喜欢她？有多喜欢她？

对周邦彦而言，品馨小了自己足足十四岁，个性也像小女孩似的单纯可爱，对任何人和事物皆深信不疑，容易脸红的习惯更增添了几分娇羞，和他所认识的那些成熟有历练的女人截然不同，没有谁好谁坏、谁优谁劣的分别，但不可否认的是，品馨的容貌在他的心里逐渐成形，她举手投足的片段也总是不经意地出现在自己的脑海中，偶尔伴随着他的莞尔一笑。他还记得有一次，品馨问了他一些关于生生死死的富有哲理的话题，他知道她想拉近他们之间的距离，企图不着痕迹地抚平年龄的差距，于是他随口推荐她看一个知名宗教大师的书，又怕她太勉强，"你还年轻，对这种心灵方面的书籍可能不会感兴趣。"

品馨却眼睛一亮，显得跃跃欲试："我喜欢的！"

他没想到，为了能多了解自己，品馨竟像发现了重大线索，兴奋地立刻到书店报到，一口气看了好多本，几乎整个系列都看全了，也不管相差十几岁的两人，对相同的东西可能有不同的理解。

品馨也不知道，自从认识周邦彦以来，自己对于"投其所好"这四个字简直发挥到了淋漓尽致。还记得她因舍不得花钱，只好晚晚坐在书店，一本一本地看着周邦彦推荐的书，每时每刻地想着笑着，我们曾经读着相同的文字，即便没有相同的心情，也享有更多的交集不是么？

　　下一次的约会她是有备而来的，结果发现周邦彦只看过两本，她满肚子的心得只好搁在心底，但仍自我安慰：至少我知道他对这方面感兴趣。她像极有耐性的蹩脚情报员，一点一滴地收集有关他的任何信息，再加上无限的想象空间，他在她心目中逐渐成形，他在她刻意塑造下，成为了她心目中的理想情人。

　　像普天下所有的男女，爱情，就在不经意的瞬间发生了。

　　＊＊＊＊＊

　　录音室里，静旋一脸愁云惨淡。
　　好不容易与唱片公司签了约，但明星梦还未做完，就已先尝到苦果。
　　都怪她把整件事想得太简单了，唱片公司找来知名制作人霍方华为她操刀第一张专辑，她便满心等着"坐享其成"。
　　谁知那霍方华替她安排了一连串的训练，要求她每日练发声，上乐理课，还要跑步一小时练肺活量。
　　去看她练舞时又摇头，"电子花车女郎都跳得比你好！"
　　她听到这句话都快气炸了！
　　公司宣传陪同她和造型师一起去看衣服时，她因为太累了而在一旁的沙发上打盹，被来探视的霍方华看见，不听她没睡好的解释，又是一顿训斥，"如果走到哪里都可以不顾形象地东倒西歪，那你和普通人有什么两样！"
　　又问："你确定你想当的是明星，而不是电子花车女郎？"
　　她强忍怒气，只好咬着牙，一切从头来过，从最基础的开始，但无论她如何努力，霍方华总能板着脸，挑到毛病说她："做人不能抱着侥幸之心，做明星更是！"

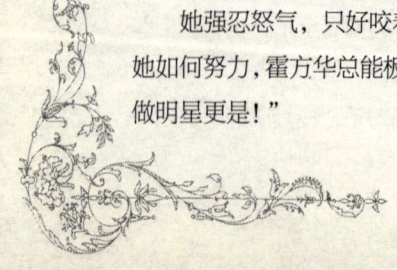

她万分委屈，谁说她抱着侥幸之心了，她只是没想到会这么辛苦而已。

终于发现，原来跳舞不简单，唱歌不简单，做明星更是不简单。

她为此哭过好几回，父母亲心疼得要死，一再要她放弃，找个人嫁掉算了。但一听到嫁人，静旋马上想到生了宝宝把屎把尿的日子，她立刻止住了哭声，她宁可现在痛哭失声，也不要以后欲哭无泪。

一步一步地，到后来也许是渐渐习惯，苦虽苦，却也没那么难受了。这时霍方华才告诉她，已经收好歌，要安排她练唱。

她不得不承认，霍方华确实才华横溢，这也是为何尽管已事先练唱了一个月，她仍在录音室里被磨了三天，却连一首歌都没录完。

要是之前，她怕不早就眼泪鼻涕的糊了一脸，现在却仍耐着性子，一字一句、一段一段地重复唱过。

霍方华忽然按了一下面前的按钮，切断录音。

"拍子不对。"

音乐又重新扬起，她才唱了一句又被切掉。

"声音的表情不对！"

音乐再次扬起，她开始烦躁、紧张，只好深深地吸一口气平复心绪，全神贯注地听着节拍，正要开口唱时，音乐竟又被切掉了！

她一脸莫名其妙，"到底怎么了？我都还没开始唱呢！"

霍方华不理会她的情绪，只说："你要不要休息一下？"

她有些生气了，"不要，我还可以！"

霍方华不置可否，他燃起一根烟说，"好！那再重来！"

静旋努力镇定着自己的情绪，但临要唱时，还是忍不住紧张了，她不时偷瞄霍方华，见霍方华没有动静了她才放下心。

一段曲子过后，还未到副歌，音乐又停了。

她再也忍不住，拿掉耳机，走出录音室质问霍方华，"又怎么了！"

霍方华笑了笑，示意她坐下，"你还是新人，脾气那么大对你不好。"

霍方华说得没错，就是她再怎么想要发脾气，想到未完成的梦想，还是不敢得罪他。她换了和缓的口气问："霍老师，有什么问题你直说吧，不然我没方向，不懂怎么唱。"

"你的感情投入不够。"

她不懂，"可是我很努力……"

"我是说你感情投入得不够，不是说你不够努力。"

她一脸茫然，"那……那要怎么办才好？"她很是苦恼，"我不懂你说的感情投入不够是什么意思？"

他耸耸肩，"很简单，想着你最刻骨铭心的恋情。"

她一怔，"刻骨铭心的恋情？"

他取笑她，"你不要告诉我你还没谈过恋爱。"

她嘴硬道，"我当然谈过！"

"那很好啊！"他努努嘴，示意她回录音室，"那我们就开始吧！"

但接下来静旋又整整唱了三次，霍方华仍不满意。

"今天就先到这里吧！"静旋走出录音室时，他已站起身收拾东西，准备离去。

她不明白自己又做错了什么，她明明很专注，很投入了呀。她很委屈地问他，"又怎么了？"

霍方华转过头看她，"你不是说你谈过恋爱？"

她听懂他的意思了，只好坦白道，"我是谈过恋爱，但没谈过什么刻骨铭心的恋爱，天晓得什么是刻骨铭心的恋爱啊！"

霍方华凝视着她，忽然伸出手将她拥进怀里。

{第三章}

沉没的火花

她们想破了脑袋都找不出原因,归根究底是,爱情本来就没有答案,品馨只好眼睁睁地看着自己与周邦彦之间原本的零星火花,原本的各种可能,就这样无声无息地沉没,她从难过生气到感慨万千,最后只能自我安慰道:"这样也好,我终于可以定下心,好好念书。"

品馨沮丧地瞪视着眼前的成绩单,数学一向不好的她,果然在GMAT上滑了一跤,她别无选择,只得重考,只是一想到又是另一个三个月的煎熬期,就不禁烦躁起来。

就在诸事不顺、烦躁气闷的当口,放在书桌上的手机却响了起来。

她瞄了手机一眼,竟是周邦彦!

那一瞬间,周邦彦就像夏日里清凉的啤酒,令所有的不快消失得无影无踪。

"你在家吗?"

"在!我在!"

电话里,周邦彦轻描淡写地关心她的腿伤是否痊愈,她却不知怎的,像个小孩子似的,和他说了自己考试没考好的事,后者的语气仍是不痛不痒,"那就再考一次吧!"

"是……的,就再考一次吧。"好不容易振奋鼓噪的心情又沉没了,但她还来不及调适自己,还来不及想要再多说点什么时,电话那头已传来了嘟嘟声。

她正犹疑着要不要再拨电话过去,问他什么时候有空再出来见面时,忽然听到屋外传来两声喇叭声,停在屋外的,正是承载着她少女梦想的白色奥迪。

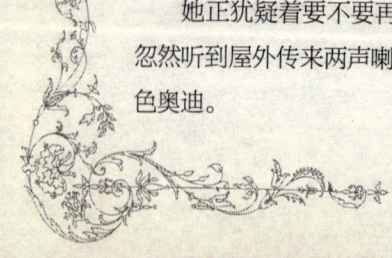

她冲出屋外，周邦彦正倚在车旁，冲着她微笑，"小朋友，心情有没有好一点？"

她腼腆地点了点头，脚步不自觉地移向车边，周邦彦忽然打开后车门，拿出一本包装精美的日记本，她珍惜地接了过来。

"心情不好的时候，可以写写日记，日后再回过头看时，就会发现没有什么是过不去的事。"

受到鼓舞，她顿时领悟，遂卖力点头道："对！否则也没有能往后看的自己了。"

周邦彦指了指日记本封面上的一排小字又道，"凡事的发生，都是往美好的方向前进，记得这句话会让你一生受用无穷。"

她看着他，感动得发光，不需去等待验证，就是此时此刻，她已觉得"回味无穷"了。

也许她的"努力"感动了周邦彦，没过几天，后者竟开口邀约她到香港见面，"我要去香港两天，开完会就没事了，我可以带你去逛逛。"

她差点跳起来尖叫，"我可以去！我马上就去办签证！"

结果她不仅办了香港签证，还有马来西亚、新加坡，以及日本。

静旋看着她的护照，疑惑道，"你干吗办那么多签证？不是说去香港吗？"

她一下子羞红了脸。

原来在电话里，她无意间得知周邦彦在香港开完会后，还会去新加坡，去马来西亚，然后，回日本。

静旋听后噗嗤一笑，"所以你办了所有的签证？你想从此就跟着他到处跑了啊，哈哈！"

她脸更红了，"我只是想以防万一嘛！"

结果是，一个签证也没用上，包括香港的。

那约定过后一星期，周邦彦忽然打给她，说自己回台湾了。

"那香港呢？"

"取消了。"

"哦……"她不敢问那之后还会再去吗?那他还去不去新加坡,去不去马来西亚,还回不回日本?她不敢问,这趟旅程的邀约是否代表他们更进一步了?他更喜欢她了?

总之,她等呀等,等到所有的签证都过期了,周邦彦却像完全忘记了这回事。

想到这儿,坐在课堂里的她再也听不进去一个字了,心思乱如棉絮,不停地想着周邦彦。静旋不理会她心情不好以及要念书的借口,死求活拉地要她停一天课,陪她进棚拍宣传照。

化妆间里,静旋顶着浓妆,穿着俏丽摩登,不停揽镜自照,还问品馨,"比以前漂亮吗?"

她不知怎么说,镜子里的人似乎是静旋,又似乎不是,是否更好看她也说不出来,但为表支持,还是用力点头,"比以前漂亮!"

唱片公司的人走过来看了看,和发型师说了几句话,也和陪在静旋身旁的品馨点点头,招呼了几句。

静旋现在已经配有助理,年纪只小她一岁,个子又瘦又小,站在艳光四射的静旋旁边更显得营养不良,工作范围也仅限于拎包拎鞋、跑腿打杂等琐事。

一切就绪,静旋走到灯光下就位,发型师又上前整理了一下头发,静旋的小助理忽地奔上前,将她稍歪的裙子转正。她毫不怯场,依照摄影师的指示,自然地摆出各种姿势。

拍完照后,静旋等不及卸妆换装,迫不及待地问品馨自己的表现。这一次,她由衷地赞美道,"很专业,好像是天生就要吃这行饭的。"

静旋听了很开心,眉飞色舞道:"你不知道,我在家里翻了十几本时装杂志,练习了好久呢!"

"哇!你变了哦,居然这么努力!"在品馨眼里,静旋一向散漫,任何事皆得过且过,反正天塌下来了有父母顶着,她并不知道,静旋的改变

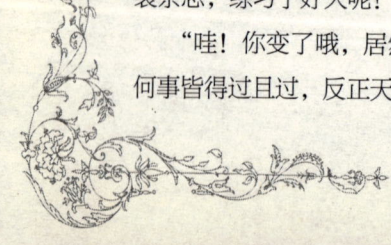

来自于这几个月不停地受到刺激所至。

"什么嘛!"静旋嘟起嘴,"那是因为以前没有值得努力的事嘛!"

这一次就连静旋的父亲也没闲着,被捉来当观众,"连我爸都下水了,他还充当动作指导呢!"

品馨听了哈哈笑道,"伯父还真是多才多艺!"

"可不是,他乐得很!"

二人同时哈哈大笑。

换好衣服后,静旋戴上墨镜,拨了拨头发,愈来愈有明星范儿。她眉毛一挑,"走吧,我们去吃饭!"

静旋的父亲虽已退休,但因家里有好些房产,仅靠租金就已生活得很富裕,对唯一的宝贝女儿自然是有求必应,为了出唱片的事,还自掏腰包为静旋另外置装打扮,静旋在她面前快乐地展示着一套又一套刚在巴黎添购的新装。

品馨看着静旋爱惜地将那些衣服一件一件地放进防尘套,挂进衣橱,她问,"这些衣服什么时候穿呢?"

"其实大部分时候都穿不到,公司给我准备了打歌服。演唱的,上节目的,出席活动的,由头到脚,连发型带妆容都早已定下了。"

"那多可惜……"她的视线落在一件嫩粉色蓬裙上,心里好生羡慕。

"平常也可以穿嘛!"静旋突然脸颊绯红,"我总会有私人的时间吧!"

她瞅着静旋,忽地明白了,"你是说……"

静旋喜滋滋地点头,"我恋爱了!"

她惊讶地问道:"是谁?之前怎么都没听你提起?"

静旋眼睛滴溜溜溜转,暗示说,"我有呀!"

她恍然大悟,"是那个制作人霍方华?"

静旋满是笑意地点点头。自从熬过了和霍方华之间的磨合期,之前的对立反而成了默契的基础,两人迅速地进入热恋,霍方华带给她前所未有的快乐,她也激发了霍方华音乐创作上的灵感,他们不分日夜,天天共处,霍方华为她制作的专辑也得到了唱片公司的赞赏,所有人都对她深具信心。

完全沉浸在爱河里的静旋兴高采烈,"这是我有生以来第一次尝到恋爱的滋味。"

"你怎么知道你恋爱了?"

静旋歪着头,认真地想了许久,脑子里出现的都是甜蜜的片段,但真要归类……

"我不知道,只能说,霍方华教了我很多事。"

不自觉间,静旋的眼神流露出崇拜,她自己也没想过会这般心悦诚服。

想到他们的初次见面,想到他们在录音室录歌……静旋脸上的笑意更深了。

品馨羡慕不已,静旋就是比自己好运,连谈个最要人命的恋爱都能顺风顺水。

身为好友,静旋当然知道品馨的苦恼,讲完了自己的罗曼史,也想对品馨表示关心,但问题是,她始终弄不清品馨和周邦彦之间扑朔迷离的进展。她只能将兴奋之情收起,认真问道,"你和那个周邦彦到底怎么样了呀?"

一提到心中的痛,品馨深深地,深深地叹了口气。

＊＊＊＊＊

品馨一直无法掌握周邦彦的行踪,只隐约觉得他的事业繁忙和四处奔波都不是主要原因,然而她对他的感情,却是在困难重重下,不可遏制地强烈起来。

心念电转间,忽然想到,"你不是还常和Peter他们一起出去玩吗?"她央求静旋代为向Peter打听,"如果周邦彦真的结婚了的话……就算了。"

"你干吗不自己问周邦彦啊！"静旋不解道。

"我不敢……"静旋戳到了她的痛处，她和周邦彦之间虽然是有说有笑，好像很聊得来，但不知道为什么，除非他自己说，不然她不太敢过问他任何私事。

"哎呀！"静旋听了更是不以为然，佯嗔地轻责她，"这有什么好不敢的？还没开始就害怕了，以后怎么办才好？你们的关系也太诡异了吧！"

怎么不是呢？

品馨很苦恼，只能叹气，"唉！别说了，我都快烦死了！"

"谁叫你后来都不肯和我们出去了，不然说不定就会找到一些蛛丝马迹。"

她委屈道，"没有周邦彦嘛！"

静旋虽然嘴上念叨着，但还是帮她打听，并且带回来了令她满意的消息。

"没——结——婚！"静旋得意地向她邀功道，"满意了吧？高兴了吧？记得请客哦！"

"那他可能就是真的太忙了吧！"她替他解释，顺便安慰自己，只要有希望，她不介意慢慢来，也许成熟男人的感情本来就需要日积月累地慢慢堆叠。

只是，出国念书的日程已进入倒计时，她和周邦彦之间却毫无进展。

静旋替她出主意，"我觉得你应该直截了当地告诉周邦彦你对他的感觉。"她看不惯偷偷摸摸的苦恋，合则来，不合则去——是静旋信奉的爱情最高准则。"你知道吗？我和霍方华能这么快确定关系，也是我主动和他告白的。"

她吓了一跳，"那他万一拒绝你怎么办？多丢脸！"

"有什么好丢脸的？就算丢脸，也是他丢脸，为他自己的没福气感到丢脸才对！"

但品馨无论如何也没办法这么想，她满脑子想的都是表白不成的尴尬

和难堪。

静旋还在说，"没想到那次我向霍方华表白后，他居然开心地对我又亲又抱的，说他其实第一次见到我时就很喜欢我，但他不敢告诉我，因为我还是个小女孩……所以我的意思是，你应该让他知道，也许会有惊喜也不一定。"

静旋说得她很是心动，但想到周邦彦笃定的模样，又有些不确定了，周邦彦会是不敢表达自己的男人吗？她支吾着说"他应该知道吧……"

"你会这样说，就代表他不知道。"静旋很武断，逼着她，"不管他知不知道，一次正式的告白是很重要的，顺便也可以看看他是什么反应。"

被逼急了，她终于举手投降，"我真的说不出口。"即使她不得不承认这的确是一个好方法，也是她们唯一能想到的方法，她依然没勇气去执行。

静旋看她松动了，又加把力，"你想想，只要能在出国前和周邦彦确定关系，那么分开一年也不算什么，现在科技这么发达，有那么多种联系工具，更何况还有我帮你看着呢！"

"这样真的好吗？"她踌躇着，到底是哪个更遗憾？试了不成，还是从未试过？"我从来没有向男生主动过。"

"他不是一般的男人呀！他是你爱的男人不是吗？"静旋伶牙俐齿，说得她再难反对。

"你说不出来的话，就用肢体语言吧！譬如主动牵他的手看看，他要是没拒绝，那就代表他也喜欢你。"静旋很尽责，既然是自己的提议，她还附带提供具体的"操作方案"。

在静旋的鼓励下，品馨终于下了决心，主动向周邦彦告白。

在风景优美的河边露天咖啡厅里，坐在隔壁桌、遮遮掩掩的静旋不断地对品馨挤眉弄眼，现场指挥。担心被周邦彦发现的品馨显得非常紧张，怪异的举止反而引起周邦彦的注意，"你怎么了？在看什么？"

她还来不及回话，周邦彦忽然转头看了看四周，正要起身的静旋紧张避开，却不小心掉进露天座边的小河里，露天座的客人全吓了一跳，惊呼

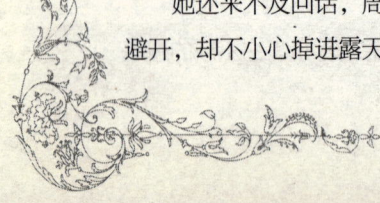

第三章 沉没的火花

连连。

她告白不成，反倒是立刻跳进水里救起了静旋，最后是周邦彦将湿透了的两人送回家，还不忘夸奖他泳技颇佳，两人完全忘了商议多时的任务。

为此静旋感到抱歉，又催促品馨无论如何再试一次，而且这次她从头到尾都不会参与，只在心里替品馨加油打气。

想着自己再过三个月就要出国了，不容再犹豫，在静旋的鼓励下，品馨决定豁出去一试。在一次周邦彦送她回家的路上，她抓住机会，主动地握了他的手，同时，也下了决心向他表白："我很喜欢你，真的。"

才说了几个字，她就觉得自己快不能呼吸。

"哦……"对方缺氧的情形似乎比她还严重，有气无力的一声回应拖得老长，她的一颗心也跟着提在半空，屏气凝神地等待下文，没想到随之而来的是更深长的沉默。

想了又想，她再一次地鼓起勇气，打破沉默道，"我一直都很喜欢你，所以……"她发现自己的手不知何时和自己的心连成一气，因着心里的牵动而微微颤抖，然而更令人尴尬的是，他的手依然不动如山地被覆盖在自己的手掌下。

她尴尬地兀自涨红了脸，却又不愿意失去这难得的机会，毕竟都已讲到这个地步，再加点油答案就要呼之欲出了，她顾不了双手的失态表现，准备做最后冲刺，"……所以你觉得呢？"

"我觉得受宠若惊。"他平静地回答道。

她完全感觉不到他的心思，更感受不到他有受宠若惊后该有的惊喜，只好笨拙地重复他的回答，"受宠若惊？"

她困难地咽了咽口水，受宠若惊是什么意思？

他淡淡地微笑着，缓缓地将被她握住的手抽回来放回方向盘上，发动车子。

一路上她心神不宁，却不敢再多问，她的勇气至此已全部用罄。

好不容易捱到了家门口，他只拍了拍她的头，换了和蔼包容的口气道，

"别想那么多,开心就好。"

可是她并不开心呀!

她听不大懂他的意思,想着也许是拒绝的言辞,但偏偏周邦彦温柔的神情和举止又让她难以完全死心,仍抱着一线希望,也许还是有机会的,毕竟他们对彼此的熟悉度还不够,就让时间替感情慢慢加温吧。

只是,经过那次不知算不算是失败的告白后,每次见到周邦彦,品馨都觉得自己失去了以前想说什么就说什么的自然,伴随而来的不安和思念更是让她充满了无力感。

到底是什么,会让她深深地感觉到,自己的心居然会这么强烈地渴望完全依附在一个人的身上?

她真的很想,很想和周邦彦说些心里话,她甚至认真思考,干脆放弃出国念书算了,只是当她将这个念头,试探性地告知父亲时,却遭到了强烈反对,父亲发怒般的坚持令她惊愕不已,仿佛不出国念书,她就会变得一无是处,她也不配做杨家的女儿。

父亲并不知道她的苦恼,就算知道了也无从体会,最后连一向顺着她的后母张婷都劝她:"一年的时间很快就过去了,就顺着你父亲这一次吧,他终归是为你的前途着想呀。"

她无奈同意,出国该办的事一件没少,只是觉得自己犹如行尸走肉,愈来愈不快乐,她多么希望周邦彦能对她出国念书的事表现出反对,甚至是不舍的态度都好,只要有那么一点点反应,在那一点点反应里有一丝丝情感,那随之而来的动力都足够她奋起抗争。

但周邦彦却仍是那不温不火的态度,"出国念书很好啊,你还年轻,应该去国外走走看看。"

"这倒是……"她口是心非地附和着,想向他倾诉的动力就像微弱的风中残烛,不知何时给熄灭了。

她不知该怎么继续这个话题,只好闲扯一些无关痛痒的事,后来不晓得什么缘故,她发现她愈是渴望与周邦彦见面,想再找机会倾诉一番,好

第三章 沉没的火花

得到支持她反抗父亲的动力,他能见她的次数就越少,为此她难过不已,在静旋面前哭丧着一张脸道:"是不是我吓到他了?早知道就不要表白了,现在连朋友都快做不成了。"

她相当自责,觉得爱情不该给人压力,造成别人心理上的包袱,她抽抽噎噎地哭泣道,"他说他去日本了,我不相信,都是我不好,一定是我太心急了……"

静旋也没想到自己好心办坏事,心虚地安慰着品馨,"也许他是真的忙吧……"

她们想破了脑袋都找不出原因,归根究底是,爱情本来就没有答案,品馨只好眼睁睁地看着自己与周邦彦之间原本的零星火花,原本的各种可能,就这样无声无息地沉没,她从难过生气到感慨万千,最后只能自我安慰道:"这样也好,我终于可以定下心,好好念书。"

{ 第四章 }

告别遗憾

进关前,她不自觉地回身看了机场一眼,张婷和静旋还在朝她挥手,她却恍若未见,仿佛这一脚踏进去,她的少女时代就要结束了,而更重要的是,属于她和周邦彦的一切也将淡出她的生命。

品馨终于从四间学校的录取通知里选定了一所大学，出国念研究所的机会一生大概就这一次，她自然难以免俗地弃文从商，又因为是陌生的行销专业，她不敢掉以轻心，虽然大势已定，还是每天花好几小时念英文，也开始买一些商业周刊类的杂志回来研读做笔记。

静旋知道后，硬是找了几个在校期间较好的同学，一起帮她庆祝，吃完饭后又要她陪着逛街。自从进了演艺圈，静旋不管去哪儿逛或吃什么都有意挑贵的，品馨翻了一下衣服的吊牌，不禁咋舌道，"这里的衣服还真贵，你也买得下手？"

静旋耸耸肩，"现在当然还舍不得买，我是为了将来做准备。"

她取笑道，"瞧你，还真有信心！"

静旋得意地扬头，"我当然有信心，霍方华说很看好我呢！"

"那你们现在进展如何？"

静旋将手里的衣服随意挂在眼前可见的地方，做出专心讨论的准备，她认真看着品馨说，"我真的觉得自己好幸福，之前看你对周邦彦那种神魂颠倒的样子，我还看不过眼，现在才知道，原来恋爱真的会让人变傻。"

品馨叹了口气道，"我是傻，但人家可没有在和我谈恋爱。"

静旋安慰道，"别这样嘛！他又没有拒绝你，你下次再找机会问问。"

"算了，我不想再问。"反正都要出国了，她有一种大局已定无力回天的失落感。

　　静旋总觉得抱歉，老想着要做些什么补偿，"这样吧，我再替你想想办法。"

　　她没好气地挖苦道，"算了吧，大小姐！你看好你自己就好了，别再掉进河里了。"

　　静旋娇嗔地拍了一下她的肩，"哎呀，谁晓得他会突然转过身啊。"见品馨心情不佳，她赶紧转移话题，她从手袋里拿出一支玫瑰粉的口红对着穿衣镜补妆，一边对品馨说，"这是霍方华送我的，你看到这颜色没？他说这颜色像我。"

　　品馨没见过霍方华，但颇不以为然地说，"他还真会说话。"

　　静旋斜眼睨了她一眼，"他是认真的啦！"

　　她故意说，"你怎么知道他是认真的？在床上说的话怎么能当真？"

　　"哎呀！"静旋不顾涂到一半的嘴唇，转头对她大叫，"他不是在床上说的啦！你什么时候变得这么伶牙俐齿了？"

　　静旋难得看起来如此滑稽，品馨不禁捂嘴猛笑，"好啦！不逗你了，你快把另一半的嘴唇擦完吧，你这样子好恐怖！"

　　静旋白了她一眼后继续涂口红，涂好后，又看着她，一脸期待，"怎么样？你仔细看看，有什么感觉？"

　　她忍住笑，认真端详着静旋嘟起的俏唇。

　　"没什么感觉，就是一支粉红色的口红嘛！"

　　"哎呀，你这个人真是的，一点情趣都没有！"静旋将口红扔进手袋，霍方华的短信正好发了过来。

　　只一通短信，静旋立刻眉开眼笑，她兴奋地说："是霍方华！他待会儿要和几个朋友吃晚饭，要我一起过去，不好意思，今天只好你一个人吃饭了，我先走啦！"

　　她无奈挥挥手，"好吧！重色轻友的家伙！"

　　看着静旋飞也似跑掉的身影，她忽然也拿出手机，试着拨打周邦彦的电话,但电话那头仍是"您所拨打的号码已关机……"

她沮丧地挂上电话,失落地走出服装店,一名戴着黑色墨镜的贵妇走了进来,与她擦身而过。

店员一看到是大明星江雁贞,立刻笑脸迎上前。

"江小姐您好,我们一有新货就立刻通知您了,您先坐一下,我替您准备合适的尺码。"

江雁贞点点头,便在沙发上坐了下来。

她才喝了一口茶,她的姐姐江雁虹也气喘吁吁地赶来了。

见姐姐一身是汗,江雁贞愣了一下,江雁虹赶紧解释道,"我送我那两个宝贝去补习班,一东一西的赶死我了!"

江雁贞优雅依旧,只轻拍了一下沙发,要江雁虹先坐下,"没关系,我也刚到,你坐下来休息一下。"

江雁虹坐了下来,一边接过妹妹递来的纸巾擦汗,一边说,"我知道你不喜欢一个人行动,我还是打的赶过来的。"

江雁贞左顾右盼地瞧了一会儿说,"还好这里人不多。"

江雁虹喝了一口店员端来的热茶,这才半开玩笑地说,"我说小妹啊,你都退出那么久还有那么多人认识你,你要不考虑复出算了。"

不管话里有多少开玩笑的成分,江雁贞立刻正色道,"姐,说真心话,我一点也不留恋那种生活,你别忘了,从十几岁进演艺圈到结婚退出也有二十几年了,我都不知道自己是怎么熬过来的,况且我现在这样挺好的,说不定我还会再生一个孩子。"

江雁虹一怔,"还生啊?你已经生两个了,是妹夫的意思吗?"

江雁贞挤出一丝微笑道,"是啊。"

江雁虹没有觉察到异样,欣慰地说,"那就好,这代表你们的感情还不错,妹夫这人确实挺顾家的,幸亏当初没看走眼,你看那个比你晚出道一年的陈圆圆,才结婚两年就被老公当球踢,听说离婚后也没拿到什么钱,只好带着两个小孩出来拍戏了。"

第四章 告别遗憾

也曾大红大紫,处处与江雁贞争夺当家花旦的圆圆复出之时不仅老了,也残了,只能演时下青春偶像的妈,戏份少得可怜,还是托了人帮忙……

对于她的际遇,江雁贞虽然说不上同情,但也没有幸灾乐祸的意思,只是在偶尔生活不如意时,圆圆的事才成了她抚平心中不满的良药。

店员将衣服准备好后,她很快地试了几件,有些连试都不试便要店员包起,一款还要几个颜色,也不忘给江雁虹挑了两件,后者照例推辞,她照例坚持,又让店员和司机合力将她挑好的三大袋衣服给搬上了车。

"妹夫几点过来接我们?"

"他……不过来了,让我们自己吃。"

江雁虹一脸狐疑,"怎么每次都这样,真有这么忙吗?"

江雁贞笑了笑,"别担心,他是真的很忙,你也知道公司全交给他了。"

"那你就多陪他应酬应酬,不然夫妻俩都没什么时间相处,早晚还是会出问题的。"

江雁贞摇摇头,"算了,我不想……太引人注目。"

江雁虹知道自己的妹妹是怕引来媒体关注,继而是一堆的追逐,各种八卦,自己的老公葛明威又会旧事重提,要江雁贞复出……为了能维系婚姻不受外力影响,江雁贞自退出娱乐圈以后就像是人间蒸发了一样,她极少去人多的地方,到哪儿也一定有人陪着,总算让外界"忘了"这个曾经的大明星。

临上车时,江雁贞突然转头对江雁虹说:"走,我们去吃意大利菜。"

* * * * *

品馨终于决定暂时放下周邦彦,她守着自己的诺言,尽可能不去胡思乱想,将全部精神放在留学前的准备中。时光再度飞逝,再次见到周邦彦时,已到了说再见的时候。周邦彦含蓄有礼地祝福她,两人的距离瞬间隔了一丈远，不管有多么遗憾，一切似乎已成定局。她带着周邦彦留给她的问号离开，坐上静旋的车。

静旋的车缓缓向前驶，不知为何，品馨总觉得周邦彦还站在方才自己上车的地方，可她却没有勇气回头，眼泪终于一颗一颗地滑落下来，耳边传来静旋清脆的声音："出了国以后，见的人和事物也不同，我保证不到半年你就把周邦彦忘得一干二净了！"

她没有反驳，也许是，也许不是，但无论是与不是，她都觉得好遗憾。

车子往山上开着，周邦彦的身影终于淡出了视线，她们照计划前去墓园祭拜品芬，这是品馨刻意安排的，她不想给自己喘息的空间，就想一次，一口气地，向她人生里所有的遗憾道别。

静旋在品芬的塔位前放下鲜花，又双手合十地向品芬的黑白遗照鞠躬膜拜，品馨站在一旁凝视着眼前和自己相仿的面容，眼泪仍悄无声息地自眼角滑落到脸庞，她模模糊糊地想着：如果那些眼泪有名字，是属于周邦彦的多？还是自己的多？

一路上就已说了大半天道理的静旋此时却噤声不语，爱情的事她还能叨叨唠唠地说上半天，可是碰到死了人的事，她却连半句宽慰的话都说不好，更何况，这是她第一次见到品芬。

她看着品芬的遗像，又看了看品馨，说："你和品芬长得有点像呢！"

品馨仍红着眼，哽咽道："但命运却如此的不同。"

"看来你到现在还是忘不了品芬。"

"我永远都不会忘记品芬。"

"我真不明白，伯母这样打她她为什么还选择待下去呢？伯父那么想接她一起去美国她都不肯……你说，她是不是很恨伯父啊？"

品馨摇头道："绝对不是，品芬只是放不下妈，她总认为我爸已经因为在外面有女人而抛弃了妈，她不能再和爸一样，做出伤害我妈的事了。"

静旋觉得这个理由不成立，"但伯母打她呀！还打得那么凶，甚至闹出了人命……"

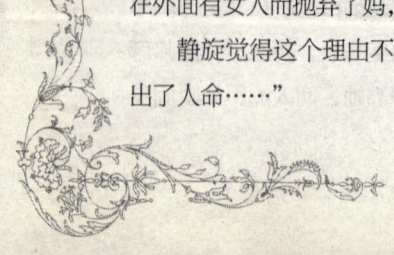

第四章 告别遗憾

真相似乎如此,但一想到母亲悲伤的脸孔,品馨仍摇头道:"我相信我妈也很后悔,不然不会在失手伤了品芬后自杀,她一定也很痛苦。"

"这都是因为错误的选择,如果当初品芬也坚持跟你父亲,现在你们姐妹俩就能一起出国念书了。"

"品芬并没有选择的余地。"品馨仍替自己的妹妹辩护。

"她有的。"静旋没来由地坚持,"不管是什么原因,她选择了自己的母亲,也就选择了自己的命运。"

"她……"品馨忽然说不下去了,因为脑海里浮现的正是年幼的品芬告诉自己,如果她们都选择跟父亲,母亲会太可怜了,但自私的她想的更多的却是,若是留下来跟着脾气暴躁的母亲,自己不也很可怜。

所以她和父亲走了,小小的心底竟还有一种解脱感。

这种内疚感像扎了根似的难以抹去,是谁说过的,懂了遗憾,就懂得了人生?

她停下脚步,不自觉地抬起头看着清澈的蓝天,静旋也抬起头看着远方的天空,两人似乎在看着充满未知的将来。

虽然不是头一回出国,但这次一去就是一年,父亲与张婷前前后后地张罗了半天,无法生育的张婷待品馨有如己出,在机场拉着她的手交代叮咛不断,品馨不时微笑点头,最后还是静旋借口有话说,把她拉到一旁。

"品馨,我知道你不开心,还在想着那个周邦彦,但我想也许你到了英国,有了新的生活后,一切就会不同了,他们只不过是我们人生中的一小段插曲,我们还那么年轻,有的是机会。"静旋自从进了演艺圈后,虽然尚未正式出道,但说教起来已头头是道。

"希望如此。"她勉强笑了笑,转开话题,"那你和霍方华呢?"

一听到霍方华的名字,静旋甜滋滋道,"我们很好呀。"

"你们算公开交往了吗?"

"当然没有,"静旋脸上的笑意更深了,"他很保护我的,他说我下个月要发片,所以从现在开始就要注意形象。"

她不懂，"难道进演艺圈就不能谈恋爱了吗？"

"当然啊！静旋夸张地叫道，"哎，你不懂，反正你别管了。记得到了英国以后，有机会多去什么白金汉宫转转。"

"为什么？"

静旋笑道，"看看有没有机会钓个王子回来啊！你要是做了王妃的话，我可神气了。"

她又好气又好笑地瞪她一眼，"神经！他们又不住那儿。"

静旋嘴里逞强道，"哎呀！再怎么说去白金汉宫总比去海德公园有机会嘛！"

两个小女生才说了一会，品馨就看到张婷朝她们走过来，手里还多了一个袋子，跟在身后的父亲则一脸的无奈。

果然那一袋吃的是买给自己的，张婷替她把袋子塞满了整个背包，"你上飞机就可以吃了。"

父亲看到张婷仔细地把背包上的拉链拉好后便说，"该入关了。"

离别在即，就算之前品馨对父亲的固执有多少的不满，此刻也软化许多，她柔顺地答道，"知道了爸，你也多照顾自己。"

父亲拍拍她的肩道，"你放心，我有你张姨，想自己照顾自己都没机会。"

她点点头说，"那我走了。"

静旋忽然对着正要入关的她大喊，"品馨，一年后见！"

她回过头，挥手道，"知道了，大明星！"

进关前，她不自觉地回身看了机场一眼，张婷和静旋还在朝她挥手，她却恍若未见，仿佛这一脚踏进去，她的少女时代就要结束了，而更重要的是，属于她和周邦彦的一切也将淡出她的生命。

＊＊＊＊＊

周邦彦一个人坐在办公室里，静静地看着窗外不远处的灯火中，起起落落的飞机,原本与自己无关的画面,此刻却因为一个人,紧紧地系在自己的心上。

他拉开抽屉,把早已买好的,到英国的机票搁了进去——当他知道品馨即将赴英留学时,原先的柔情顷刻被瓦解,他重新恢复理智和冷静,再次审视现状:品馨与自己年龄差距甚远,也许那生涩的告白正意味着她并不清楚什么是爱情,也或许,她确实对自己投入了感情,那他更不应该用情感牵绊住她的未来,于是他开始刻意疏远她,也借此冷却自己的情感,也就在那个时候,他买了这张机票,悄悄疏解情难自抑的痛楚。

对面大楼七零八落的灯光有气无力地映照着漆黑的天空,他看着楼底下熙熙攘攘的人群,马路上长长串连的车阵,一切又照旧,仿佛什么都没发生,可世界却改变了,他有一种被掏空似的怅然。

桌上的手机忽然响起,他心如雷击,快速扫视过去。

即便电话那头不是品馨该是意料中的事,他仍难抵制内心瞬间消沉的感觉。他停顿了一会,缓缓接起了电话。

{第五章}

剑桥奇缘

"去吧!"兰姨又笑了笑,带点嘲讽说,"去享受你地老天荒的爱情吧!"她看着转身离去的杨品馨,重又拿起了第三张牌:世界,逆位。她露出了诡异的笑容。逆位的世界代表无法保存的成功,她却故意不说,这才是整个游戏好玩的地方啊。人,往往无视眼前,迷恋未知。

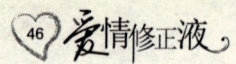

英国,东安格利亚大学,一间看起来温馨舒适的单人房里,品馨正埋首在一堆影印的资料里,身旁的收音机里正一遍又一遍地重复播放着江美琪唱的情歌《我多么羡慕你》。

桌上的电话忽然响起,她拿起话筒时看了一眼时间,都快晚上十点了。

但从话筒里传来的熟悉声音,却让她的心跳差点停止,竟是周邦彦!

周邦彦听到她的声音很高兴,还问她,"我下个月刚好要到伦敦出差,你有空出来吗?"

"我……"她吃惊得说不出话来,原本以为无缘的人,却突然约她在异国碰面,也许这正代表着他们的缘分未了?

"喂?喂?喂?"

听到周邦彦的声音,她这才回过神,急忙答道,"有空有空!"

"看你这么久没出声,我还以为……"

她急忙辩解,"不是的,不是的,我只是太意外了,没想到这么久……"

"这么久?"电话那头的周邦彦有些失望,"我只去几天而已,还是你课业忙?没关系,那就下次……"

"不!"她大声打断道,"我不是那个意思,我都可以!我都可以!"

周邦彦被她忘乎所以的开心所感染,不禁笑出了声。他愉悦地挂上了

电话，品馨却拿着话筒发愣，以至于连同学兼室友江晓茜走了过来都没注意到。

"喂！"江晓茜推了推她，又唤她，"你干吗拿着话筒发呆？"

她再度回过神，兴奋地大叫，"我要去伦敦了！"

江晓茜莫名其妙，"去伦敦就去伦敦嘛，你都不知道去过几次了，干吗那么兴奋？"

她霍地站起身，看着江晓茜的眼神闪闪发亮，"这次不一样！"

江晓茜看着她犹如小鸟般快乐的背影不禁好笑，自言自语地说，"我看这家伙是课业压力太大了。"

恋爱总是令人快乐，但对品馨而言，这样的快乐还要再乘上十，那个人可是周邦彦呀。

顾不得研究所繁重的课业，为了即将到来的美丽约会，她绞尽脑汁安排，江晓茜经过她房门时，看到她正趴在床上研究地图，忍不住凑前问道："你在干吗？看得这么认真。"

仔细看后，发现竟是剑桥的地图。

江晓茜冲着她叫道："你真的要去剑桥？我们快要考试了呀！"

"是啊！所以我先熟悉一下，以免到时迷路。"

看着品馨漫不经心的样子，江晓茜忍不住唠叨起来，"不是和你说过了吗？那里很小，想迷路都难！而且现在是什么时候了，你书也不念，课也不上，就为了要去剑桥玩，真搞不懂你为什么偏要在这个时候……"她忽然悟到，"难不成你不是一个人去？"

冷不防有此一问，品馨一怔，很快否认道，"我是一个人去啊！难不成一个人去就不能看地图了？你别再啰嗦了，快过来帮忙看一下这地图上的不同颜色各是代表什么意思。"

"啊？又要帮忙？"江晓茜嘟着嘴，心不甘情不愿地坐上床，拿起地图，一边又唠叨了几句，"你不念书我可要念书……"

对品馨而言，现在就算是天塌下来也没有即将要和周邦彦见面重要。

除了把考试置之度外，她还挪用了自己仅供吃住的生活费，在镇上的精品店里，添购了几件昂贵的新衣，为了那些衣服，她无怨无悔地吃了足足半个月的奶油吐司。

见到周邦彦的那一天，奶油吐司所造成的营养不良完全被恋爱的光泽掩盖，她显得容光焕发，还刻意摆出一副见到老朋友的随和模样，只因下意识地，她不敢再让他知道她的情感，她的思念，生怕又吓跑了他。

周邦彦笑着告诉她，这是他第一次来英国，虽然才来几个月的品馨对英国也称不上熟悉，但为了当他的向导，让他能够开开心心地好好轻松一下，她事前研读了好几本旅游指南，细心地规划了整个旅游路线。

这对品馨而言其实是件极为艰巨的任务，方向感不佳的她，曾经有过在大英博物馆门外绕了一个小时都找不到大门的记录。

于是这次为了表现自己可靠的一面，她早早准备妥当，细细地研究地图上的东南西北，在不清楚的地方做笔记，写批注，将记忆力发挥到了极限，她因而能气定神闲地带着周邦彦在短短的四天三夜里，游览著名的泰晤士河，观看她最喜爱的音乐剧，品尝地道的印度料理，逛了全欧洲最大的百货公司，并且在她的坚持下，他们搭上火车赶到剑桥划船。

她带着周邦彦穿梭在小镇弄里，暮春的剑桥美得诗情画意，路旁一排排苍翠的大树和一株株浅紫色的樱花相互辉映，小镇上到处可见的红砖住宅素雅洁净，沿着墙上爬满了瑰丽的青藤，门前各自簇拥着一片片紫色、粉色、黄色的玫瑰花海，看着繁花似锦，赏心悦目。

周邦彦被散发着浓浓书香气息的剑桥古镇给吸引住了，兴致勃勃地四处浏览，品馨倚着他，两人就像一对情侣，这让她感觉到前所未有的幸福。

她在一个卖丝巾的小摊贩前停了下来，周邦彦微笑地看着她在一堆五颜六色的丝巾里挑挑拣拣，忽然说："你看一下，我去买个东西就回来。"

她点点头，继续低头挑着丝巾。不知道什么时候，身旁忽然出现了一个神秘的摊位，她不经意地转头看过去。一张小小的木桌就在她触手可及的地方，上头铺了一块简陋的黑布，黑布上叠了一副扑克牌，一个围着头

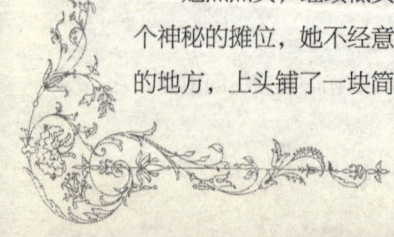

巾，只露出半张脸的中年妇女正坐在桌子前洗牌，那妇女看见品馨，朝她微微一笑，刹那间她像是被什么吸引住了，不自觉地放下手中的丝巾，走了过去。

那女人微笑招呼道，"我叫兰姨，坐。"

品馨忽然觉得头脑混沌，无法思考。她半晕半迷地坐了下来，指着面前的扑克牌问道，"这是……"

兰姨介绍道，"这是塔罗牌，我是塔罗牌占卜师，可以帮你占卜你想知道的任何事情。"

她渐渐清醒，摇头道，"不用了，我没有什么……想知道的。"

兰姨笑了笑，"你不用怕呀，我可以帮你。"

"帮我？"

"你不是为情所苦吗？难道你不想知道痛苦的原因吗？"

她吃了一惊，但很快恢复镇定，这些江湖术士自有一套观人的本领，人的烦恼困顿大体上不是爱恨情仇的纠结缠绕，就是功名利禄的求而不得，可不能被她三言两语就给糊弄住了。

品馨遂否认道，"我没有为情所苦，我连男朋友都没有。"

"是吗？"兰姨脸上的笑意更浓了，"可是我感觉到，你喜欢一个人很久了。"

她呆了一呆，结结巴巴地说，"你怎么知道我……我……"

"世间万物其实没你想得那么复杂，"兰姨怜悯地看着她，轻轻地说，"你很爱他，可是他有苦衷，不能爱你。"

"什么苦衷？"她脱口而出，刹那间竟忘了要害怕。

"你得自己找出答案，找出答案后，我就能助你一臂之力了。"

"你要……怎么帮我？"她仍半信半疑，但同时心里也盘算着，也许这个兰姨是一个功力深厚的命理师，如果价钱不贵的话，她或许可以考虑。

"我只帮有缘人，不收钱的。"兰姨一语道破她的心事。

"不收钱？那……"她想，既然我毫无损失，何妨一试？

"是呀，既然你不会有损失，何妨一试？"

兰姨竟将她心里所想复述了一遍，她满脸通红，平时也不是爱占小便宜的人，但这兰姨实在叫人惊奇。

她看了看四周，不见周邦彦身影，这才点头，"那就请你帮我算算看吧！"

兰姨一边开始洗牌，一边介绍，"我这是祖传的，和外面的塔罗牌不同，就靠这五十张牌，我就能解开人一生的疑问。"

"现在先来看看你和他之间的缘分有多深吧，若你们无缘，我也帮不到你。"兰姨洗完牌，利落地将牌"啪"地搁在桌上，手轻轻往旁一拨，将牌划成了一个半圆形，命令道，"抽一张。"

品馨深深地吸了一口气，之前只听说过塔罗牌，但不曾接触过。一张一张看过去，最后从几十张牌里选了一张交了出去。

兰姨翻开牌，"是月亮。这代表你过去的爱情。"

她不懂，"是什么意思？"

兰姨正视着她，"这是不安，是疑惑，以及长期处在焦虑情绪的意思。"

她失笑道，"恋爱不都是这样子吗？"

兰姨不置可否地笑了笑，继续说下去，"你的爱情是充满了秘密和虚假的恋情，你们的关系隐秘，根本没有人知道。说穿了，你只是单恋而已，根本算不上是恋爱。"

忽然出现的记忆片段令她羞红了脸，她永远也不会忘记，当她向周邦彦告白时，周邦彦只淡淡地说了一句"受宠若惊"。

兰姨问，"还想再知道更多吗？"

她冒着更多秘密被揭发的风险，禁不住反问，"还可以知道什么？"

"你和他的现在，还有未来。"

她震惊，现在和未来？

"要要要！我要知道！"她激动地喊道。

虽然这样的场景早已司空见惯，兰姨仍忍不住问，"为什么那么想知

道?"她看过太多的例子,有时候知道太多并不是一件好事。

"我当然想知道……"她话未说完,忽然看到周邦彦的身影,他手里拿着两个甜筒正朝自己走过来,她急忙起身,匆匆扔下一句话,"我等一下再过来。"

周邦彦笑嘻嘻地将其中一只甜筒递给杨品馨,"找了好久。"

她欣喜道,"原来你去买冰淇淋了啊!"

"我想小女生都会喜欢。"

她并不想吃,但这是周邦彦买的,还细心地替她拆了包装,她当然要以吃得津津有味的模样回应他的体贴。

冰淇淋吃到一半时,她忽然看到书局的招牌,想到方才的塔罗牌,很快心生一计,"你想不想……逛一下书店?"

周邦彦抬头一看,发现两人正站在剑桥大学出版社的书店门口。

周邦彦看起来没多大兴趣,但因为是她的提议,还是点头说,"好啊,陪你进去逛逛。"

从来,只要她觉察到周邦彦有一丝勉强,她会立刻心甘情愿地打消提议,但这次她却拉起他的手走了进去。

他们踏进书店时,她忍不住说,"我们逛一下就好了。"

* * * * *

在书店里,品馨假意闲逛,她慢慢远离正在低头看书的周邦彦。

走到门边时,她又看了一眼周邦彦,后者仍专注地看着一本英文杂志,她悄悄地推开了门走出去。

大太阳下,在游客川流不息的街道上,品馨却一眼就看到了兰姨。

那神秘的小摊子好似与世隔绝,被隔绝在光影之外。

兰姨仍坐在那儿等她,她一坐下来便催促着,"不好意思,我时间不多,可以快点吗?"

兰姨丝毫不为所动，不慌不忙地指着桌上未动过的牌说，"抽第二张牌吧！"

或许是时间急迫，第二张牌她毫不犹豫，迅速地抽出，翻开来摊在桌上。

牌面很诡异，是一个全身赤裸的壮汉，被粗壮的藤蔓紧紧缠绕圈住，全身血淋淋地吊在架上。

"悬吊者。"兰姨轻哼一声，"你会很辛苦哦！"

她苦笑道，"我现在已经很辛苦了。"

"这样就辛苦？还没开始呢！"兰姨注视着她，预言似的，"和他在一起会是一段辛苦的旅程，你需要付出很多，牺牲很多才能维系你们的爱情。"

以为她会胆怯、退缩，没想到她却眼睛一亮，完全没听进去"辛苦"两个字，只不停地确认，"所以你的意思是，我可以和他在一起？我们会成为情……情侣？"

爱情虽苦，却总令人如飞蛾扑火，兰姨有些失落，她的年纪和经历已很难再理解这样的情感。她懒懒答道，"抽最后一张牌就知道了。"

该奋不顾身的时候品馨反倒踌躇了。

她的确很想知道他们的未来，但是，万一未来不如预期的话……她心里很犹豫，手瑟缩在那儿，不知到底该拿哪一张牌才好。

她实在很害怕，怕他们的未来会就此毁在自己手里。

"快点抽牌吧！"兰姨不容她犹豫，"命运并不会因为你的害怕而改变。"

"对！"她醒悟了，不自觉地点点头，"要勇敢！"

伸出的手仍微微打颤，但，终于选了一张。

还来不及看清牌意，身后的声音吓了她一跳。

转头看到是周邦彦，她急着想解释，周邦彦却说，"怎么突然跑到外面了？选好丝巾了吗？"

"丝巾？"她诧异地回头一看，原先的塔罗牌占卜小摊竟成了原先隔

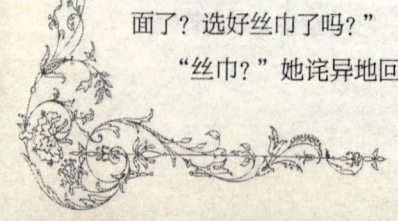

壁卖丝巾的摊贩，她惊讶地左右张望，什么塔罗牌，兰姨全都不见了！

周邦彦拿起其中一条丝巾问小贩，"多少钱？"

"十镑。"小贩不等他决定，很快把丝巾包起来，她急问小贩，"你刚看到隔壁的摊子了吗？木桌子，有一个梳包头的中年妇女……"

那小贩摇摇头，"这里只有我。"

周邦彦不明就里，问她，"你还要逛吗？"

"不是……"她仍东张西望，很是着急，她还有未来没看呀！

直到周邦彦把包好的丝巾塞到她手里，"不用再看了，我觉得这条丝巾最适合你。"

她回过神来，不好意思地收下礼物，也记起了自己的任务，"那我们去河边走走吧！"

尽管这一折腾，时间已不多，但她仍拉着周邦彦乘坐小船，沿着河畔，欣赏剑桥的另一种风情。中途周邦彦突然兴致一起，和船夫换手，也有模有样地撑起篙来，没想到小小的一艄船竟那么难以控制，没划几分钟，他们的船就擦撞到岸边，溅起来的水花弄得他全身都湿了，品馨和船夫乐得哈哈大笑，看他无奈的样子，她还自告奋勇地要帮忙解围，一副跃跃欲试的样子，结果是连站都站不稳，居然摔进了河里。

十分钟后，剑河河畔出现了两个全身湿漉漉的人。

周邦彦将外套脱下来盖在品馨肩上，想想又脱了身上的T恤衫充当毛巾，替品馨擦干头发，自己只穿了件内衣。经过他们身边的游客纷纷对他们指指点点，品馨有些不好意思，将衬衣塞回给周邦彦，"我看还是算了，你把衣服穿上吧。"

周邦彦忙碌的双手终于停了下来，他看了看身旁驻足的游客，笑着转回头对品馨说，"我不在意别人怎么看，再怎么样总比你感冒着凉好。"

周邦彦的话提醒了她，她心里想：是啊，这一刻是属于我和周邦彦的，为什么要让一些不相干的事搅局呢？

于是心念一转，忽然顽皮地逗他，"可我头发还在滴水呢！你把内衣也脱了吧!"

周邦彦意识到她在开玩笑,温温柔柔地笑了。他爱怜地拍拍她的头,"不如找个旅馆洗个热水澡吧!"

她脸一红,"热水澡?"

他们四处逛了一圈,最后还是周邦彦决定,拣了一间小巧干净的旅馆,而且只要了一间房。

在伦敦时因各住一室的,以至于她现在才意识到,这是第一次,他们在私人的空间共处。

周邦彦似乎没有注意到一脸局促不安、手足无措地站在一旁的品馨,他自顾自地一边把外衣挂起来,一边说,"我们洗完澡,休息一会再去吃晚饭。"

"对对对,"她以急促的点头掩饰心里的慌张,"我们还要赶回伦敦呢!"

"那你先去洗澡吧,不要着凉了。"

"哦……"

不知怎的,她心烦意乱的,走进浴室时还听到周邦彦的声音,"把衣服给我,我帮你烘干!"

她快速把衣服脱了,开了一条门缝,看都不敢看门外一眼,便把衣服丢了出来。

浴室门关上了,将外头的一切隔绝,她也松了一口气。

但几乎同时,她又开始胡思乱想起来,想着方才的塔罗牌,光天化日之下能有什么妖魔鬼怪?她一定是看错了什么,更何况她什么损失也没有,只是算了副塔罗牌而已,想到塔罗牌,那未知的"未来",她不禁叹了口气,就算那兰姨是妖魔、是鬼怪,她也抵抗不了"未来"的诱惑。

但她的"未来"就这样消失了。

幸而热水十足,洗去了一身的寒意和疲惫,她暂且抛开脑子里千回百转的念头,痛痛快快地洗了个澡,直到看见发红的肌肤才猛地想起和自己

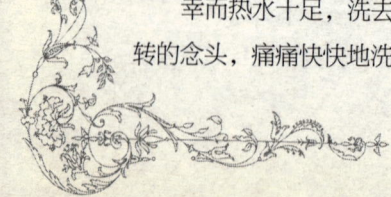

一样，全身湿淋淋的周邦彦。

当她包着浴巾冲出来时，周邦彦正拿着吹风机吹干衣服，他看到品馨洗了头发，立刻把吹风机和衣服交到她手里，"你的衣服差不多干了，快点穿上，把头发吹干。"

她接过衣服，甜蜜莫名，周邦彦也看着她，心里却是激动莫名。

情难自抑地，他伸手握住她的肩，亲吻了一下她的额头、她的下巴。

她像是被铁钳烫到，瞬间满脸通红，迅速在脑海里回忆……我今天穿的是哪件内衣内裤？

周邦彦感觉到她的眼神飘忽，身子僵硬，关心地问她，"怎么了？"

看她涨红的脸，他惊觉自己的失态，很快地放开她，抱歉地说，"对不起。"

"不是的！"她见周邦彦误会了，焦急解释道，"我没事，我什么事都没有！我只是……只是……"只是什么她实在说不出口，她怎能告诉他，她只是忘了自己今天穿的内衣裤适不适合给喜欢的人看到。

或者你能给我点时间，让我进洗手间再确认一下？

想说的话一直说不出口，她只能祈求般地仰望着他，"我真的很喜欢……很喜欢……"，很快又发现，很喜欢什么她说不出口。

看着她脸上红一阵白一阵的，周邦彦似乎意识到了什么，但同时，他更害怕伤害到了她。

他彻底清醒过来，悄然避开她的目光，避开自己的思潮起伏，拿起自己明显还湿淋淋的衬衫走进浴室。

她懊恼莫名地瞪视着他刚关上的门，周邦彦到底在想什么呢？或者说，自己到底在期待什么呢？想到这儿，她的脸又红了，像要和谁澄清似的，她赶紧穿好衣服，匆匆吹干了头发。

在等待周邦彦时，他搁在桌上的手机忽然响起。品馨第一个念头就是去拿手机给周邦彦，但一想到他在洗澡……又觉得不太妥当。

很快地，电话又响起了，她却忽然想起兰姨说的话：周邦彦有苦衷，

不能爱你。那个苦衷会是什么?

她看着电话响个不停,内心也鼓噪不停,她忍不住走过去,想去看一眼,只一眼就好……浴室的门忽然打开,吓了她一跳,电话声也同时戛然而止。

周邦彦已穿好衣服站在她面前。

"你的电话……"她讷讷地说,"响了好久,我……"

"没关系。"周邦彦看似毫无察觉她心中的恶魔,很自然地接过她手里的吹风机开始吹头发,看她呆呆愣在那儿,还问她,"你饿了吧?"

她这才想起,她确实饿了,和周邦彦在一起时她很少吃东西,因为有太多的话要告诉他了。

她赧然地点点头。

"那我们退房吧!"周邦彦从桌上拿起房卡,皮夹,手机,放进裤子口袋里,她注意到他并没有去查看手机里的未接来电是谁,她正想说什么时,却发现周邦彦的衣服还是湿的。

"等一下",她阻止正要开门的周邦彦,"你衣服还没干,脱下来我帮你烘一下吧。"

周邦彦回过身,笑笑说,"我没关系,我们走吧。"

"不行!"她很坚持,吹风机已拿在手上。

"但是你饿了……"周邦彦话还未说完,她已抢先一步开了吹风机,直接对着他身上明显湿濡的T恤衫吹出热风,他措手不及,一下子,他刚吹好的头发也被吹乱了。

周邦彦一怔,笑了。

两个小时的独处一室,和那落在额头下巴上的吻并未改变什么,周邦彦待她仍如相识多年的老友,自然而亲切。两人之间像什么都没发生过,又像有什么在心底发酵着,她自然没什么好抱怨,只是疑惑在所难免,而他清淡如水的态度,也让她愈发不敢提及自己对他的一往情深和曾经的伤心失望。不管是什么原因,他又来找她,即使只是顺道,她也感觉到自己的希望再度被点燃,过去的就让它过去,只要他们能够重新开始,她什么

都不计较。

＊＊＊＊＊

短短四天不到的假期结束了，在火车站门口分别时，品馨却像双脚生了根似的移不开脚步，她贪恋地看着周邦彦走进火车站的背影，心里忽然恐惧莫名，刹那间，她惊恐地觉得她可能再也见不到周邦彦了，这样的念头令她立刻冲进了火车站。

火车站内人来人往，她却飞也似的在人龙中穿梭，好不容易赶到站台上，火车却已缓缓开动起来，她学着那些爱情电影，拔腿追逐着行进中的火车，跑得上气不接下气，眼看就要追不上了，忽然身后有人叫她，她回过头看竟是周邦彦！

原来周邦彦一直在她身后狂追，她看到周邦彦喘着气，手里还拎着一只泰迪熊。

周邦彦停在她面前喘气，把泰迪熊交到她手上，不解地问她，"你怎么会在这里？"

原来周邦彦一进火车站，就看到一间挂着各式各样泰迪熊的小店，"我觉得你应该会喜欢，所以就想买给你。"没想到买完泰迪熊后，竟看到品馨跑向站台的身影。

"你可真能跑……"他说这话时还喘着气，她再也忍不住思念的感觉，忽然抱住他哭了起来，泪眼汪汪地看着他，"我们还会再见面吧？"

周邦彦爱怜地抱了抱她说，"当然会，傻瓜……好好念书。"

送走他以后，她情不自禁地又开始期盼着他的电话，期盼能再听到他的声音，往日的少女情怀又再度被唤醒。她在心里计划着在圣诞假期间回国找他，说不定两个人又能去哪里走走玩玩，培养感情，没想到周邦彦竟然又像断了线的风筝，消失在她的视线之中。

她打了许多次电话，电话那头仍是关机，只好留言，问他在哪？忙不

最近可好？

不知过了多久，周邦彦仍如人间蒸发，毫无音讯。

她得不到响应，也找不到答案，压抑已久的情绪终于爆发，她对着电话那头的静旋哭诉："他答应过我还会再见面的！如果他真的，真的对我一点感觉，一点感情都没有，为什么还要来英国找我？"

静旋仍是一贯的冷静，"人家不是说了只是顺道？你又何必那么较真？"

"但是……"一个更令她心痛的猜测却在她心中不停打转，她终于忍不住说出口，"周邦彦他……会不会有女朋友了？或是结婚了？"

"有可能啊。"静旋也想到了这种情况，"你们也认识两年了吧？说不定就是因为他有别人了才无法接受你的感情。"

"那他又何必来撩拨我？"品馨痛哭失声，似乎不管哪一个是答案，都避免不了痛苦的结果。

随着时光流逝，品馨渐渐学会了接受生命本来就是由一连串问号和惊叹号组成的事实，于是感慨取代了伤心，遗憾取代了心痛，她静静地承受他的来去。

原来这就是兰姨口中的"辛苦"。

她不怕辛苦，只要有未来，可是周邦彦没给她机会，兰姨也没给她机会。

毕业前夕，她抱着悼念的心情，想在回国以前重游每一个曾经与周邦彦一同去过的景点，于是她又去了剑桥旧地重游。

只是有别于上回和周邦彦一同前来的兴奋，取而代之的是难掩的失落感，她独自坐在剑河边上看得入神。

几艘小船无精打采地停泊在招揽搭乘的码头，生意似乎还没有显著的起色，偶尔有三三两两的游客，零零星星，悠闲缓慢地漫步过来，在码头旁一边拍照嬉闹，一边等着享受划船的乐趣。

她的耳边尽是他们此起彼落的谈笑声，熙熙攘攘的游客开心热闹地在她眼前晃动，心底说不出来的灰暗和四周一片的鲜绿，对照出她内心深处

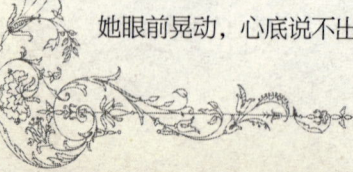

的寂寞。

毫无目的地坐了半晌，天色将暗，她站起身，准备往火车站的方向走去，

她在这古老的小镇里，街头巷尾间来回地踱步，犹豫着是否要立刻赶火车回学校，但她的心却不听使唤，迟迟无法移开脚步往火车站的方向走去。

不知不觉中，她闲晃到小镇深处。

巷子愈走愈窄，人群的喧哗声也逐渐微弱，她像着了迷似的往里头钻，直到看到一堵橘红色的石墙横在她眼前。

原来是死巷！

她自觉没趣，慢慢倒退，缓缓向后走。

"咦？你怎么会在这里？"

她的身后响起尖细的女子声音，她吓了一大跳，迅速地回过头。

一个年约四五十岁，瘦瘦小小的妇人，正打量着她。那妇人有着精致的东方鹅蛋脸，人虽娇小却藏有一股说不出来的气势，她的眼睛正直直地盯着品馨瞧。品馨看到她坐在一个摊位前。那是一张小小的木桌子，上头铺了一块简陋的黑布，很熟悉……

忽地品馨叫出声："你是兰姨！"她冲过去，拉着她，"上次那张代表未来的牌，你还没告诉我是什么意思。"

兰姨笑了，"原来是熟客啊，我记得你了。"

她焦急地问："那你还记得那张牌吗？"

兰姨没回答，只问她："你还想知道未来？"

兰姨的话，轻轻地勾起了她的苦涩，她的惆怅，她的哀伤，她的执著，她的迷惘，前尘往事像一阵风轻轻掠过，一幕一幕在她眼前飞舞着。

为什么想知道？

她当然想知道。想知道他为何总是辜负她？是她不够好吗？还是……他有别的考虑？但如果真是这样，他又为何三番两次地出现，撩拨她的心情？

她终于忍不住,向一个陌生人吐露她心中的委屈,一颗颗泪珠突然从眼角滑落下来,"我试过要忘记他,真的。"

要不是周邦彦再度出现,要不是两人有了那样美好的旅程,也许,她真的能忘记他。

终于将心绪拉回,"我真的试过了……"她有气无力地又说了一遍。

"好吧!"兰姨从面前的一副塔罗牌中抽出一张,晾在她眼前,断然道:"这就是你的未来,你会得偿所愿,拥有梦想中的恋情。"

她一怔,跟着高兴地跳了起来,"真的吗?"

梦想似乎就在触手可及的地方。

兰姨点点头说:"而且,这段感情的结果是掌握在你自己手里。"

又一个惊喜!

但往事立刻浮现,只一瞬间,她又像被戳破的气球,泄气道:"怎么可能……"实在难以想象,有一天她和周邦彦也能在一起,也会相爱,而她还可以选择要不要继续下去?她很想相信,但过往的一切令她心生胆怯,"不可能吧……"

"当然有可能!"见时机已成熟,兰姨终于道,"我有一瓶药水,能助你在爱情里得偿所愿,但是它不能害人,也不能左右感情,更不能穿越古今。"

"你说什么?"像被针刺了一下,品馨的心重重地跳了一下,简直不敢相信自己的耳朵。她呆若木鸡,该不该相信?能不能相信?她整个人糊涂了。

兰姨的声音仍在耳边继续:"但是这瓶药水副作用很强,我应该劝你好好考虑,不过……"

尽管品馨心里抗拒着兰姨荒诞诡异的话语,嘴上仍不自觉地开口问道:"副作用是什么?"

"副作用是……"兰姨停了一下,仿佛是要给她时间做好心理准备,然后才开口道,"每喝一次就会减少五年寿命。"

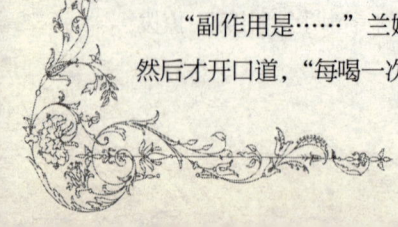

她又瞪大了眼,"为什么要五年的寿命?"话才出口便后悔了,问得愈多,只让她觉得自己愈蠢。

她到底是怎么了?难道爱情让她连最后一点的理智都丧失了么?她怎么会在这里和一个来路不明的陌生女子胡扯半天?

但心口不同步,品馨仍是忍不住问道:"你是说只要用了这瓶药水,就能让我想爱的人爱我了吗?"

"不是,"兰姨正色道,"我刚才说过了,它不能左右人的感情,也就是说,你不能让人爱你或恨你,但是你可以用它改变恋爱中的单一事件,或修改某段过程,至于能否引领到你想要的结局,你自身的努力也很重要,这瓶药水只是给你一个机会,一个圆梦的机会,从科学的角度来说,就是增加成功几率了。"

看品馨一直不说话,兰姨耸耸肩道:"你不相信就算了。"

"不是的!"她焦急否认,"我不是不相信你,只是你说的未来……太美好了,美得令人难以置信……"她怎么会不相信?怎么可以不相信?这可是令人兴奋、振奋、期待的结果啊!

她柔软的脸庞因希望而闪着动人的光芒……

兰姨又看看桌上的三张牌,三张牌分别代表着抽牌者的过去、现在和未来,她忽然抬起头问品馨:"你确定这是你想要的?"

品馨回答不出这个问题,只知道自己连想都没想就这么一头栽了进去,她甚至连什么时候栽进去的都搞不清楚,但只要她爱他,是否就值得一试?如果有朝一日他也能爱她,是否就值得她坚持下去?如果她的义无反顾能带给他们一个圆满的结局,那么还有什么是比这更值得的?想到这儿顿觉勇气倍增,她毫不犹豫地点点头,大声说:"对!这就是我想要的!我多年以来的梦想!我百分之百地确定!"

兰姨从枣红色紧身上衣的口袋里取出一瓶金色葫芦形状的玻璃瓶子,瓶子里面摇晃着深紫色的液体,看起来就和一般的香水瓶无异,她实在看不出这一瓶小小的东西里面竟然会蕴藏着令人难以置信的魔力。

她接过那只瓶子，紧紧盯着看，直到眼神都快穿透仍看不出一个所以然。

耳边却响起了兰姨的声音，"你会得到你现在想要的，但是不是你以后想要的，可就不一定了。"

她一怔："什么意思？"

"什么意思？"兰姨笑她一副很傻的样子，"人是会变的呀！"

她愣了一下，旋即猛烈摇头。不会的，不会的，我一直都爱他，我一直都想要他，如果我们能在一起，一定是地老天荒的爱情。

"去吧！"兰姨又笑了笑，带点嘲讽说，"去享受你地老天荒的爱情吧！"她看着转身离去的杨品馨，重又拿起了第三张牌：世界，逆位。她露出了诡异的笑容。逆位的世界代表无法保存的成功，她却故意不说，这才是整个游戏好玩的地方啊。

人，往往无视眼前，迷恋未知。

{第六章}
伦敦 OL

她的眼神却变得明亮而坚定,"我不担心,只要有机会,只要真的能和他在一起,再辛苦也是值得的。"只是不晓得,她真的有这个机会吗？想到这儿,眼里那点光又暗了下来,"但我现在连他在哪里都不晓得……"她轻轻地叹了一口气,又不确定了,怎么好像还未开始就已经觉得累了？

品馨终于毕业了,父亲和张婷千里迢迢赶来祝贺,还带来了在她耳里算是不幸的消息。

"还记得你许叔叔吧?原来他的儿子许恒辅在英国学设计,现在可是知名的造型师,在伦敦有工作室,我和他提过你在研究所里学行销,可以去帮忙,他二话不说,一口就答应了……"

"爸,"她不高兴道,"我并不想留在英国,我想回去。"

"为什么?"老人家不能理解,这是多好的机会。

"而且,我又不是学设计的,能帮上什么忙呢?"

"帮忙接接电话,安排行程什么的呀,人家开了好几间店呢!说不定能学到比较实用的东西,你不是一直说不想做老师,不想考公务员吗?"

她抗议道:"我学的营销也很实用啊!哪家公司用不到?"

"那就对啦,既然他用得到你,你也能学到更多东西,岂不更好!"

父亲的话令她难以反驳,这样的安排就连念研究所时成绩颇佳的江晓茜也羡慕不已,晓茜早在毕业前三个月就开始找工作,现在听到她的际遇禁不住数落她,"你到底是什么毛病啊,放弃这么好的机会不要,不用我说你也该知道,班上有多少外籍同学希望能继续留在英国,你可别人在福中不知福!"

"可是……"一想到在剑桥的奇遇,与兰姨之间的对话,以及那瓶神

奇的药水,她又犹豫了。

她应该相信兰姨的话吗?

如果她信了,会不会只是让人觉得自己更傻?

但她舍不得不信,在内心不断说服自己,这个世界上无奇不有,宇宙何其奥秘,人类所知有限,冥冥之中一定有什么不可思议的力量吧。那力量如泉涌,从她体内不断涌出,她迫不及待地向姗姗来迟的静旋打听周邦彦的消息,没想到却人事已非。仅一年多的光景,除了自己在英国拿了一个硕士学位以外,静旋亦以玉女偶像之姿出了唱片,办过一场电视演唱会,虽未大红,也小有名气,最近更准备要进军银幕,往影视界发展。

静旋变得忙碌,连这趟英国之行也是和公司吵了很久才争取来的,她告诉品馨自己和Peter之间已少联络,周邦彦就更不用说了,早就断了联系。品馨无奈,只能持续地尝试拨打周邦彦早已关机许久的电话号码。

"我真受不了你,你怎么可以那么死心塌地?如果曾经在一起过也就算了,偏偏你们连八字都没一撇,也能让你念念不忘到现在。"静旋听完她的倾诉后仍皱着眉,还是一副不以为然的样子,"我早就和你说过了,就算他到英国找你也不代表什么,你们又没上床,就算上了床要消失照样消失!"

静旋变得老练许多,还学会了抽烟,她点起一根烟,熟练地吞云吐雾起来。

即使静旋看似变了,她仍是自己的好友,品馨又向她吐露心声,"我对周邦彦是认真的。你想想看,过了这么多年我对他的感情都没变,不正代表这才是所谓的真爱吗?"

"不对。"静旋将烟捻熄,正色道:"是单恋。"

想到兰姨也说过同样的话,品馨一时恼羞成怒,气呼呼地站起来要走,"不跟你说了!"

"我和你开玩笑的啦!你怎么变小气了?"静旋拉住她,嬉皮笑脸地央求道:"好啦!不要生气啦!我没别的意思,况且你还需要我这个军师呢！"

静旋的话让她想起了兰姨的事，这几天她忙着和家人小聚，和同学庆祝，以及打听周邦彦的消息，反而将这么重要的事给忘了。

她将兰姨，塔罗牌，以及神奇的药水等事一五一十，巨细靡遗地告诉了静旋，后者却诧异地瞪着她，难以置信地不断发出啧啧声，"亏你还读了这么多书，居然连这种事都会相信，没想到爱情真的会把人的脑袋给烧坏掉。"

"不管科技有多进步，还是有很多事情是我们无法解释的，不是吗？像鬼魂、通灵，还有符咒什么的，你敢说这些全部都是假的吗？"她振振有词道。

"好啦，好啦！你要相信就相信吧！"静旋被她说得举手投降，"反正就像你说的，又不用花半毛钱。"

"不过……"静旋忽然想到，"那个兰姨不是说会很辛苦吗？谈恋爱如果谈到让自己很累的话，那又何必呢？"

她的眼神却变得明亮而坚定，"我不担心，只要有机会，只要真的能和他在一起，再辛苦也是值得的。"只是不晓得，她真的有这个机会吗？想到这儿，眼里那点光又暗了下来，"但我现在连他在哪里都不晓得……"她轻轻地叹了一口气，又不确定了，怎么好像还未开始就已经觉得累了？

但是，累也没关系，只要能如愿，我会开心死！

静旋看她一会儿乐观、一会儿泄气的模样，实在不忍心，安慰道："别急，你就继续打他留给你的那个电话号码，说不定哪天就真给你打通了，那个兰姨不也说你可以如愿以偿，顺利和他在一起吗？"

是啊！兰姨是这么说的。兰姨所说的每一个字、每一句话都不知不觉叫她细细回味，反复推敲过无数次了。

"那我父亲那里怎么办？难不成我真的要先留在英国？"

"你若真要回去，他也拦不了你，可现在什么影儿都没有，还是稍安毋躁，我也觉得能留在英国学习一段时间是很好的安排。"

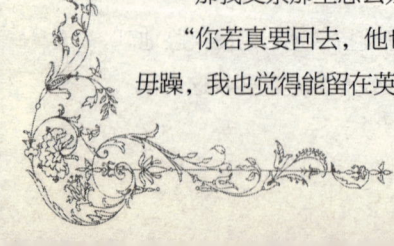

第六章 伦敦OL

她当然也知道，只是不愿意承认。她想不到更好的办法，也只能采纳静旋的建议了。表面上她稳稳当当，按部就班地做着自己该做的事；私底下，却期待她的生命里能出现期盼已久的惊奇。每一个晚上她都将周邦彦在剑桥送她的笔筒拿出来摆在床边，渴望它的主人能感受到她的心情。

直到夜深人静时，她会对着笔筒，自问自答道："我们会再见面吧？应该会吧？"

看着天上的月亮，想着远在剑桥小镇的兰姨，你不会骗我，你没必要骗我，我可是完完全全地相信你呀！求求你不要教我失望……

但她唯一可以做的事就是打电话。电话打得勤了，连静旋看了都忍不住说："拜托哦，小姐，我难得有个十天假期，你就不能专心陪我逛街吗？我看不如这样，我直接找 Peter 要周邦彦的联络电话好了。"

"这样不太好，我不想让 Peter 知道太多。"她肯定地说，"他一定会出现的。"

她早已细细想过了，此刻分析给静旋听，头头是道，"如果他根本不想和我联络，他来英国时也不会找我了，也不会送我那只泰迪熊，所以这之中一定是有什么原因……"看到静旋听得一脸茫然，她只好仓促下结论道："不管怎么样，反正我就是知道他并不是不想和我联络。"

"那到底会是什么原因呢？"静旋的手上提着大包小包的战利品，今天的天气又热得要命，现在还得站在街上听着品馨说一些蠢话，她不禁露出不耐烦的表情，真搞不懂品馨何苦要给一个男人耍得团团转，如果换做是自己，早就把这个男人给甩了，管他有什么天大的苦衷，末了她只好挖苦道："我看你这书是白读了。"

也许书真的是白读了，但兰姨的预言却似乎成真了。静旋前脚刚离开英国，周邦彦便听到她的留言，回了电话给她。

他告诉她，他在美国待了一段时间，最近才回到台湾。

紧握着话筒的品馨，狂喜到全身打颤，先前的失落与不满顷刻就被抛在脑后，她甚至连一句质问的话都说不出口。

我就知道！我就知道他一定还会联络我！

知道她毕业了，周邦彦问："那你何时回台湾？"

"我……"她把父亲希望自己留在英国实习这件事告诉了周邦彦，也想借此试探他对自己的感情，没想到后者不但没有劝阻，反而理智地与她分析去实习的好处。

她不知道怎么和周邦彦说，这只是父亲单方面的想法，只要有能力，怎么会找不到好工作。天知道她有多想回台湾，多想见他一面，但她却不知该如何向周邦彦表达她的心意，尤其，两人好不容易又联系上，如果现在她不能回去，那他们还有可能吗？

但周邦彦却一派轻松地说："来日方长呀，我们总会再见面的。"

来日方长……

"那……好吧。"她无奈挂上电话，原先的兴奋之情已一扫而空了。

＊＊＊＊＊

失去了期盼的动力，品馨终于答应父亲，搬到伦敦，开始了实习的工作，也见到了父亲赞不绝口的许恒辅。

然而父亲说的小工作室，却有三百多平米大，挑高四米五看起来更加开阔，除了一间独立的办公室和一间会客室，余下的空间全采用开放式设计，有原木，有绿化，有古玩，有琳琅满目的化妆品，还有色彩鲜艳的服饰，但所有的员工仅七八个人。

她被前台小姐带到许恒辅的办公室，儿时的印象已不复存在，眼前高壮的男子让她感到很陌生，她生硬地说："我是品馨，我们以前，不，小时候见过……"

"我知道你是谁，我父亲和我说过了，"没有想象中的热情招呼，反而是许恒辅冷着脸打断她的话，眼光直射在她身上，肆无忌惮地打量着她，脸上呈现出难以置信的表情。他蹙眉道："你乱七八糟地穿的是什么？"

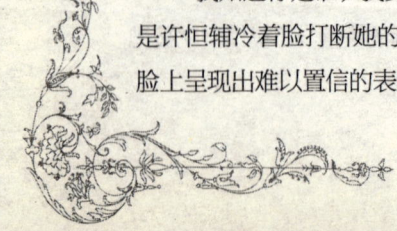

"啊?"她怔了怔,一阵脸红耳热烧烫了她的脸颊,她没想到他说话竟如此直接,她不知道自己的服装有什么问题,"这……这就是一般的套装啊。"

"你也听到了自己说的话?一般的套装?这里是一般的地方吗?"

"我……"她一时回答不上来,他却手一挥,示意她离去,"你明天穿好衣服再来,这种打扮在我工作室晃来晃去,万一被客户看到怎么办?"

她委屈莫名,回到家后便打电话向江晓茜抱怨,"我真没想到他会变成这样!我记得小的时候他还带我和品芬去游乐园玩过呢!"

"那你就穿漂亮点嘛,穿漂亮点上班心情也好啊,难道你要像在研究所念书的时候那样,天天T恤牛仔裤吗?"

"我也不是不愿意遵守公司规矩,"她退让了,但仍烦恼,"可谁知道穿漂亮点的定义是什么?如果公司有制服就好了。"

"那他工作室里的员工都穿什么?"江晓茜问。

"我没有注意……而且大部分都男的。"似乎只有前台是女的,品馨只记得她穿了条短裙,剩下的都不记得了。

江晓茜想了想说:"要不就穿得青春靓丽点儿……色彩鲜艳点,对了,就像那些夜店皇后一样,不就很时髦吗?"

"那好吧……"她采纳了江晓茜的意见,匆匆跑到Morgan,她印象中夜店女必备的潮服圣地,选购了一件黑色闪亮背心裙,酒红色短外套,配同款同色的漆皮包,又买了一对现在流行的大耳圈和手环,虽然每样东西都看过价钱,但结帐时还是吓了她一跳,即使打了折都花了她一百镑。

她在心里嘀咕,才说要存钱开咖啡馆,结果上班第一天就花掉了她一个星期的生活费。也好,眼光要放远,就当做是讨老板欢喜,自己的计划才能实现。

隔天她刻意提早半小时起床化妆梳洗,七手八脚地弄了半天还差点迟到,虽然和她一晚上想象的艳光四射有点差距,但效果也不错,足以让她自信满满地踏进工作室,出现在许恒辅面前。

许恒辅看到她后,立刻把讲了一半的电话挂上,不解地问她,"我昨天说的话,你是哪一句没听懂?"

她怔在那儿,"我不明白你的意思,我已经换了衣服,也打扮过了呀。"

可不是?光唇膏都足足涂了三层,还是加了玻尿酸成分,能瞬间丰满双唇的那种。

许恒辅瞪视着她像刚偷吃过两块猪油馅饼的嘴唇问:"什么叫打——扮?你觉得你现在这样很好看吗?"

"我看不出有什么问题。"她如实答道。

他只好把她拖到办公室里的穿衣镜前,命令道:"告诉我,你从镜子里看到什么?"

"我……"她看了又看,说也奇怪,她在家里照了半天的镜子,觉得自己很像回事,还挺满意的,可现在,不知是不是心理作用,她忽然觉得镜子里的自己俗气可笑,好像……好像……

"妓女。"他把她心里想的话说出来了,"你自己看,像不像?"

她回过身,生气地看他,"那你到底想我穿什么?"

"得体。"

她气呼呼地把许恒辅的话一字不漏地转述给江晓茜听,"得体?得体是什么意思?难道套装还不够得体吗?"

"妓女?他一定是常常去召妓才会这么清楚妓女穿什么!"

"名气?有名的人多的是,有一点点成就就瞧不起所有人,简直就是只井底之蛙!"

骂完了所有想骂的话,问题仍要解决。

"那你明天到底要穿什么去上班?"江晓茜问。

她总算安静下来,想了想,又叹了口气,"我也不知道……"忽然想到妓女这两个字,"难道他是要我穿得像茱莉亚·罗伯茨那样吗?"

"他不是不要妓女式的穿着吗?"

"当然是茱莉亚被大改造以后啊!"

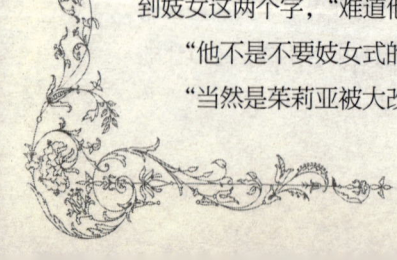

"但是那些衣服很贵吧？"

"这……倒是，"她又烦恼起来，罗黛尔街上的那种名牌衣服随便都要好几千美金，父亲只在她满十八岁生日时带她买过一个包——根本也不像包，更像是购物袋，打折又打折地也花了父亲五百多美金，"你说得对，我怎么可能花那么多钱去买上班穿的衣服，除非我真的是妓女。"

想累了，江晓茜先放弃，大口打着哈欠说："那就算了，不管他了，反正他总不会因为你的穿着就开除你吧？"

她想到许恒辅的脸色，"很难说。"

"那和你爸说吧，让他去和许恒辅的父亲说。"

"不要！"失败可以，但这么小的事，这么短的时间就要她承认失败，她做不到。

"我自己再想想吧。"她挂上电话，又背起包包去逛街。

这一次，她漫无目的地在庞德街上闲逛。庞德街也算是英国版的罗黛尔街了，什么昂贵卖什么，短短的一条街上聚集了来自世界各地的顶级时装、珠宝、名表、古董店等，刚来英国留学时，她曾和同学结伴来逛过一次，称得上是标准的 windowshopping，有好些店她们连进去都不敢，只在店外驻足欣赏，现在她虽然户头还有念完书后剩余的两千多镑，而且工作也有着落了，但她仍不敢乱花钱，更何况两千多镑在庞德街上，大约只够买件 Burberry 的风衣，两双 Belly 的鞋子过过瘾罢了。

她正想着换到别处去逛时，忽然看到一间小店隐身在巷口，她走过去一看，是一间以土耳其蓝与白色为主色调的饰品店，比起大街上看起来不可一世的珠宝店，这间店铺倒显得亲民许多了。

虽然连衣服都还没着落，自然也顾不上饰品，但她还是走了进去——毕竟这是她唯一站到门口却没有感到压力的店。

不过店小得在她踏进门的一刹那，就足以把整家店看清了。老板娘倒是一个时髦的老太太，不但化了浓妆，身上还佩戴了相应的饰品，她不禁夸奖老太太的品位，老太太很高兴，站起身替她挑选了两副耳环，要她试戴看看，"你戴上去会很好看。"

她快速地瞄了一眼价钱，是自己负担得起的，虽然她并没有打算要买。

老太太站到她身侧，看着她戴上耳环，并和她一同看向镜子。黄铜色的长耳环显得她相当有气质，她左看右瞧，愈看愈有味道，她心里一高兴，对老太太说："我要这副耳环。"

老太太微微一笑，"亲爱的，别急，我们慢慢来。"老太太让她把耳环摘了，又拿了条大项链给她，那项链大得足以当围巾用了。她噗嗤一笑，婉拒道："这条项链太大了，不适合我。"

老太太很权威地说："适合，而且很衬你身上这件衣服。"

她耸耸肩，反正戴条项链也花不了多少时间，但，就在戴上去的那一瞬间，她感到整个人像脱胎换骨似的变了个样，闪着金属光泽的大项链把她身上穿的那件再平凡不过的黑色T恤衫，变成了相当时尚的穿着，着实令人眼前一亮。

她又惊又喜，没想到饰品有这么大的魔力。

老太太笑着告诉她，一件昂贵的衣服，抵不过一件漂亮的饰品，只要有漂亮的饰品，即使你的穿着普通，它也能立刻让你变得耀眼突出，有自己的特色。

她心念一转，这么说来，家里似乎有很多"普通"的衣服都能派上用场了。

那天晚上老太太耐着性子听她说着自己的衣柜里都是些什么样的衣服，款式，质料等，最后老太太帮她选了五副耳环，四条项链，二副手环，还给了她很好的折扣，虽然算下来又花了她四百多镑，但她却一点也不心疼，还生气自己怎么这么晚才开窍。

她兴冲冲地回到家，几乎把整柜子的衣服都搬了出来，一件一件地照着老太太的建议搭配，果然可以玩出很多花样。有些项链还有两三种佩戴方式，每一种佩戴方式味道皆不同，最后她从一堆衣服里挑了一套质感较好的黑色裤装，搭配灰色的丝巾，再加上充满法式风情的宝蓝色系饰品，

原先一头清汤挂面式的长发也从毫无特色变成了生气勃勃。

好像被施展了魔法，现在的她看起来利落而不失优雅，以至于当她再次出现在许恒辅眼前时，许恒辅不但不再把她赶走，还从样品间里拿了一米一红两条围巾送她。她得意洋洋地把成果告诉江晓茜，江晓茜也想改造自己，听她这么一说心动不已，两人约好等江晓茜有假时就来伦敦一起去看饰品店的老太太。

上班第一关终于过了，她总算松了口气，也正式开始了实习工作。

虽然是实习，但她仍做得战战兢兢，那或许是因为许恒辅有别于周邦彦，他没有令人感到爽朗温暖的笑容，也没有给人安心信赖的感觉，于公于私他都冷淡无情，对人对事皆轻佻促狭，但他确实才华洋溢，一双巧手能在短时间里把一个再普通不过的女孩打造成闪闪发亮的时尚名媛，更难能可贵的是，他还有超凡的商业头脑，她后来在网上研读工作室资料时才发现，许恒辅竟然只用了短短五年，就在英国各地开了十间整体造型工作室，将服务的对象从名人推向高收入的普罗大众。

这个事实让她比较能包容许恒辅固执难搞的个性，也尽量满足他吹毛求疵的各种要求，不知不觉间，无论吃穿娱乐，她已彻底从学生生活脱离，成了伦敦典型的OL。

{第七章}

魅力 BOSS

想说的话像一口气硬给吞了回去,他总能让她好不容易软和的心一下子又坚硬如石,但是那句爱自己的话却一直回荡在耳边,为什么爱上周邦彦会让她觉得不够珍爱自己?

午夜12点，许恒辅仍独自在工作室里工作，Amy已打了好几通电话来，又不敢催他，只是在电话里半是撒娇半是祈求，就怕他忙到太晚，索性不来了。

其实Amy的担心根本就是多余，他是热爱工作，但他同时也爱女人，工作与女人对他来说两者缺一不可，只是他讨厌浪费时间，工作不能等，女人可以等，那些等不及的、等不了的便出局，没什么大不了。

他终于抬起头来，伸了一下懒腰，今天的工作终于告了一个段落，他正要给Amy打电话，确认她是否还清醒着，却赫然看到品馨仍坐在位子上，对着电脑不知道在做什么。

他走出办公室，直到走至她身边，她都浑然不觉，专注地看着电脑上的报表，他唤她，她却吓了一大跳，

她对着他嚷嚷道："你怎么不声不响地站在人家背后？"

"我没有不声不响，是你太专注了。"他问她，"你在看什么？"

她站起身向他说明，"我在想，是不是引进一些开架式化妆品在店面贩售，这样可以增加利润。"

他淡淡地回dao："这就是你研究后的心得？"

他淡漠的反应让原本信心十足的她顿时像泄了气的轮胎，但还是努力向他解释她的想法，"我发现店里的成本很高，所以才在想是不是有什么

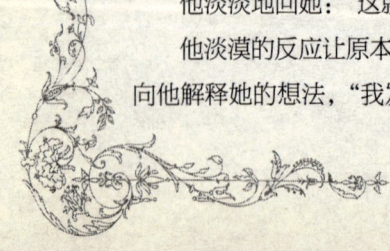

第七章 魅力BOSS

方式可以提高店面收入，但我还在思考，还不能确定。"

"别想了，这条路行不通。"他拍拍她，"你饿了吧，我们去吃饭吧！"

"为什么？"她不死心。

"因为我们店的租金很高，开架式化妆品所带来的利润对我们而言并不划算，更重要的是，与我们的目标客户群也不符，反而降低了我们店里的形象和质感。"

她十分沮丧，许恒辅就这样轻描淡写的两句话，就把她发现新大陆式的研究变成了一团废纸。

他看了她一眼，只说："去吃饭吧。"

她疑惑地看着他，"你不是……还有约会？"她记得许恒辅约了一个叫 Amy 的模特，原本她替他们安排了餐厅，后来又取消了，但就刚才，Amy 还打电话来向她打听许恒辅还在不在办公室。

"那也要先吃饭，我饿死了。"其实他一点也不饿，话说出口时他自己也吃了一惊，但很快又镇定下来，"走吧。"

"那好吧。"

他们上了车，她还在想这个时候哪里还有餐厅营业时，不到五分钟许恒辅的车就在一间 Pub 旁停下，他指着不远处说："那里有个小摊卖 Kebab，你要什么肉？"

"哦……"她没想到那么快，赶紧坐直身答道，"牛肉好了。"

他一个人去买 Kebab，下车时还交代她反锁车门。

烤肉买回来后，许恒辅一边吃一边开车送她回家，两个人几乎没讲什么话。

好不容易捱到家，紧绷的神经总算能放松了，她一头倒在床上，和衣便睡，这已成为她常态性的生活习惯。

在大城市的生活步调比乡间快得多，工作室的节奏更是快得让人很难跟得上，许恒辅几乎是今日事今日毕的奉行者，因此身为他助理的品馨，一刻也不敢耽搁地处理大小杂事。由于经常性加班，她平均一星期的休息时间只有一天,她会利用这一天的时间洗衣服,做家务,做些三明治和手工饼干充当午间便当,然后最重要的是,准备下个星期每天要穿的衣服,一套一套地先配好,她的生活可谓是乱中有序,匆匆忙忙之间,她已工作了三个月,她也从一开始的手忙脚乱,到后来虽然仍旧忙乱,外人已不易察觉到了。

尽管事情多,但她并不觉得苦,唯一辛苦的地方是和许恒辅相处让她浑身不自在,只要两人共处一室,那不自在的感觉经常让她有种快喘不过气的错觉。

这或许是因为,相较于周邦彦的温情鼓励,许恒辅对于大事努力的品馨极少赞美,对小事迷糊的她却总是投以严格的目光,将品馨的任劳任怨更是视为理所当然,但就在品馨以为自己的饭碗会不保时,许恒辅却将她提升为正式职员,待遇优厚得令人咋舌。

"其实你不用给我那么多……"她不好意思地说。

"即使是这样,你仍是我公司里待遇最低的员工。"他冷酷地回答道。

"什么?"她先是吃了一惊,跟着是羞愧,然后想到这一切再合理不过了,若不是他工资给得高,平时不把员工当一回事的他能请得到这群替他卖力的人吗?

"原来如此!"她在心里冷哼道。

反正她早已计划好,英国的薪资高,许恒辅给得更高,自己只要省吃俭用两年便能存下一笔钱,回台湾时也许可以帮父亲多开一间咖啡厅,也当做是偿还父亲的留学资助。

尽管品馨并不喜欢和许恒辅共处,但许恒辅身旁却有大把美女模特排着队争取与他约会,以至于作为助理的她,除了公事,还得安排他的私事,而且不论公私都不许出错,当她把两个英文名同为 Baby 的女人搞错时,许恒辅竟当众在办公室里对她咆哮:"天啊!就两个女人你都能弄错,你是吃什么长大的?"

许恒辅的办公室一向不拉窗帘,透明的大玻璃外几乎可见到坐在外头

的十几名员工，虽然隔音很好，但看到老板脸红脖子粗的样子，谁都晓得他是在骂人了，有那么几个好事者假装打电话，影印，倒水，其实眼角的余光都飘向办公室内正上演的精彩好戏。

面对许恒辅莫名的恼怒，一向不愿与人争的品馨也忍不住顶回去，"这本来就不应该是我负责的！"

许恒辅"啪啪"地一连拍了好几下桌子，大声道："有那种闲工夫计较工作，不如好好想想怎么把工作做好！"

她正想反驳时，办公桌上的电话响了，许恒辅一边接起电话一边挖苦她说："如果你觉得这工作很'困难'，你就回家去，看在伯父的面子上，薪水照样结给你。"

就是这句话，让原本想冲着他大喊"我不干了"的品馨又留了下来。

但如果只是留下来一点意义也没有，问题必须得到解决。她开始找机会给许恒辅有来往的任何女性拍照，存档，上头还详细记录着他和这些女生的发展情况。还在帮教授做研究工作的江晓茜，趁圣诞节的几天长假来伦敦看她时，也被这本看起来鲜艳花俏，琳琅满目的剪贴本吓了一跳，忍不住啧啧称奇，"这本册子要是哪天掉了，别人肯定会以为你是个大淫媒！"

她冷哼一声，"可不是！"

"那你可要小心了。"

"小心什么？"

"小心哪天不小心爱上他呀。"

"为什么这样就会爱上他？"

"因为到最后，你就会变成最了解他的女人。"

她没好气道："那也是他爱上我吧！"最后狠狠地下了结论，"而我，就是因为太了解他了，所以绝对没可能爱上他！"

江晓茜神秘地笑了笑，"你不觉得和这种人交往好像还蛮刺激的吗？至少比那些平淡得如白开水的恋爱好吧？"

她更不以为然了，"拜托哦！谁说恋爱要么就是喝白开水，要么就是

打吗啡,也有一种恋爱是……"想到周邦彦,她突然噤声不语,这可是她心底不愿与人分享的秘密呢!

"是什么?"江晓茜好奇地看着她。

她被问倒了,毕竟她和周邦彦也没有真正谈过恋爱。

但江晓茜的话却使她开始观察许恒辅,一段时间后,她不得不承认,许恒辅确实吸引人。

许恒辅的风流倜傥巧妙地综合了温文儒雅的气质,教人看了目眩神迷,然而对不谙风花雪月的品馨而言,他更像是一出国剧里的名角,有很多吸引女人的桥段。

他懂得嘘寒问暖,呵护备至那一套,也知道要适时展现才华讨人欢喜,他会在看上的女人面前挥毫,现场临摹诗词致赠,仿佛"独一无二",令女人又惊又喜。

在追求阶段的时候,他热情得像团火球,每天总要品馨替他接上好几通电话给对方,她在好奇心驱使下,偷听了几次,发现他也没说什么,只是简短的几句问候便收线,却成功营造了一种不打便无法心安的感觉。

再来,只要是和对方有关的事,无不积极打点安排,这也是为何品馨总觉得自己杂事很多的原因。而他大男人潜在性格里的不容违背之处,更是令他多添了几分魅力。

于是女人又惊又喜,觉得自己挖到了宝,又因着受宠,很快便沦陷了。即使她们明知自己不是许恒辅身边唯一的女人,但那"唯一"的感觉却强烈到让她们觉得自己是"与众不同"的。她们不约而同地想收服这个男人的心,却无一人成功。

品馨冷眼旁观,在心里更加笃定了:我和他是绝对不会有那一天的。

＊＊＊＊＊

许恒辅原本以为,他很快就会开除品馨,就像之前的助理一样,她们

第七章 魅力BOSS

没一个叫他满意。后来他又以为，品馨很快便会辞职，就像之前的助理一样，她们没一个捱得了苦。但结果是，他接受了品馨的缺点，后者虽迷糊，但努力；虽单纯，但认真。只是品馨总叫他摸不着头脑，即使他都能感觉到她在心里对他咬牙切齿的那股劲儿，她也再没说过一句要离开的话，她仿佛怀着更大的目的，是那个目的给了她克服万难的决心。

他对那样的决心丝毫不陌生，十年前他刚从设计学院毕业时也是这样，他和其他无数的年轻人一样怀揣着梦想，并梦想着有朝一日能实现，只是他比别人清楚，要将梦想化为实际，首先得停止做梦。如果别人努力一分，他便要努力十分，他并没有什么了不得的天赋，即便有，天赋这玩意儿也得靠后天的努力才能被激发出来，因而他又苦学化妆，然后美发，甚至是摄影，最后成了全方位的造型师。

他好奇品馨背后的决心，她想做什么？也开一间造型工作室吗？但看起来又不像。

坐在办公室里，他难以克制地，偶尔便要抬头看一下玻璃窗外的品馨。他看到她被自己一口气交代了一堆事，回到位子后慌慌张张、急着处理好所有事情的模样。

然后又看到她一边工作，一边把刚泡好、正滚烫的咖啡一口气往嘴里送，然后被呛得咳嗽连连，咖啡洒得衣服、桌子都是后，又慌忙地奔到开水间拿抹布回来擦拭桌面上的文件，见效果不彰，又重新打印……

然后又看到她从位子上起身，不小心撞到桌角时龇牙咧嘴的模样，这样的冒冒失失一天总能看到一回，他在办公室里独自偷笑摇头，这也解释了为何她的手臂和短裙下的长腿总会出现莫名的淤青。

这样的观察，实则偷窥，不知不觉地成了他工作的一部分。

他又看到她得空时会利用工作室里不用的碎布、买来的花饰和水晶布置自己的办公桌，而且每隔一段时间就重新换过，弄得好像百货公司里的橱窗展示。

然后又看到她在每个星期一，捧着一大盒自己在星期日做的手工饼干到处请同事品尝，还和有兴趣的同事分享制作手工甜点的经验。他坐在那儿等着她拿出另外包装好，准备讨好他的饼干，送到他办公室里，但一直等到他眼睁睁地看着她把最后一块饼干一口气塞满嘴里后，他才恍然大悟，只要是好事都没他的份儿。

就这样观察了一阵子后，他愤愤地将心得总结：不是他给的工作太多害她常常加班，根本就是她自己分了太多的时间在没有意义的事情上。

品馨对于许恒辅在她身后偷偷观察她，还对自己每次做饼干、做蛋糕都没他的份儿而生闷气的事浑然不觉，她只隐约感到许恒辅对她的态度似乎没有刚来时那般尖锐和冷淡了，但她以为，那样的转变是在她有一次主动提醒他，他和一个叫 Anna 的混血儿已经快一个月没见面，而她很清楚地记得他说过他还没想让 Anna 出局，"那么，我建议你快点见她吧，然后找一个好一点儿的借口，再送个小礼物什么的，那你们至少还能再交往一两个月。"

看到她故作成熟、一本正经的样子，他忍不住笑出声，"你怎么知道？"

"第一，我也是女人；第二，我有做记录。"

他一怔，"什么记录？"

"你的恋爱周期记录表。"她忍不住说出口。

当他看到那本自己专属的"花名册"时笑得更大声了，他难得夸奖她，"原来这就是你想到的办法啊？有用脑果然是不一样！"

她没好气地看着他，一点也不领情，"如果可以，我还是希望能不要做这种工作，对人生一点帮助都没有。"

"哦，"他收敛起笑容，转而认真地问她，"那你认为做什么样的工作对你的人生才有帮助呢？"

"我……"她想了想，老实答道，"至少，要对社会有贡献吧。"

他不置可否地笑了笑，然后告诉她，他在英国求学期间，做过各种工作，包括去鸡厂给鸡拔鸡毛。

"啊？"她瞪大了眼睛看着他，"拔鸡毛？"

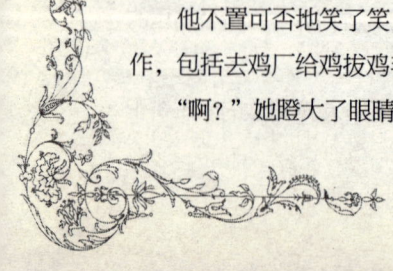

"是啊，比在快餐店打工领的钱多，一天就能挣七十多镑。"

他因专心专注，做得比其他人快又好，后来还给加了薪。

"我每星期去两天，赚的钱足够我一星期的生活费，还有水果可吃。"

念书时他为了省钱，别人一星期的菜钱总要个三四十镑，他却顿顿黄瓜炒鸡蛋，黄瓜炒肉丝，冷冻青豆，卤鸡翅等，而且鲜少和同学下馆子打牙祭，一个月下来就连生活必需品算在内也花不了一百镑。

"所以，有新鲜的水果可吃可是件大事。"他一本正经的模样让品馨忍俊不禁。

气氛前所未有的轻松，只是听着他侃侃而谈以前的工作细节，她仍觉得难以置信，眼前这个时髦帅气的男人居然曾经是养鸡厂的工人？

"所以我的妆为什么可以化得比别人好？就是因为那时候练出来的耐心和专注。"他开玩笑说经自己手处理过的每只鸡都像艺术品一样无可挑剔。

最后他对品馨说："能不能学到东西在自己，不在事情的本身，这就是我这么多年来的领悟。"

许恒辅这番话令她对他多少有些改观，在面对原先那些她觉得毫无意义的工作时，她也开始用另一番心肠对待，这么一来，她惊讶地发现，确实如他所说的，能有其他的收获。不过正当她以为两人的关系好转，以为自己终于找到取悦这个不可理喻的老板的诀窍时，许恒辅又再次因为一个突然出现在公司向他哭闹的妙龄女子而大发脾气。

这是因为，许恒辅一向的习惯是，只要他决定出局的女人，一定会让品馨买好分手礼物送过去，然后装忙碌，玩消失，由品馨挡下所有的电话，必要时，他的办公室内有一间小卧室，卧室通着另一个出口，要闪人很容易，可这次品馨却未给任何提示，让他当场给逮个正着！

品馨给的理由是："她怀孕了，是你的孩子。"她说的是实情，有别于其他女人，Vivian 并未为难她，只是向她诉说自己的打算——她决定放弃刚起步的演艺生涯，躲到郊区去生下这个"注定无父"的孩子。后来当她得知 Vivian 可能会面临到"生活困难"时，实在忍不住了，她觉得许恒辅有必要和 Vivian 好好谈谈，但熟知许恒辅个性的她知道绝对不能事先告知，才有了今天这场意外演出。但她没想到的是，答应自己会冷静平和处理的 Vivian 竟会突然歇斯底里，在办公室里又哭又闹，犹如天崩地裂。

待许恒辅好不容易收拾完残局后，便等着收拾她了。许恒辅难得把办公室的帘"唰"地拉下来，跟着便气冲冲地对她发脾气道："你怎么知道孩子是我的？"

"当然是她说的！"她硬着头皮回答道。

"难道就不可能是别人的？"

"孩子是谁的，她怎会不知道？"虽然觉得他不可理喻，但她仍努力辩解道，"而且她对你是动了真感情，她说她很爱你，即使明知你可能不会负责，也想要把孩子生下来，她……"

他的眼睛逐渐瞪大，像要喷出火似的，"你笨也就算了，还那么天真，你的大脑去哪里了？它到底什么时候才会开始工作？"

"你……"她气得说不出话来，只觉委屈莫名，于是那一次不愉快后，除了非必要的公事交谈，她尽可能地回避他，反倒是许恒辅，似乎一点感觉都没有，照样指挥她做这做那，她虽然照单全收，甚至更加卖力，但也不忘提醒自己要时时刻刻冷若冰霜，算是无声的抗议。

Vivian 的事以后，她以为许恒辅会收敛许多，没想到他却愈玩愈凶。她打抱不平地问："那 Vivian 呢？"

他冷哼一声，"不关你的事！"

她为 Vivian 感到难过，居然碰到这样不负责任的男人，一想到 Vivian 肚里的孩子，她忍不住拨了电话过去，看看自己能帮些什么忙。

"结果她根本没搬家。"她无奈地对着来看她的江晓茜抱怨。

"那孩子呢？"

"她说拿掉了。"

江晓茜不解地问："你不是说她坚持生下来，而且还……"

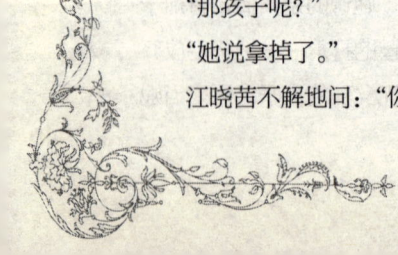

"她说接了新戏",品馨打断道,"还是第二女主角。"

讽刺的是,这机会还是许恒辅介绍的,听说还另外给了点钱,当做是资助她的演艺事业。

江晓茜听了啧啧摇头道:"真难以相信,你不是说他们吵得都快把办公室屋顶给掀开了吗?"

"算了,也许他是对的,是我太天真。"

当她知道Vivian安然无恙,而且还好得很时,她主动去找许恒辅道歉。

"那一次……对不起,我听说你花了不少钱。"

许恒辅知道她指的是他开给Vivian的那张支票,"所以你去打听我了?"

她脸一红,"我不是打听你,我是关心她。"

他翻了翻白眼,"是爱管闲事吧?"

原本想好好道歉的,但看到他的态度,道歉的话不但说不出口,反而还觉得自己快发火了。

"我不是……"

许恒辅没等她说下去,"你不用不好意思,我不怕花钱,不用花钱的女人才可怕。"

她冷哼一声,"你倒是各种经验都有。"

"不,"他摇头,"不用花钱的从来没有过,我说了,就是这样才可怕。人,只会害怕自己不知道、无法掌控的事。"

她没看过他语重心长的样子,觉得好笑,"其实有时候失控一次也不是坏事。"

"那是不负责任的说法。"

"难道控制着所有的人和事物,让世界只能围着你转就是负责任的做法?"

"在我的世界里,是的。"他正色道。

她不知道自己为何总是忘了他的身份,居然吃饱撑着与他争辩起来,最后她在许恒辅批评她天真得不可理喻时直接转身开门离去。

回到座位后,许恒辅说过的话不知何故又在她耳边重复了一遍,她忽然心事重重,心情变得低落,她想到周邦彦,会不会真的是因为自己过于天真,才会看不明白很多事?

这份心事重重延续了好几天,她变得无精打采,想到周邦彦时更有一种想哭的冲动,最后她听了江晓茜的建议,在周末来临时,收拾行李,准备去卡地夫度假。

人才到火车站,正感觉到低迷已久的心情又澎湃起来时,许恒辅的电话就来了。

"什么?"她尖叫,"现在去Bath!"江晓茜看她脸色都变了,在一旁频频挤眼努嘴问什么事。

她没空理会,还再与许恒辅据理力争,"我现在已经不在伦敦了。"

"你在哪里?"电话那头传来许恒辅的恶声恶气,她竟也像做错了事,紧张地解释起来,"我现在在火车站,和同学约了要去卡地夫……"

许恒辅恶声恶气地打断她:"谁让你去的?我说了我们要去Bath出差!"

"可是你没告诉我呀!"她觉得很委屈,又没事先通知,又是自己的休假时间,这人凭什么对她大呼小叫。看着提着行李,仍傻傻地望着自己的江晓茜,她决定做最后挣扎,"我们已经买票了,而且火车就要开了,不然我明天就回来行吗?"

"我已经快到火车站了,你出来吧。"

电话挂上后,她简直不敢相信,居然有这么霸道的人,她气得跺脚,反而是江晓茜劝她,"算了,我自己去吧,我可不想害你丢工作,你也知道工作很难找,更何况还是这么好的工作。"许恒辅公司的事情虽多,但待遇和福利都很优厚,她也因而成为班上同学们羡慕的对象。

说得都有理,但"那也不能不把人当人呀"。说归说,心还是虚了,她乖乖地拎着行李步出火车站,在门口等了足足一小时才看到许恒辅的车。

她压制着怒气,在心里一再提醒自己,我是员工,他是老板,不管是

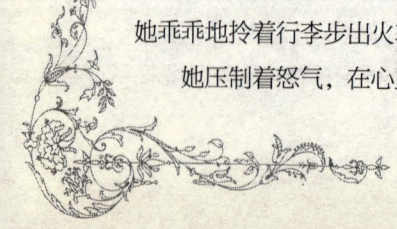

第七章 魅力BOSS

想表现专业还是表现修养,生气都是不被允许的。

只是,出差两天,仅仅去了新开的造型店巡视,和所有员工开了两小时的会,她不禁在心里嘀咕,气他的强势,气自己的妥协,许恒辅却照例像没事似的,还兴致高昂地带她去一间附有古罗马澡堂的餐厅用餐,服务生热情地推荐她喝澡堂的温泉水,说是能治各种疾病。

她端起那杯乳白混浊的温泉水,眼前突然浮现那瓶紫色的药水。

心底很苦,即使能治病,也不知道自己生了什么病,只知道病得很重,而解药却在很远很远的地方。

"你在想什么?"许恒辅问,话刚出口自己都吃惊了,他观察力强,却从不在乎,别人的想法与感觉若与钞票无关,便难以激起他一探究竟的兴趣。

但此刻,他却很想知道是什么样的思绪困扰着她,以至于整日愁眉不展,会是与自己有关吗?

她只淡漠一笑,将温泉水一饮而尽——但味道太过奇怪,她皱起眉瞪着杯子,还有大半杯呢!

他看出来,欲拿过杯子,让她别喝了,她却笑笑推却,不忍让那热心热情的服务生失望,仍是皱着眉,全喝干了。

"为难自己最好的方式就是替别人着想。"许恒辅突然说。

"什么意思?"

"为自己而活吧!"虽然不知品馨的低落从何而来,但过分替人着想的本质却很可能是问题的根源。"我真不懂你们这些人,爱惜自己有这么困难吗?"

不待她说话,他手一招,自顾自地买单,又回到那个冷漠淡然的许恒辅。

想说的话像一口气硬给吞了回去,他总能让她好不容易软和的心一下子又坚硬如石,但是那句爱自己的话却一直回荡在耳边,为什么爱上周邦彦会让她觉得不够珍爱自己?

{第八章}

猫和老鼠

  他无奈摇头,到底是从什么时候开始,讨女人欢喜变得那么困难?与此同时,他却注意到了一件不相干的事——她的头发长了许多,全拢向一侧,柔顺地垂落在粉嫩的胸前。

  一阵心荡神驰,这是世界上最美好的风景,他不自觉开口,但早已是心底盘踞许久的计划:"这个周末,我带你去一个地方。"

回到伦敦后，日子又开始忙碌起来，品馨发现许恒辅变本加厉，几乎占用了自己每个假日，他总是有这样那样做不完的大小事情等着交代她，她倒也不是很在意没假休的事，横竖待在家里也无聊，只是她不想一天到晚都看到他，谁叫他令她神经紧绷，无法放松。

为了能有休假，她绞尽脑汁，想出各种快速完成工作的方式。原来用了心，事情反而简单。许恒辅每日要做的事，来来去去地其实都很固定，她找出规律，还抢先一步把事情给办好，几次下来，许恒辅终于对她另眼相看，很难得地夸奖道："你的学习力倒是挺强的。"

她很得意，趁机央求道："那我能休假了吗？"又怕他不高兴，赶紧再补一句，"不一定要每个星期，偶尔有那么一两天就好。"

他正要打电话，听到这话只抬头看了她一眼，便又低下头拨电话，倒是给了一句回话："等我安排。"

她退出办公室，虽然不知道他的安排何时才能兑现，但至少是给自己争取到了。她高兴地打电话给江晓茜，"只要他一给我休假，我就去看你。"

品馨走出办公室后，许恒辅就将手中的事搁下，思索着两人方才的对话，他并不是刻意在品馨面前装作忙碌，而是不知为何，每次想和她多讲几句话，讲着讲着就不知要说什么了，更糟糕的是有时还争执起来。

事实就是，他风趣逗人的本领在她面前完全施展不开来——当然，他

是老板,他并不需要和她耍嘴皮,也无需逗她开心,只是……她是他的助理,他应该改变作风,对她好一点,让她心情愉快,她也会更加努力去做自己交代的事。

他想清楚以后,心里立刻有了待她好的主意,他开始打电话安排,亲自取消和改变一些公私行程,他并未发现,做这些事情时他的心情变得愉悦而轻松,还不自觉地吹起了口哨。

不到一星期,品馨的期待便兑现了,只是兑现的方式和她想的不同——许恒辅特意休闲着装,提早一小时下班,"走吧,我带你去一个地方。"

以为又是应酬之类的工作,她立刻问:"我要准备什么?"

"一张嘴就行了。"

她傻傻地上了他的车,一直到了目的地仍不敢相信,他竟然带她到Marks&Spencer超市!

她还想,也许客户住楼上……直到许恒辅推着推车,哼着歌,从苹果堆里捡出一颗红艳艳的苹果时,她才恍然大悟。

"为什么要买菜?"

"做饭!"

"谁做?"

他转过头,莫名其妙地看她,"当然是我,难道你会?"

"我,"她顿了一下,跟着便急起来,急欲解开谜底,"不是这个问题,我的意思是,是做饭给谁吃?今天请客人了吗?我都不晓得……"她愈说愈急,愈觉局促不安,这些琐琐碎碎的事一向是她的工作内容,但她怎么一点印象都没有?她既没通知任何人,也没任何准备,没订鲜花,水果,蛋糕……

看她着急又不敢问明的样子着实好笑,他忍俊不禁,替她解答:"就我们两个人,我做饭给你吃。"

"啊?"

"你不是说希望能轻松一下吗?"

她呆了半响，不知如何作答："是……但是……"，终究不好意思说出口，但不是跟你，跟你怎么轻松的了？

回到了许恒辅的公寓，品馨虽然因为许恒辅招待客户或朋友的关系来过很多次，但这却是唯一一次，仅有他们两人。

她独自坐在沙发上，听着许恒辅在厨房里洗洗弄弄的声音，很不安。几次想起身帮忙，但一想到两人近距离的尴尬，又徒然坐下。

百无聊赖地环顾四周，想起自己第一次到许家，便真心爱上这简约雅致的日系风格设计：那浅色的榉木，那随坐随卧，挨着窗边的长平台；那老料新制的卧榻式禅椅；那些用来造光影氛围的漆器，有朱红，黝黑，透亮清澈，还有最令人心旷神怡的室内花园……可以看出房子的主人是如何大费周章地将室外桃源移植到了这栋楼高十六层的高级公寓里。

但这禅的意境，却也安定不了自己的心，她正要起身找些事做，就看到许恒辅端了两盘意大利面走出来。

桌上还摆了水果盘和面包篮，他招呼她坐下，又开了瓶红酒，"其实我对酒没什么兴趣，不过你喜欢的话，就多喝点吧。"

"你不是收藏了许多红酒？"她知道这房子还有间长期保持恒温的红酒收藏室，虽然没数过，但数十瓶红酒肯定有。

"那都是为了附庸风雅而已，"他给自己倒了鲜榨橙汁，"我一点也不喜欢这种生活。"

她疑惑道："也不喜欢抽烟？"她记得他抽雪茄的。

"不喜欢，那味道呛死人了。"

"哦？"在她眼里，许恒辅精通红酒美食，擅长设计派对活动，来往的朋友更是遍及各层面，但原来，那都不是他，"那你喜欢什么样的生活？"

"我喜欢简单，宁静。"

"那这些……"

"做给别人看的，为了融入这个圈子用的，"他一脸向往看着远处，"如果哪天我退休了，我会跑到欧洲某个小城镇隐居，和我心爱的女人每天钓

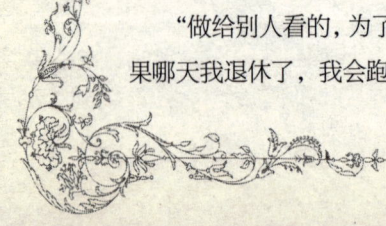

鱼骑马，读书种花……"说到一半，发现品馨在偷笑，"怎么了？有什么好笑的地方？"

"你说心爱的女人？你会有心爱的女人吗？心爱的小狗还有可能！"她说着说着，自顾自地笑了起来。

他反驳道："经历愈多女人的男人，才愈懂得如何去爱一个女人。"

"哦？"她打趣道，"那就是说，浪子终有回头的一天？"

"不是回头，是决定，"他凝视着她，"决定他要和谁携手过一生。"

她突然发现，他居然有着一双和周邦彦一模一样的深邃眼眸。

那深邃的目光没有停止之意，她再也笑不出来了，突然觉得屋子里安静得连彼此的心跳声都听得一清二楚。

"你少无聊了！"她突然生气地站起来，"不要拿我当你的试验品！"

"试验品？"许恒辅笑了，"逗你玩的，你最近脾气挺大的！还有什么不满，一起说吧！"

"有！"她大声说，"面很难吃！"

他啼笑皆非，这算什么？"比三明治难吃吗？"

她一怔，"什么？"

"我看你每天中午都吃三明治，不健康。"

她别过头，倔强地，"你不明白。"

"你缺钱吗？"

她仍嘴硬，"三明治又不是缺钱的人才能吃的。"忽然响起电话声，她暂且不理他，接起电话，整个人却凝结住了！

是周邦彦！

她丢下许恒辅，匆忙奔向阳台，欣喜若狂道："你还好吗？"

周邦彦的声音温柔依旧，"你把我想问的话给说了。"

她傻笑，"我还好，那你呢？一定很好！"

他没回答，只关心地问："工作还顺利吗？"

不知道是因为场合不对，还是时间不对，还是因为等待得太久，她想了千遍万遍要说的话，此刻却忘得一干二净，只好回道："顺利，很顺利。"

电话那头停了一会才说："那就好，好好保重。"

她忽然脱口而出："我回台湾看你！"

"我不在台湾，我在日本。"

"日本……"她失望得不知该如何接下一句，周邦彦却说，"我再打给你。"

就这样寥寥几句，就这样一句简单得连想念都算不上的话，她也能高兴得手舞足蹈，至少周邦彦仍惦着她，而且还主动打了电话给她呢！走回室内，她的手里仍紧握着手机，柔和的脸庞仿佛刚给太阳照过，闪耀着光芒。

许恒辅好奇地看着她，"男朋友？"

她迟疑了一会儿，傲然地点点头，他却摇摇头说，"不像。"

脸色一变，杏眼一瞪，"哪里不像？"

"太少打电话给你了。"

"你又知道？"她生气了，真的很讨厌他那副自以为是的态度。

他站起身，收拾盘子，自作主张地分析道："很少打给你，又没来看过你，你也没回去看过他……"他看了看她，眼神闪过一抹促狭，"是单恋吧？"

"你不懂！"她像只捍卫尊严的母狮，张牙舞爪，"你懂什么叫爱情吗？你懂吗？"

"我也许不懂爱情，但我懂男人，男人若真心喜欢一个女人，哪怕是天涯海角都会追过去。"

一句话击中要害，这是长久以来压在心底的谜团，她硬着头皮道："也许我们只是有缘无分。"

"有缘无分是天底下最没逻辑的事。"

她想到了兰姨说过的话，"也许他有苦衷。"

"也许那不是苦衷，"他意有所指地看着她，"而是责任。"

她呆立着，再也说不出话来，许许多多她不愿去想的可能让她刹那间

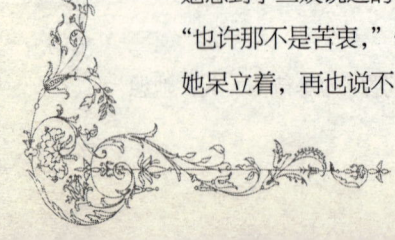

变得垂头丧气,失魂落魄。他反倒不忍,将她送出门时,还拍了拍她的肩,"回去好好想想,别浪费青春。"

她苦笑,爱一个人怎么算是浪费青春,除非那个人不爱自己。但又想,这毕竟未经证实,或者说,她还有努力的机会,最不济,还有那瓶药水,随时等着她的召唤,怎知"希望"才是瓶毒药。她很快又心安了,恢复自信的笑容,"只要他值得,就不算是浪费。"说完,电梯门刚好关上。

* * * * *

随着品馨对事务日渐娴熟,许恒辅指挥她做事时的态度也柔和许多,还针对她给自己设计的日程提出了改善建议,品馨也不再唯唯诺诺,试图发表意见。

某次她忍不住对他说:"是人,不是机器,怎能控制自己的爱情?"

"爱情是什么?"许恒辅嗤之以鼻道,"爱情只是人生的调味品而已。"

她生气不想再管他的事,却忽然福至心灵,找到了对付他的方法。在某次许恒辅十天跑了十四个城市的出差旅程后,她全然不顾后者疲累地瘫倒在椅子上,继续预定餐厅,打电话通知两个女孩,分别在餐厅和他家里与他会面,理由是他需要人替他庆祝这次的行程圆满而顺利。

许恒辅不理会她的"好意",站起身想回家休息,却被她拦下,她死活不让他更改约会惯例,因为她已将一切安排妥当,她滔滔不绝地说:"反正你不是今天,也是明天,或者最迟后天,你一定会和她们之中的一个人或更多的人约会,那还不如就今天,省了大家的事。"

他停下脚步,转过头注视着她,心底明白她是故意和他作对。她或许是在生他气,或许是在教训他,但不管是什么原因,这都代表着她的脑袋里充满着他,想到这儿,他不禁莞尔一笑,"好,这次听你的。"

她还来不及得意就听到他说:"但你得和我一起去。"

在晚餐的约会里,她自作主张地替他约了一个舞台剧演员Paulin。一个月前许恒辅在一个酒会上认识Paulin，还要了她的电话，只是一直没时间再约她出来见面，品馨打电话过去确认约会时，Paulin的声音显得相当愉快，她不但记得品馨是谁，还说下次有机会见面时要送品馨几张舞台剧的门票。

但Paulin没想到她这么快就见到了品馨，她措手不及地瞪着这两个人。她还来不及消化这次约会的意图，许恒辅已若无其事地坐了下来，仿佛他平时的约会，品馨理当会出现一样，又或者这根本不是约会。

品馨坐在那儿尴尬得直笑，许恒辅礼貌性地问Paulin想吃什么，当Paulin微笑说都可以时，他已经自顾自地点起菜来，还开了瓶红酒。

品馨原本觉得自己该做些什么，或者至少说些什么来向Paulin解释今晚的突兀，但当她看到许恒辅点了香煎鹅肝，芝士焗龙虾，神户牛排等她爱吃得要死，却打死都舍不得花钱吃的昂贵菜肴时，她立刻安慰自己Paulin是个成年女人了，她应该懂得既来之则安之的道理，想到这里，原先的尴尬完全被抛到脑后，品馨只管大快朵颐起来。

Paulin渐渐从惊讶中恢复了，她优雅地对许恒辅微笑，一双明亮的大眼睛期待着他能和自己说点话，但许恒辅一直不吭声，和品馨一样，一头栽到了食物里。Paulin却胃口尽失，左顾右盼地坐立难安，好不容易，她找到了话题。

Paulin关心地问许恒辅："你的眼睛看起来好红，你没睡好？"

许恒辅终于放下刀叉，抬起头看她，"是的，我刚出差回来。"。

"哦？你去了哪些地方？"

"很多。"

Paulin又陪笑道："出差……很辛苦吧？"

"是的。"许恒辅依旧面无表情。

Paulin又陷入了不知所措当中，

品馨实在看不下去了，她忍痛放下了面前的佳肴美味，转头问Paulin关于某个舞台剧演员的八卦，Paulin像得到解救般地松了口气，立刻和品

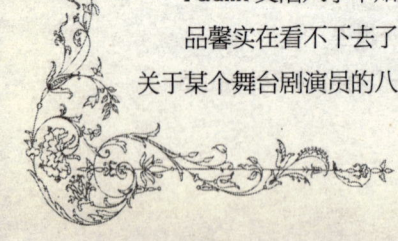

第八章 猫和老鼠

馨聊了起来。

就在许恒辅默默享用眼前的牛排时,品馨和Paulin的话题已从舞台剧演员到舞台剧到电影到时装到社会现象,最后当她们聊到英国首相TonyBlair时晚餐终于结束,Paulin连甜点都不要了,站起身表示想走。

许恒辅把Paulin送回家后,直接驱车回自己的公寓,品馨要他在中途停车让她自己叫车回去,他却摇头拒绝,她哇哇叫道:"你不会要我一起去你家吧?"

"为什么不?"

"可是你和Mary好久不见了……"

许恒辅耸耸肩,"那又怎样?"

果然一身性感着装的Mary,看到品馨比她更早一步出现在许家时吓了一跳,她转过头,撒娇似的对许恒辅说:"Darling,你们还在工作啊?"

其实Mary真正的意思是,为什么品馨还待在这里?

许恒辅没回答,只叫她们随便坐,自己则脱下西装外套,又到厨房倒了三杯橙汁。

Mary坐到沙发上去,慵懒地倚靠着椅背,微笑地看着坐在对面小圆椅上的品馨,但就连品馨都能看出来,那笑容里隐藏着怒火,她再也坐不住了,站起身对正走过来的许恒辅说:"我先走了。"

Mary一听立刻对品馨说:"你要走啦?我帮你叫车。"

好像品馨下一秒就会反悔似的,她动作迅速地从包里翻出手机要打电话,许恒辅却按着她的手说:"先等一下。"然后支使品馨去书房帮他找一份文件。

品馨想这样也好,等拿了文件就说自己要赶着回家,准备明天开会要用的资料,没想到当她从书房里走出来时,竟看到许恒辅抱着Mary亲吻厮磨,她一阵脸红,只好快步走到门边,悄悄打开门——她身后传来许恒辅的声音,"你要去哪?"

她回过头,许恒辅已放开了Mary,Mary则尴尬地坐起身,拉起滑落在胳膊上的细肩带。品馨按着事先想好的答案回答，许恒辅却说："这样的话，我们需要一起讨论。"然后拿起 Mary 的手机直接按下拨出键打电话叫车，并催促 Mary 快把衣服穿好，"你先走吧，我这里还有点事。"

Mary 愕然地望着他，他已拿起挂在椅子上的外套给她披上，"先穿好，外头冷。"

Mary 被送出门口时仍不知发生了什么事，品馨实在忍不住了，门一关上她便对许恒辅说："好了，我投降了可以吧！"

许恒辅拨了拨方才与 Mary 缠绵时弄乱的刘海，红眼胡渣的颓废模样竟有一种特殊的魅力，那魅力男士用不容反抗的声音对她说："要玩的是你，想退出的也是你，恐怕没那么简单。"

她瞪大了眼，"那你想怎么样？"

"补偿。"他直视着她，她的脸颊忽地似火灼，灼得她浑身发烫。

"补偿？"她一时辨不出真伪，要大方回应或佯装不懂都不妥当……只好直接问了，"怎么补偿？"

"我会让你知道的。"

他拿起门边挂着的车钥匙说："走吧，我送你回家。"

＊＊＊＊＊

品馨和许恒辅的争斗可以说毫无所获，他们谁也改变不了谁，唯一不变的是，按照计划，她还要再工作一年才能回台湾。

要怎么和自己看不顺眼，也看自己不顺眼的人相处一年？

江晓茜听完她描述的整个过程，立刻将前因后果全联结起来，得到了另一番观点，"你看，他会不会对你也有意思啊？"

"怎么可能！"她嗤之以鼻，"你没听到我说的吗？他说爱情只是调味品！"

"调味品也很重要啊！好的调味品能让糟糠变佳肴呢！"

"他在我面前和别的女人亲热,完全不顾形象!"

"也许他只是想刺激你?"

"也许他只是幼稚可笑?

江晓茜哈哈笑道:"但在我看来你确实被刺激到了啊。"

"因为他的幼稚。"

"好吧,"江晓茜两手一摊,"那你告诉我,他为什么会做一本Lookbook送你?"

那是上个星期,许恒辅忽然模仿服装设计师,做了一本秋冬女装的Lookbook送她,书里的驼色斗篷,军装外套,阔腿长裤,亮片裙,短筒靴等……一款一件,整整两大袋的衣物送到她桌上,还教她怎么搭配。

她极力婉拒,但许恒辅却以受不了自己的助理每天穿来穿去都是那几件衣服而坚持要她收下,想到他轻蔑的口气,又忍不住生气了,"那是因为他嫌我穷,不像电影上演的女秘书那样花枝招展!"

"那他怎么不给我也做一本?其他员工有吗?"

她顿了一下,勉强承认道:"是没有。"

"我觉得你对他有偏见。"平时总戴着一副厚重的黑框眼镜,成天考虑再找不到好工作的话,是否要继续攻读博士学位的江晓茜,替品馨眼里嘴里的花花公子许恒辅辩解起来,"其实听来,我觉得他人不坏啊,就算花了点,至少他和每个女人都说得清清楚楚,可没有骗人的意思,既然是你情我愿的,那还有什么好埋怨的?"

"但是……"虽然江晓茜的话不无道理,她还是不愿意承认许恒辅"其实不是个玩弄感情的家伙"。

她很想和江晓茜说,那是因为你没看过周邦彦,不知道真正有品质的男人是什么模样,周邦彦才不会像许恒辅那样物化女性。

对于品馨对自己的不以为然,自信十足的许恒辅不但毫无察觉,还把她也排进了自己的"恋爱日程"里。

某夜,才刚下班回到家的品馨接到了许恒辅的紧急来电,以为是突发状况的她,匆匆换上了T恤衫和牛仔裤便出门,没想到等着她的却是豪华晚宴。在衣香鬓影的宾客中,她显得相当不自在,许恒辅却毫不在意地挽着她的手,大方地与人交谈寒暄,最后还是她不好意思地说,她可以去隔壁的百货公司买件小礼服穿,许恒辅却出奇的温柔,表示他毫不在意别人的眼光。

她怔怔地看着他,想起了周邦彦在剑桥河畔边说的话,没想到这两人竟然有共通点。

看到她一副若有所思的样子,许恒辅取笑道:"你又在想那个不靠谱的家伙?"

她红了脸,"没有。"

他一把捉住她的领子,咄咄逼人地,"那这次又是谁?"

她傲然道:"秘密!"

他松开手,不置可否地笑了笑。

又是那样深不可测的眼神,直视着她,只是那目光却让人头晕目眩,慌乱得很。为什么同样的眼神,一个叫人心安,一个叫人害怕?

不自觉地想低下头,想避开他的目光。

随着她避开的目光,许恒辅的心却开始狂跳,千回百转得自己也说不清,只怪这感觉于他实在太陌生了。

但到底长她许多,许恒辅很快调整回一贯的调侃语气,"很好,我喜欢有秘密的女人。"

她也从迷雾里清醒过来,睨着眼,以一种别以为我不知道你有多肤浅的目光看着他道:"那等到你发掘出她们的秘密呢?再甩了她们?"

他闻言,一愕,她却自顾自地大步离去。

看着她的背影许久,许久后,他忽然莞尔一笑。

那次之后,许恒辅仿佛是要改正什么给谁看似的,私人约会减少了许多,但突如其来的紧急召唤仍未减少,今日临下班前又通知品馨有重要约会。

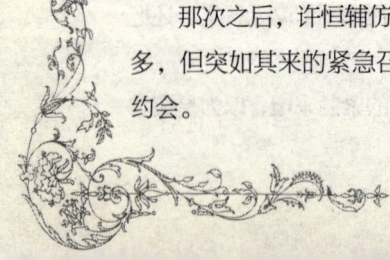

第八章 猫和老鼠

她看了看时间,发现时间还算充裕,为了怕上次的情形再度发生,这次她细心地打扮了一番,还换上了新买的桃红色小洋装,没想到所谓的重要约会竟是到公司附近的意大利餐厅用餐。

她左右张望,餐厅里,一张张瑰丽的木桌烛影晃动,星火点点,照映着一对又一对的情侣,气氛很不寻常。

她纳闷道:"只有我们两个人?"

"不行吗?"

"为什么?"

他神色自若,"你没和男人一起吃过饭吗?"

想到江晓茜的话,她心里也开始起疑,"你该不会是……"

"喜欢你吗?"他不假思索地接话反倒让她不好意思,正当她点头也不是,不点头也不是的当口,就看到他一脸促狭的笑容,"原来你和我一样有自信!"

听他这么说,她不好意思再追问答案,反正她想,不管这个花花公子在打什么算盘,只要自己坚守防线,他又能玩出什么花招呢!

于是手一招,把搁在桌上的香槟给退了,改要果汁,"我记得你不喜欢喝酒,"又把桌上的蜡烛吹熄了,"我看得到你,你也看得到我,一点意思也没有。"

又紧绷着脸,对他说的笑话毫无反应,自顾自地,一口接一口,专注地把眼前的牛排吃得一干二净,但心里掩不住得意,有一种掌握全局的感觉。

许恒辅只觉好笑,他双手一摊,"如果这样做让你有安全感的话,OK!"

他一切由她,她反而觉得无聊,怎么好像,怎么做都不对,怎么做都是输?

许恒辅问她:"你有没有一点似曾相识的感觉?"

她看了看四周,确定地说:"这就是上次和 Paulin 来的那间餐厅。"

"那餐点呢？"

她想了一下，恍然大悟，"和上次一模一样？"

他不大满意她的神经大条，更不满意她对他的细心周到毫无察觉，只好再提醒她，"那是因为你喜欢。"

你喜欢，而我注意到了，你这个傻瓜。

她没有表露出该有的惊喜，只淡淡地说了句："是吗，谢谢。"

他无奈摇头，到底是从什么时候开始，讨女人欢喜变得那么困难？与此同时，他却注意到了一件不相干的事——她的头发长了许多，全拢向一侧，柔顺地垂落在粉嫩的胸前。

一阵心荡神驰，这是世界上最美好的风景，他不自觉开口，但早已是心底盘踞许久的计划，"这个周末，我带你去一个地方。"

她终于抬起头，那倔强而明亮的眼神仍不服输地看着他，"什么地方？"

他故作神秘，"去了你就知道。"

"是公事吗？"她充满防备的语气令他有被刺伤的感觉，他冷哼一声道："当然！私事怎么轮得到你！"

{第九章}
旧地重游

"不知从何说起?"
"从你最快乐的时候开始说起。"
"最快乐的时候?"
"因为有那样的快乐,才有等同的痛楚。"
所以需要从那最甜蜜的部分找出令人痛彻心扉的原因……蓦地热泪盈眶了,思绪飘忽至老远,她突然忘了眼前的人是谁,忘了他懂不懂爱情,幽幽向他诉说着她对周邦彦的情感。

品馨对公司的事情逐渐上手，但对许恒辅却愈来愈摸不着头脑，每当她怀疑许恒辅对她有别的想法时，后者又立刻变得冷漠不在乎，当她告诉自己别多想时，许恒辅突如其来的惊人之举又会让她感到害怕。

但不管是许恒辅的改变，还是自己的多疑，她仍在心底设了各种自以为是的防线，她告诉自己绝对不能上当，她也没有想要征服许恒辅的欲望。

许恒辅看到品馨日益紧绷的脸颊，刺猬般的言行举止，反而觉得好笑，他故意逗她："你害怕我？"

她否认，"我为什么要害怕你？"

"那你干吗每天绷着脸？要么我欠你钱，要么你害怕我，我想不出第三种可能了。"

"也有可能是我讨厌你啊？"

他哈哈大笑，"不管你是害怕我，还是讨厌我，都要动用感情的。"

她没好气道："你就继续自以为是吧。"反正再过半年，至多再半年她就要离开这里了。她正要转身离去，却被他一把拉住。

她瞪视着他搁在她手臂上，仍未松开的手，"你做什么？"

他注视着她，"除了讨厌，你难道没有一点，一点喜欢我？"

她不敢相信，眼都睁圆了，"你说什么？"

他最好不要是开玩笑的，不，他最好是开玩笑的。

不,他最好把这句话收回。

看到她惊恐的反应,原本想说的话再也说不出口,他装出没什么好大惊小怪的表情笑她,"欣赏自己的老板是很正常的啊,难道是除了喜欢,我还让你有什么遐想?"

原来是这个意思,她白了他一眼,但同时心底也松了口气地说:"你放心,我对你什么'想'都没有,就只觉得你很能干,很聪明,也很……讨女人喜欢……"

她说了很多,却没一句话是他想听的。他淡淡地笑了笑,打断她,"你不是还有很多事没做完?快点去吧,我还等着要。"

她愕然地看了他一眼后,很快就转身走出办公室。

他看着她的背影若有所思,到了现在,他的心里已然清楚自己喜欢上了品馨,只是这种喜欢似乎又和他所习惯的"喜欢"不同,他对品馨的喜欢让他感到了负担,像有一件要紧的事盘旋在心口,他解决不了又不能不管,唯一能确定的是,他原有的防线反而在自己无意识的松绑下一点一滴地瓦解了。

他打开办公桌的抽屉,里面有两张火车票和住宿券,这就是他想到的解套方式——安排一趟旅程,透过私下相处,让品馨能更了解他,他也能更确定自己要的是什么。

那两张火车票让他的心情逐渐振奋,他开始期待即将到来的旅行,这和期待生意上的拓展,金钱上的获取截然不同,这份期待不只令人兴奋,更多的是甜蜜。这一次,他不再假手他人,亲自费心安排务必让两人难忘的旅程。

会选择剑桥,也是因为某次在一个聚会上,他听到品馨和邻座的友人兴高采烈地说着有关剑桥的一切,他当然不晓得,那是因为,剑河河畔承载了品馨太多的回忆。

于是本该是惊喜,却让品馨的心情复杂莫名,尽管许恒辅好似变了个人,甚至兴致勃勃地告诉她自己是划船高手,还准备租船教她,她仍提不

起劲儿,还一连声地拒绝,坚持在岸边走走看看就好了。

他仍心情愉悦,还取笑她是否不识水性。

不远处一个金色卷发、脸上布满褐色雀斑的男孩朝她微笑,向他们兜揽生意。

"要坐船吗?"那男孩将船划了过来。

许恒辅立刻点头,她却制止他向对方讲价钱,朝男孩抱歉地摇了摇头。

但男孩却不死心,"我好像见过你。"

"不可能吧。"她笑了笑。

那男孩将船停在边上,人向她靠了过来,她看到他一脸认真的模样,突然一怔。

一种似曾相识的感觉在她心底蔓延开来。

"你和一个男的一起,去年。"他很肯定。

她定睛细认,心里惊呼一声:"是你?"

Tony很高兴,"你总算认出我了,对了,几个月前我又看到他了,你怎么没一起来?"

"你是说……"

周邦彦又来了!

他又来了!

"谁又来了?"许恒辅莫名其妙地看着脸色发白的她,但她顾不上回答,只急切地看着那金发男子,想要再次确定,"你是说,他几个月前来过?"

"是啊!"那男子爽朗地开她玩笑,"不过你放心,他一个人,没有别的女生。"

看到岸边一些等着上船的游客挤了过来,品馨改变主意,马上拉着许恒辅跳上船,对那男孩说:"你载我吧!我不想和其他人共乘,就像上次那样。"

上次周邦彦大手笔地付了一百英镑给他,享受了没人打扰的两人世界。

第九章　旧地重游

　　这一次她却和另一个男人坐在船上，同样是两个人，心情却是两样的。想到周邦彦，眼眶仍不禁泛红，都过了这么多年，每次想到他，还是要哭上一回。她不愿在一旁看似静默，实则偷偷打量自己的许恒辅，像对其他女人那样，挖掘她心底的秘密，只好硬生生地将悲伤的情绪吞咽进去，抑制它无止境地泛滥。

　　她调整呼吸，平静地问那男子："不好意思，我忘了你叫什么名字，可以再告诉我一次吗？"

　　"当然可以。我叫Tony，国王学院的学生，在这里打工，记起来了吧？"Tony笑嘻嘻地看着她，丝毫不以为意。

　　"嗯。"她漫不经心地点点头，其实没有太多的印象，只因全副精神都放在周邦彦的神情举止、眼神动作上了。她歉疚道："我的记性一向不好。"

　　"我可不这么认为。"Tony似笑非笑地瞅着她说，"我看是因为你的心都在他身上的关系。"

　　周邦彦高大帅气的身影迅速地在她脑海里浮现，她兀地脸红了起来，偏偏许恒辅也在这时候盯着她，还问："又是那个家伙？"

　　她不回答，继续问Tony："你刚说他几个月前来过……"

　　"是啊！"Tony肯定地点点头。

　　"他又来了……"她自言自语，哀愁袭上心头，心里疼得紧。

　　没想到他又来了，明知她在英国工作，却不再找她，难道是她又做错了什么吗？如果他不想见她，他又为何要打电话给她？

　　令人费解的到底是周邦彦，抑或是爱情？

　　她垂头丧气，默默地凝视着河面，澄静的剑河上浅浅地印着优雅的蓝天，和煦的阳光仍无法赶走她心里的阴冷。

　　她真的不懂，为什么他们的关系就像一幅难解的拼图游戏，任凭她如何努力，始终支离破碎地拼不出一个完整画面？

　　就像失意的旅人，整片天空顿时变得灰暗，逐渐恢复平稳的心跳，又缓缓地沉了下去，"还记得他是多久以前来的？"

Tony认真地想了一下说："嗯……好像就两个多月前吧。"

"他来干吗呢？"关心始终不减，她总是想知道有关他的一切。

"他说来工作，刚好有假期就到处走走看看。"Tony想想又补充道，"他坐了两个多小时的船，一直说很喜欢这里的风景，还要我帮他来回多划几次。"

她静静地听着，心神都飞了过去，仿佛回到了那时的场景。她努力地回想着，坐在这里的他该是什么模样，没有了她的陪伴，他又是什么样的心情。

许恒辅怜惜地看着她，她不管说话或是微笑都有一种说不出来的无奈，隐藏在眉宇间的阴郁和眼睫间的水气悄悄地泄露了她的心事，但他表现出来的却是毫不客气地打断她的自怜，更在一旁挖苦道："他来了，也不找你，不就说明了一切吗？"

是啊，他人都在这儿了，也不找我，为什么呢？但她就是不想听到其他人说周邦彦的坏话，她强忍着胸中的闷痛，替他辩解着："也许他有事，行程太赶，他一直都很忙的……"但另一个声音却在她心底说：他可以打给你呀，只要一通电话，不管他在哪，不管他有多少时间，你都会不顾一切飞奔而至。

"我认识他的时候他就是这样了，总是来去匆匆……"她卖力地编织借口，眼泪却出卖了她，最终还是忍不住，呜呜咽咽地哭了起来。

放弃吧！放弃吧！放弃吧！我都有了新的生活，新的世界。

但那世界里没有你，而没有你的世界叫人好痛苦啊。

两个男人都盯着她看，Tony更是一脸做错事的样子，频频道歉。

偏偏她的眼泪没完没了，一边哭，一边对身旁的人解释："我常常这样，其实也没什么事，哭完就好了，下船我们就去国王学院……"

一切照旧，只是插曲，她不该再费力想把插曲变成主题曲。

见她紧抿嘴唇，仿佛有巨大的痛苦隐藏在后。

心底有些恻然，他收敛起所有的不正经，认真地说："把你的故事告

诉我,也许我能帮到你。"

"我……"她的心又纠成了一团,关于周邦彦的一切是埋藏在她心底的故事,也是埋葬已久的秘密,她不愿和外人分享。

他等待着。

她叹气道:"反正都过去了。"嘴上说着,心里想的却是,"周邦彦,你在哪儿呢?"

许恒辅了然一笑,"感觉这不像是过去式,应该还是进行式,就怕又成了未来式了。"

未来?她哑然失笑,如果她和周邦彦有未来就好了。

他愈来愈好奇,催促着:"快说吧!让我帮你分析,看看值不值得好了。"

她摇摇头。

"不知从何说起?"

"从你最快乐的时候开始说起。"

"最快乐的时候?"

"因为有那样的快乐,才有等同的痛楚。"

所以需要从那最甜蜜的部分找出令人痛彻心扉的原因……蓦地热泪盈眶了,思绪飘忽至老远,她突然忘了眼前的人是谁,忘了他懂不懂爱情,幽幽向他诉说着她对周邦彦的情感。

听完了故事,只觉这不是谜题,而是执迷。爱情之于他已太陌生,并且,品馨的爱情故事让人听得不舒服,甚至有些嫉妒,遂随意打发道:"既然看不到尽头,就换一条路走吧!"

她喟然道:"你是不是又觉得我很笨,我很蠢?"

他刻意别过头看向岸边的风光,故作轻松道:"我只是在想,那么小的一颗心,怎么容得下那么多伤痕?"

她不再说话,头也转向另一侧,背着船上的两人偷偷掉泪,他们乘坐的小船仍轻轻地在水上滑行着,沿途的风景就像一张张美丽动人的幻灯片,不停地变换着图案。她的人生原本也该如此，在时间的移动下往前推进，然而不知为何，她舍不得移开视线，以至于出现在她眼前的画面始终相同。

真的能船过水无痕吗？

小船在感伤中靠了岸。

赶在临下船前，她匆忙拿起衣袖抹去泪痕，Tony像是要补偿什么似的，又像是忽然想起什么似的，再补上一件事，那天周邦彦看起来很感伤，一个人在河畔待了一下午。

她一怔，"是吗？"

不等她想明白，许恒辅已站起身，细心地接过她的手，扶着她先上岸。仍站在船上的Tony却朝她点点头，鼓励着。

许恒辅随她身后也上了岸，主动地拉起她的手，"走吧，我带你去一个地方。"

见她仍恍恍惚惚，终于松口，"我想，他也很想念你的。"

心神倏忽间回到了同一个时空，她圆睁了眼看着许恒辅，"想我？你是说他也会想我？"许恒辅把她弄糊涂了，但这答案却是她迫切想知道的，她非问个清楚不可！

他不知为谁叹了一口气，"不然有哪个男人会吃饱了撑的，跑到这里看风景？"

"那为什么……"

他随口答道："可能是有不得已的苦衷吧！"

她却像想起什么，喃喃地重复着，"不得已的苦衷让他需要避开我，但又想我？"

"是啊，"他不想再继续这个话题，"这样你心情好多了吗？我们去喝下午茶吧？"

但她的思绪仍深陷在剪不断理还乱的纠结中，原来周邦彦为了她很挣扎，那必定是很喜欢她了，才会那样纠结、为难……这样的感觉她再熟悉不过了，只是没想到，他们会有相同的心情。

似乎悟到了什么，许多的回忆浮现眼前，刹那间她全明白了！

那不是她的一厢情愿！周邦彦早已动情！

那副塔罗牌并没有错！她是辛苦，但结局会是美好的，不是吗？

想着想着，她不由得激动起来，忽然转头对许恒辅道："你说得没错，是我笨！是我蠢！我要回去找他！"

他瞪大眼，"你说什么？"怎么会有这样的结论！

她的阴郁一扫而空，手舞足蹈，兴奋高叫："我要回去找他！"

"你疯了吗？"他拉住她，简直气坏了！"你哪都不能去！"

她停下来，诧异道："为什么？"

"因为你，你……"他瞠目结舌，一时竟说不出话，"因为你还有工作，而且你也太不矜持了吧？居然千里迢迢地扑回去找那个男人！"

"是你说他也想念我的！"她回答得理直气壮。

"那又如何？而且人是会变的！你没想过也许他现在又有女朋友了，说不定根本就已经结婚了，所以上次才不方便来找你。"

"也许是，也许不是，我只知道我不想再猜下去了。"

他不懂她的意思，"那你的意思是？"

她坚定地说："我要找出答案！"

许恒辅一怔，"怎么找？"

她没回答，一溜烟便跑掉了，这一次再也没有什么事可以阻止她，她无论如何都要回去找周邦彦。

但辞职信一交到许恒辅手里就被撕碎了，"我只给你三个月的假期。"

"我不要假期！三个月怎么够？"她顽固道，"我要辞职！"

原以为他又会暴跳如雷，没想到他却放软了口气，"你给自己一点余地好不好？三个月够你把事情看清楚，想明白，到时，你会回来的。"

他的让步反而让她不好意思了，"其实你不需要因为我父亲就……我的意思是，我父亲那儿我会和他说清楚。"

看她一脸勇于承担的样子，他说不出心底是什么滋味，有点想笑，也

有点感伤,当他还对她充满幻想时,她的世界里却没有他的存在,但早发现永远比晚发现好。

他说:"我不是因为任何人,你真的确定要这么做吗?"

她点头。

那义无反顾的眼神令他十分羡慕,也十分彷徨。他突然下了决心,从抽屉里拿出一个信封交给她,轻描淡写地说:"这里有一些台币,当做是你预支的薪水。"

"我……"她拿着信封,呆了半晌,此刻才感受到了他的关怀,遂望定他,真心真意地说:"谢谢……"

他却忽然变得冷淡,手一挥打断她,"好了,你走吧!"他又埋头做事,不再看她一眼。

{第十章}
爱的初体验

　　原来和自己所爱的男人有亲密关系是一件如此美妙的事！她感到整个人就像是徜徉在时而温和、时而剧烈的海洋里,她几乎是晕眩在其中,流连忘返,舍不得离开。唉！如果那是要命的旋涡,她也会不假思索地将自己投入其中,相较之下,她之前的经验简直味同嚼蜡,如同船过水无痕地丝毫不令人留恋。

两年多没见,周邦彦仍是一副气宇轩昂、英姿焕发的样子,反倒是刚见到品馨的他有些错愕,没想到印象中的小女生,此刻却像个成熟女人似的,娉娉婷婷地站在他眼前。

　　一袭合身的珍珠白小洋装,成功地烘托出她温柔知性的气质,一时间竟令他眼睛为之一亮,心里起了不小的涟漪。尽管他不动声色地掩饰了自己看待异性的欣赏目光,但嘴上仍夸赞道:"你变漂亮了,这算是留学的附加价值吗?"

　　她傻傻地笑了,"谢谢。"若不是因为难以言喻的心事,听了这样的话,肯定要开心回味个好几天。但现在的她,很紧张,心底有秘密。

　　"你看起来有点紧张,没事吧?"周邦彦发现她有点失常,凑过来盯着她看。

　　"没事,我没事。可能是饿了。"她努力地笑开来,"我们点菜吧!"

　　周邦彦没多想,细心地看起菜单,喃喃地说:"英国的东西那么难吃,今天可要给你好好补一补。"

　　"哦……"她的脑海里忽然又浮现出那三张塔罗牌。

　　她记得再清楚不过了,它们是月亮、悬吊者、还有世界……象征成功的世界。

　　心底有一个声音响起,分不清是兰姨还是自己的鼓励话语:不要害怕

啊！你可以的，你可以让他喜欢上你的。

念头又跟着转到了那瓶药水上，她忍不住悄悄低下头，偷偷把皮包打开，迅速伸手进去取出盒子里的小瓶子，紧紧地捏在手里。她突然想到自己还不太能确定它的使用方法，这使她感到有些气馁，只好眼睁睁地看着瓶子发呆。

是现在就喝，还是待会儿？需要有许愿的对象在场吗？还是趁他去洗手间的时候再喝？或者她去洗手间喝？她懊恼着为什么兰姨在时什么都忘了问，现在上哪儿去找她呢？不知道有没有分饭前饭后……她的思绪像陀螺般原地打转，一直理不出个头绪。

"你要吃什么？"周邦彦抬起头问她，她终于回过神，挤出一个微笑，"你做主就好了，我都可以。"

他盯着她，像她脸上长了东西。

她本如拉紧的弦，现在更加慌乱，紧张地问："怎么了？你在看什么？"

"我在看你为什么愈来愈紧张？"

"我？有吗？哪有？"她夸张地呵呵笑。

"你该不会……"他的眼睛逐渐睁大。

"什么啊？"她也回望着他，屏气凝神地，手上的瓶子也愈握愈紧。

"你该不会是交男朋友了吧？"

"我才没有！"不知何故，她有些生气，脸都红了起来。

还来不及再说些什么，她就又听到了熟悉的笑声。

他爽朗道："有什么不好意思的，有男朋友也很正常啊！"

"我说了，我没有男朋友！"她坚持道。

不是不晓得她的心思，但他还是忍不住想逗逗她，"怎么那么激动？"

意识到自己失态，品馨的脸更红了，不好意思地笑了笑。她还是像从前那样，一紧张就发笑，一笑就无法停止。周邦彦看了笑着直摇头。尴尬过后，她重又打起精神，努力恢复镇定，抽空到洗手间抚平快失控的情绪。

对着洗手间里的镜子，她忍不住生自己的气。真是沉不住气，再坐下

去怕不全世界都晓得自己在打什么主意了！慢慢来，慢慢来……他毕竟又约她了，不管是抱着什么样的心情。

那么……她小心翼翼地将药水摆放在洗手台上，决定不想那么多了，反正不管这个举动有多么丢人，也只有自己知道而已。

"瓶子……"她诚心诚意，仔细妥当地述说自己的愿望，镜中的自己一脸红光，一抹微笑就像一朵海棠花，从深深的湖里隐约浮现，浅浅地映在她泛红的脸颊上。这短短的几句话仿佛耗尽了她所有的力气，她紧张得额头冒汗。

打开瓶子后，他小心地啜了一口，又蹑手蹑脚地，生怕有人会发现似的，偷偷地用手指也蘸了一点擦在胸口。这样总算万无一失了吧？她傻傻地对自己说。

弄了大半天，她这才心满意足地回到座位上，周邦彦早已买好单坐在那儿等着，一看到她便取笑道："你怎么去了那么久？拉肚子了？"

"没有啦！"

见又无故脸红，周邦彦笑了笑，说："我们去隔壁的咖啡厅坐会儿吧！"

咖啡厅的生意很好，乍看仿佛没有空桌了，周邦彦要她先找位子，他则独自排在结账的队伍里。他自作主张地帮她买了热牛奶，原因是咖啡对身体不好。第一次在咖啡厅里喝牛奶的她反倒不以为意，甚至有些爱上了他这种自作主张的行径。

他们聊了大半天，她很希望能一直这么聊下去，但她心里记挂着时间，怕太晚了影响到他的睡眠，因为有一次周邦彦曾和她提及自己的生活作息一向规律，早睡早起了十来年。最后她几乎是"忍痛"地和他说时间不早了，该回去休息。

车子停在她家楼下，她依依不舍地和他道别，正准备下车时，后者突然轻描淡写地说，"你不是说在剑桥买了一个东西要送我吗？"

她愣了一下，说："我忘了带。"原本她是故意的，想制造下次见面的理由。

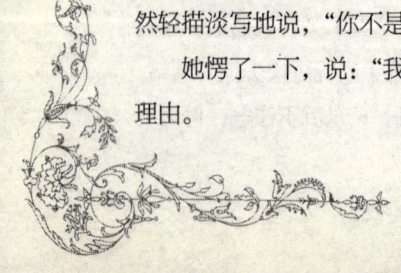

但他主动提了,她像做贼心虚,满脸通红,赶紧说:"我上去拿给你,你等一下哦!"

"我陪你上去吧!这样你就不用再跑上跑下了。"周邦彦爽快地说,一边把车子停在路边。

没料到他的反应,她有些措手不及,心里又慌乱又高兴,怕他反悔似的连忙说:"好啊,好啊!"

她住的地方不大,扣掉公设约五十平米不到,小小的空间倒是五脏俱全,小客厅、隔间以及简易炉台旁仅有两人座位的饭桌兼书桌,全部都是单身女子的标准住房配备,平常一个人住刚好,突然一个大男人闯了进来,顿时拥挤得令人感到不自在。

她只好招呼他坐下,又到一旁泡茶给他,这才进房间找出在剑桥买的木质笔记本递给他。

他把茶杯放下,又环顾了一下四周,他没想到这公寓外观看似简陋,室内却布置得温馨可人。他看看她,眼神充满赞许,"你布置得很好,让我想起我很喜欢的一间地中海风格的旅馆。"

她腼腆一笑,心也飘飘然起来。她确实为了这小房间花了不少心思,不但亲自去买布和蕾丝,还到火车站挑选了一堆价格较便宜的奥地利水晶和土耳其石,然后拿着图纸去找裁缝帮忙缝制同款式的窗帘、桌布、椅套。

张婷来看她,在屋内转了一圈后,又带她去花市,买了好几盆绿油油的盆栽搁在窗台边上。

只是,当所有的装饰照心中的设想呈现在室内时,她仍觉得缺了什么,最后她忍痛买了一块蔚蓝如海的进口地毯往地上一铺,像突然找到了灵魂似的,虽然这灵魂的代价高昂,但效果奇佳,整个房间登时看起来明亮而温暖。而这一切,其实都是为了周邦彦可能的到来做准备。周邦彦自然不晓得她的心思,只道她爱好家居布置。赞美一翻后,他站起身,亲昵地摸摸她的头,"我差不多要走了。"

她默默地凝视着他,他半开玩笑道:"怎么这种表情?好像很舍不得的样子。"

她当然舍不得,只是每一次见到周邦彦,舌头总要打上几个结,就连行为举止都显得笨拙可笑。

不管想说什么,都特别费劲,她强忍住失望,轻轻地说了一句:"我送你下去吧!"

"好啦!看你这种表情,抱一下好了。"他突然伸出手将她一把揽进怀里,在脸颊上亲了一下,然后在她耳边温柔地问:"这样有没有高兴一点?"

她没想到他会抱她,心一阵狂跳,又惊喜又委屈地抬起头看着他。

他看到她双眼就像两个小水塘般水汪汪,说不出的教人疼惜。他轻轻地抚着她的背,很克制地,亲吻了她的额头。

她闭目低首,不敢接触他的目光。心跳得飞快,说不清是什么感觉。

他又吻了她的耳珠、脸颊,一直移到唇边才停住。

她的身子开始发软,发烫,却慢慢睁开了眼,看着他。

他深深地注视着她……并不是不了解她的心情。

只是他一直认为保持适当的距离对彼此都好,他实在怕伤害了她,她还这么年轻,这么单纯,她对爱情的承受力实在令他担心。

但最终,浓烈的情感还是战胜了冷酷的理智。

他将自己的衣服褪去,将她的衣服褪去。

他彻底地投降,瓦解在她的深情痴情里。

离开的时候,周邦彦认真地看着她,语重心长地对她说:"每一个人都只能是另一个人生命中的一个片段,你一定要记得我说的这句话。"

她似懂非懂地望着他,她只知道,她和他的这一段,不管是否短暂,不管将来会如何变化,在她的心里,早已成为永恒。

* * * * *

周邦彦刚走,品馨就迫不及待地拨电话给静旋,电话一直没人接,静

第十章　爱的初体验

　　旋这一阵子特别忙碌，即将要推出的新专辑花了她不少时间练唱、录歌、练舞，还远赴欧洲拍摄 MV，连她也不确定这会儿静旋是否还在台湾。

　　她兴奋得坐也不是，站也不是，一会儿痴痴地笑，一会儿兀自摇头叹气，她想着该找些什么事来做，又是开电视，又是放音乐的，心思仍然像一团棉絮般轻飘飘地四处飞舞着。

　　原来和自己所爱的男人有亲密关系是一件如此美妙的事！她感到整个人就像是徜徉在时而温和、时而剧烈的海洋里，她几乎是晕眩在其中，流连忘返，舍不得离开。唉！如果那是要命的旋涡，她也会不假思索地将自己投入其中，相较之下，她之前的经验简直味同嚼蜡，如同船过水无痕地丝毫不令人留恋。

　　静旋的电话终于打来了。

　　"那瓶药水真的发生作用了！"她兴奋得不能自已，连说话的声音都因激动而颤抖。

　　"天啊！真的吗？"静旋在电话那头惊呼，"到底是怎么发生的快告诉我！我好想知道，天啊！好神奇！"

　　在听完品馨长长的叙述后，静旋忍不住道："这实在是太不可思议了，会不会只是巧合？"

　　"我也不知道，我只知道我一定会好好对他，珍惜这失而复得的缘分。"她很想再多说点什么，但却笨拙地不知道该如何形容自己的心情，即使是陪她一路走过来的静旋，相信都不能完全体会。

　　静旋取笑她："还真是情深义重！反正你是如愿以偿啦！"

　　静旋虽然看似不当一回事，但心底很替品馨感到高兴。自从离开那个曾经一度被放在真爱位置上的作曲家霍方华后，她总是习惯性地宣称自己没有男朋友，但实际上却是一个换过一个，走马观花地从来没有间断过，差别只在于那些关系皆短暂而仓促。

　　忙碌不定的生活令她实在很难维系感情，即使好不容易有了进展，随之而来的就是事业与感情的抉择，末了她总是一次又一次地痛下决心，选

择热爱的演艺事业。品馨为静旋感到心疼，静旋反而笑她笨，"人是会变的，这个世界上最禁不起时间考验的东西就是爱情，与其如此，还不如选择最适合自己的。"

都说真爱难寻，似乎合适自己的也难见得到，静旋的感情生活总是因为"不合适"而无疾而终，但她却一点儿也不觉得遗憾，反而庆幸能及早发现，省得浪费时间。

只有品馨有时会想，命运还真是有趣，热情的静旋变得理智，而防卫心强的自己如今却恨不得倾其所有地去爱一个人。爱情成了她奔向新生活的动力，日子突然充实了，她开始筹划开咖啡厅的事，每天都开着父亲的车四处寻找合适的店面。

但她因没能按计划在许恒辅的工作室里做满两年，存款怎么算都不够数，回台后又发现店面租金平均涨了一成，让她伤透了脑筋，某日张婷忽然来看她，说要入股她的咖啡厅。

她不解地说："我已和爸说好，要给你们百分之二十的股份啊。"

张婷娇嗔道："那是你爸的，又不是我的，你再让百分之二十的股份给你张姨吧！"说完话后又从包里取出一包现金给她，"这里是五十万台币，我的股金，你看够不够。"

她听明白后，眼泪差点便夺眶而出。

"张姨我……"她哽咽得说不出话来。

最近她确实看中了一间一百四十几平米的店，店主也曾留学英国，与品馨聊得愉快，主动表示愿意降价，只要她二百万的顶让费，但她想破脑袋，存款也不会突然增加，她左算右算，再加上预留的周转金，至少还有二十几万的缺口，而且即使无需购买设备，也要花点钱重新粉刷、稍微布置一下，这样客人才会有焕然一新的感觉。

因此，张婷这笔钱无疑是雪中送炭，解决了她所有的苦恼，但她却不知该如何表达谢意。张婷很体贴，假装没看到她泛红的眼眶里打转的泪水，很快站起身说：

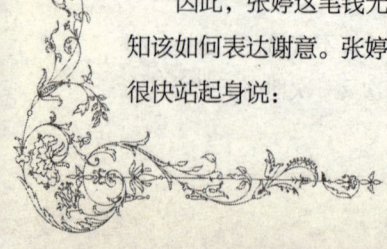

"那我们就这么说定了，我先走了。"

她心里很是激动，一下子拉住张婷，"张姨……"

张婷回过头来，一脸慈详地看着她。

她觉得好感动，终于忍不住说了早就该说出口的感谢，"谢谢你张姨，这笔钱我会还你的。"

张婷笑眯眯地摸摸她的头说："傻孩子。"

有了钱仿佛解开了身上的枷锁，她动作迅速地谈好顶店的琐事，清点库存和设备，静旋又帮她介绍了画家，彩绘咖啡厅里的每一面墙。

那鲜艳的彩绘让人心情愉悦，胃口大开，她满意地看着这一切，在心里想着，我一定要成为一个在各方面都能配得上周邦彦的人。

但当她兴高采烈地告诉周邦彦自己的进展时，周邦彦却说要到日本出差。

她将头埋进他的胸膛里揉搓撒娇，很不舍地说："那你何时回来呢？"

"我再告诉你。"他丢下这句话便匆匆走了。

她错愕地看着他离去的背影，还有好多话都没说完呢！但旋即体谅地想，他本来就很忙嘛！没料到一星期过去了，周邦彦只打过一通电话给她，仍是寥寥数语便挂断了。她并不希望看到自己摆出紧迫盯人的态势，但终究熬不住主动联络了他，还在心里安慰自己：我不是想要打扰他，我只是想知道他什么时候回来，我好准备，把所有的时间全腾出来给他。

但，电话那头竟又是关机状态！

她纳闷地留了言，心里的不安直以倍数在扩散，把她撑得连呼吸都觉困难。

他在忙吗？回来了吗？还是又出国了呢？为什么不能和她说一声？

她独自一人整整煎熬了两个多星期，终于再次接到期盼已久的来电。周邦彦在电话里和她闲聊，没有温情软语，没有想念思念，仿佛他们之间什么都没有发生过，一切照旧，一如往常，而她甚至不敢问他，然后呢？接下来呢？我们之间算是刚开始？还是已经结束了？

她始终没勇气问明白,只听到他轻轻松松地丢下一句,最近很忙,可能要在日本待一段时间,暂时不会回台湾,并叮嘱她好好保重,也没说何时会再见面便挂了电话。她拿着话筒发愣,不晓得这些话有没有什么特别的含义?整件事的过程是否出了什么差错?她像个傻瓜一样,呆呆地瞪视着那瓶曾经一度系着她幸福人生的神奇药水,是她用错了?还是它失灵了?

就像做了一个梦,梦醒了什么都不剩。

忽然间,她觉得自己好傻好傻,居然会相信一个江湖术士所说的话。

又或者,她需要另一瓶药水来解开她内心的疑惑?

到底周邦彦的反复无常使她深受打击,品馨不知道自己做错了什么,也不知道这个答案对谁有意义,一次又一次,不管她有没有准备好,总是出其不意地给她出难题,而毫无招架能力的她,也只能在每一次的伤害中让自己变得更为茁壮,好应付他下一次的奇袭。

静旋像个公正严明的法官,判定这件事等于强有力的证据,足以宣判周邦彦不是个好东西,她讥讽地说再神奇的药水都会因为这家伙太没良心而失灵,品馨却连赔笑的力气都没有,因为她不再是当年那个小女孩,她现在已是一间咖啡厅的老板娘,她要对员工负责,对张婷负责,更重要的,是对自己的梦想负责。

看着咖啡厅每月频繁的收入与支出,她告诉自己绝不能倒下。即使夜不能眠,她仍强迫自己每天十点即到店里准备,中午亦顶上一个吧台的位子,帮着做咖啡饮料,沙拉甜点。

忙过中午餐期后,她和员工一起轮流清洗桌面碗盘,然后进货,算账,一直到收店时早已过了晚上十点。

但疲累的身躯也止不住她胡思乱想,只要回到家,静下来,悲伤的情绪便像逐渐升起的月光,冷冷地笼罩着她,令她无处可逃,她也不想逃。

环顾四周的布置,那曾经代表希望的蓝白色调此刻却成了悲伤的记忆。周邦彦留给她的许多问号让她像自虐似地,任凭痛苦的情绪尽可能地将自

己淹没，毫无反抗地将身心沉浸在其中，用力地悼念一段还未开始便结束的恋情。

怎知时间在伤痛中总是过得特别缓慢，仅仅过了三个月，时间已将她折腾得不成人形，张婷看到她，以为她在减肥，很当一回事地劝她："你是不是在学人家吃什么减肥药？我跟你讲，药不能乱吃，会伤身体的。"

自从知道品馨的生母和品芬去世后，父亲更是对她实行严格的教育和看管。尽管她偶尔也会顶嘴生气，却不曾犯过什么大错，只是在这样的权威下，她很少会和家人吐露心事。但她不想让家人起疑，怕父亲会赶她回英国，只好开始强迫自己进食，实在食不下咽就以流质果腹，但效果有限，她知道自己心里始终挥不去被抛弃的疑影。

她的消瘦就连长期维持在饥饿状态，比标准体重还要轻上许多的静旋都看不下去了。静旋又气又怜地骂她："你再这样子折磨自己我就不理你了！"看她一点反应都没有，又心疼地拉起她的手，口气也软了下来，"到底要怎么样你才能重新振作起来？有没有什么我可以帮你？"

"我没有不振作啊！"她虚弱地替自己辩解道，"我每天工作，连休假都没有，这样还不够吗？"

"你知道我的意思！"静旋生气地说，"你瘦了这么多，脸色那么差，连反应都变迟钝了，你不要告诉我和那个王八蛋没关系！"

"你不要这样说他。"她软弱地抗议道。尽管她心底也恨他的绝情，恨他的自在，恨他的不在乎，恨他的不闻不问，但她就是无法听到任何人批判他。

"我就是要说！"听到她到现在还帮他说话，静旋的火气像刚烧好的开水冒出滚烫的热气，来势汹汹，她滔滔不绝地骂了起来，"他到底有什么了不起的地方？凭什么这样子折腾人？折磨人？爱或不爱，喜欢还是不喜欢，说一声就是了，又没有谁是不能没有谁，他以为他是什么东西？"她愈骂愈替她不值，偏偏她的脑袋就像灌了糨糊似的，什么也听不进去。她们年纪相仿，又同学四年，彼此相互照料相互扶持过，可是看着品馨胆小怯懦的眼神，她发现自己都快不认识她了。

再一想，也难怪，静旋看着好友，品馨的生活环境相对单纯，才会天真地以为只要一头热就可以解决所有的事情，相较自己，复杂的工作环境让她比品馨成长快速得多，更快地看清了人性的黑暗面。她虽然不了解周邦彦，说不出来他是好是坏，但她确信，如果是同样的事发生在她身上，她很快就能将伤痕消除得一干二净。

因此，她对品馨的感情观不以为然，"谁没向往过爱情？谁又不期盼有朝一日能与自己心目中的理想对象谈一场轰轰烈烈、死去活来的恋爱？但童话之所以美好，就是在于那只是童话，现实生活中是不可能存在的。"

对她而言，保护自己才是第一要务，无论如何都不应该为了一个根本不爱自己的男人痛苦成这样，那个周邦彦甚至不及自己了解、关心品馨！偏偏品馨还雀跃不已地把他当宝似的和她分享，要怪也只能怪她见识不够，眼界未开，才会那么死心眼。她愈想愈确信自己的判断是正确的，她以一种救人脱离火坑的心情，赴汤蹈火般的凛然，强势地下了结论，"你不要再去想他的事了，以后我约你和朋友一起出去不准再说不，我保证很快你就会把那个猪头给忘得一干二净！"

品馨淡淡地微笑着，面对静旋的坚持，她的心里是温暖的。

她的心底其实比谁都清楚，真正让她感到难过的是，周邦彦三番两次的离去竟不曾留下只字片语，没有任何交代就莫名其妙地判了她死刑，而每一次的开始，却又给了上一次的匆促结束答案，解开了她心底的疑惑：他是喜欢她的。

但是这一次，她之所以会放任自己的情绪，实在是因为内心也有一种想趁这个机会做一个了结的渴望。同时，她也悄悄地调整了心情，她在心里告诉自己不要贪心，毕竟她已经得到了原本不会属于她的东西，即使并不完整，不如所愿。

"即使不能了解你，至少能尊重你的意愿。"

这是她好不容易和他再次见面之后，告诉他的话。

第十章 爱的初体验

周邦彦听了后沉默片刻,将手中的纸袋递给她,她强忍着想哭的感觉,装作若无其事地打开纸袋,里面是一个粉黑相间的珠宝盒。

"我在日本看到,觉得很衬你,就买了。"

那漂亮的珠宝盒堵住了她所有接下来想说的话,周邦彦装作没看到她眼眶里拼命打转挣扎的泪水,只轻描淡写地说明天就要回日本了。

虽然他还想着要送她东西,虽然他还表现出对她的关心,但她却感觉到他们之间的距离愈来愈远,两人之间的关系也愈来愈模糊,她一直说不出话来,只微微地闷哼几声附和他,直到她听到那清脆的关门声,她的心突然重重地跳了一下。

她分不清楚那是他关上车门的声音抑或她心碎的声音,她望着他的车尾哭泣着,因他的果决而哭泣,也为自己的怯懦而哭泣,她终于接受了被抛弃的事实,但心里无法抹去的爱却使她无法责怪他一句。

就这样算了吧……谁叫我爱你,爱到连我自己都觉得很倒霉。

或许是累了,或许是倦了,或许是再也没有勇气了,这一次她选择了离开,说不出该高兴还是难过,她黯然地将前尘往事封存,把全副精力放在了工作上。

{第十一章}
也许这就是完美

但他的出现还是适时地填补了她内心的空洞,尤其是他的温文软语、体贴多情,总是令她有一种短暂的、脱离现实的感觉。他让她在因清醒而备尝苦痛的时候走入梦幻,得到喘息的机会,因而她的人生才不至于完全被黑暗给吞噬。

渐渐地,许恒辅从一个她眼中十恶不赦的花花公子蜕变成了呵护她、照顾她、体贴她、给她有如父兄般温暖的理想丈夫。

伦敦的冬天总是阴冷多雨,看到太阳露脸便值得庆祝,伦敦人都会想要上街或到公园去闲逛,去遛狗,尤其今天还是假日。

许恒辅从健身房出来,没有被好天气所诱惑,直接走到离那里两个街口远的工作室。品馨离开伦敦后,他心底的太阳便再也没有升起过,心情总是郁闷烦躁,好几次他想打电话给她,却又觉得不知道说什么,只好迫使自己放弃念头——也许因为他心底也相信,她是不会再回伦敦了。

这也是他一直觉得有趣的地方,品馨和他,做起真正想做的事时,都有一股决绝,也是这样的执念让他开创了自己的事业,将不可能化为可能。

但品馨,如果她的执念是错的呢?

她心心念念的那个家伙他虽然不认识,可直觉告诉他,有某种危机潜伏在后,品馨不知是不曾察觉到,还是不愿意去想,她选择一头栽了进去,以至于他也只能被迫选择终止对前者的探索,对自己情感的探索。

三个多月过去了,日子仿佛如常,只有自己知道仿佛缺失了什么。一阵子他频繁与女人约会、上床;一阵子他却像厌食症患者,忽然失去了性欲。

那浑身不对劲的感觉让他意识到了问题的严重性,也许是因为有些事他该做却没做。回到办公室后,他终于拨电话到品馨家,不管是作为老板或是朋友,他都应该与她联系表示关心,这是一种礼数。

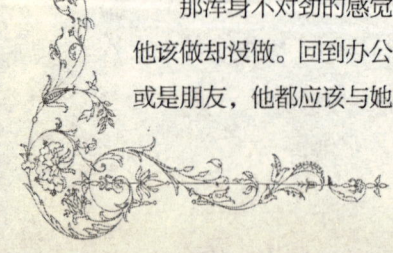

第十一章　也许这就是完美

电话是张婷接的，她很高兴许恒辅打电话来，说他是有心人，也谢谢他对品馨的照顾，最重要的是，她告诉许恒辅，品馨刚开了一间咖啡馆。

咖啡馆？

他哑然失笑，原然这就是品馨的梦想？吃苦受罪的动力？

他很高兴，原先还怀疑，不，应该说是担心，品馨所做的一切都是为了那个不知名的男人。

张婷问他是否考虑回台湾发展，他停顿了一下，也不是不可能，于是他说在计划中，张婷当真了，说了一堆在台湾发展的好处，最后意有所指的，希望他能照顾日渐消瘦的品馨。

听到这儿，他又停顿了一下，脑海里迅速闪过一个念头，他试探问道："品馨是太忙了，还是感情因素？"

"感情？"张婷完全在状况外，"她哪有时间？每天早起晚归，家里和咖啡厅两点一线，连娱乐都没有。"

张婷看品馨忙得连一点私人的时间都没有，又担心她的消瘦是否和压力太大有关，她开始后悔当初没有叫她打消念头，品馨还那么年轻，不该和他们一样，每天待在咖啡厅，连朋友都快没有了。"所以你若能考虑回台湾发展，也可以替我们照顾品馨。"

许恒辅愈听愈动心，挂了电话后，他立刻着手安排。

品馨自从开了咖啡厅后，就再也没去过父亲和张婷的咖啡厅，张婷偶尔会来看她，只是人来了就忍不住卷起袖子帮忙，一会儿洗这儿，一会儿弄那儿，弄得品馨很不好意思，劝了好几次后张婷才停手，改为下午客人较少时才来，如此品馨也有空闲时间陪着喝杯咖啡聊几句。今天张婷专程来和她说许恒辅打电话来的事，"我给了他你的手机号码，让他自己和你联络，我觉得他对你还蛮有心的。"

她不以为然地说："他就是做做表面功夫而已，不然我都回来几个月了，他早不打晚不打，偏这时候打，算什么诚意？"

张婷听出火药味来，"怎么了？你们在英国时相处得不好？"

"他是老板,我是员工,没什么好不好的。"

"但是我觉得,他对你不像是对员工……"

"是不像,"她顽皮地眨了眨眼道,"比较像是眼中钉。"

张婷轻笑斥责:"胡说!"

怎知张婷前脚一走,许恒辅的电话便追来了。他知道她开了间咖啡厅,生意普通,每天除了工作还是工作。

"这样多辛苦呢?不如你回英国吧,我就当你是放长假。"他说。

"我不觉得辛苦,乐在其中。"

"乐在其中……"他终于问,"是因为追到了那个男人吗?"

"我不想提私人的事。"

"那就是还没追到了?"

她讨厌他说话时那种对所有事了如指掌的口气,即使他没有说错一件事。她不回答他,只再次重申,"我不会回英国了,你赶紧找人吧。"

"你放心,公司不会因为你不在就停止运转。"

"那很好,再见!"她"啪"的挂了电话,反正现在他不是她的老板,以后也不会是。

现在的她不仅想努力过好眼前的生活,她更想摆脱过去,重新开始。

幸而生活是忙碌的,接踵而至的事务让她愈来愈少胡思乱想,即使假日她也不得闲,不是在自家的咖啡厅进进出出,便是到别人的咖啡厅考察,还以为日子就会这样过下去,也因此,当她看到忽然出现在眼前的许恒辅,一脸惊愕道:"你怎么来了?"

许恒辅只泰然道:"看来你真的不会回英国了。"他双手叉进裤子口袋里,头发微微的自然卷和细密的胡渣让他看起来像流浪街头的画家。

不知何故,见到他就没法好好讲话,她负气道:"就是店倒了也不会。"

他却奚落道:"那可不一定,年轻人总是把没饭吃这件事想得很简单,一点责任感都没有。"

她瞪着他,"你千里迢迢地回来就是为了数落我吗?"

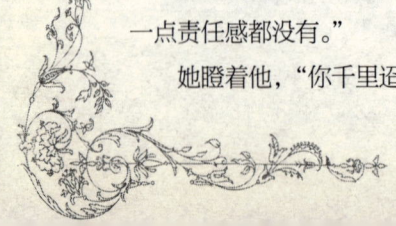

第十一章 也许这就是完美

"当然不是。"他忽然变得温和,温柔地看着她,"我是怕你再也不回英国了。"

事实是,他从品馨电话里的语气感觉到她的感情似乎并不顺利,有很多的可能在他心头盘旋,但要命的是,一种不安的感觉令他蠢蠢欲动,令他焦急难耐,一种非回去不可的冲动让他做出了自己都不敢相信的决定。

品馨不懂这个家伙为什么对待自己总是忽冷忽热,他真的把自己当做游戏的一部分了吗?但若真是游戏,他为何要大费周章地跑回台湾?若说许恒辅和周邦彦有相似的地方,那就是他们都让她糊里糊涂,不知所措。

她不再去想、去分析,装作若无其事,"你怕我不再回英国?为什么?你不是说随时都可以找到人吗?"

"为什么……"他沉吟着。来之前,他也曾问过自己,为什么?

待人到了台湾后,仍没答案。

按着张婷给的地址,找到品馨开的咖啡厅后,他并未马上进去,而是在远处观看,看来即使是天意也没能给他足够的勇气。他曾经说过,有历练的男人懂得选择,可现在,他却茫然不知所措。

犹豫再三,终于踏前一步。

心情起伏不定,但他掩饰得很好,潇洒地说:"我怕你过不好啊,如果真的不好,就带你回去,看你瘦了那么多,你和那家伙分手了吧?"

"我们没有分手。"

他定在那儿了,难道直觉有误?

那他呢?那个人呢?

"他只是去日本工作而已。"

"哦……"他明白了,耸耸肩道:"那就是分手了嘛!"

她却不再说话了,他只从她的表情看出端倪,至少对单方面而言,这是一个还未结束的故事。

他站在那儿,不知是喜或悲,她恢复单身,可他的情敌却未消失,他感到恐惧。可恐惧,对他而言该是多么陌生的词语。

他从小独立坚强，半工半读地在异乡完成学业，又凭着苦干实干的毅力在他乡立足，他跌倒过，也失去过，却从未害怕过，曾经"有志者事竟成"的信念，此刻却不确定在爱情身上是否也适用。

于是在犹犹豫豫间，时间竟也过了大半年。

眼前的她，仍是充满疑惑的眼神，她和他一样，很不确定。

恐惧很快被他挥在脑后，他转移话题，"我想，是时候在台湾成立工作室了，如果你愿意，也可以回来帮我。"

她忽然觉得不耐烦，不明白他到底想做什么，几乎是脱口而出地说："你是在追我吗？"

冷不防她会突然推倒他们之间的樊篱，但转念一想，如果她都有勇气直捣问题核心，那么作为男人他也不该临阵脱逃。

不过，她是认真的吗？他又改变主意，折中道："是又如何？"

她原本是想吓退他，没想到却把自己给吓了一跳，"我……"

算了，即使结果不如想象也没关系，也不枉他来这一趟，他接了她的话，"我是认真的。"

就是她再笨，也明白了，当许恒辅不再用嬉笑怒骂掩饰真正的意图时，就意味着他想清楚了。

想清楚后便是行动了。

她凝视着他，说不清此时此刻的感觉，仿佛心里早已有数，只是说不清这是否也是她心中所期待的。也许在遇见周邦彦以前，她也会喜欢上他，偏偏爱情不只讲究缘分，还有先来后到的区别。

她不得不拒绝他，"我和他……还没有结束。"

那个"他"像是一种宣判，许恒辅只觉一阵心惊肉跳，但他并不是轻易放弃退缩的人，尤其是在他已想清楚，下了决定之后。

"你只是回来帮我，不需要有压力。"另外没说出口的话是，至少让我能看到你，照顾你。

她仍摇头道："我不会去帮你，我有自己的事业，虽然它……还很小。"

第十一章 也许这就是完美

他看了看她的咖啡厅,觉得她不该埋没在这里,"你还年轻,应该多到外头看看,而不是把青春绑在一家店里。"

她误解他的好意,只道是他傲慢的病又发作了,回顶道:"你不也开店?你也是一间一间地开,才有今天的不是吗?"

他看着她秀气的脸上写满了"只有你做得到,我就做不到"的倔强,顿时泄了气,"我不是小看你……"他的脑袋变得僵硬,舌头也笨拙起来,也许唯有诚恳才能让她相信自己并没有恶意,"其实,不管做什么都是经验,我只是想让你知道,要是哪一天你累了,就来找我。"

他说完转身昂然离去。

她怅然若失地看着他的背影,忽然想到自己竟连杯咖啡也没请他喝。

* * * * *

在品馨还没来得及消化许恒辅到来的真正意图时,后者已用一连串的行动表明了决心。许恒辅的改变让她心慌意乱,只好打给江晓茜,这个世界上唯一知道她和许恒辅之间到底是怎么一回事的证人。

隔着电话,江晓茜无法心领神会,不懂品馨口中所谓的改变为何。

品馨只好一一细数,"他准备到台湾开工作室,地方都看好了。"

"他每天忙完后,就准时出现在咖啡厅,报时都没那么准。"

"如果我抽不开身,没空陪他,他就自己坐在那喝咖啡,等店打烊后送我回家。"

刚开始她冷言冷语,以为不到一个月许恒辅就会失去耐性,没想到一个月后,她连早晨出门时都能看到他的身影。

他还向她抱歉道:"之前比较忙,只能你下班时来接你,现在工作室的事务处理得差不多了,以后每天都可以接送你。"

有了品馨的举例,江晓茜一听就明了,她直截了当道:"品馨,你到底是在害怕什么?"

"我不是在害怕什么，我是……"想到周邦彦，难道她是在为他守身？或是许恒辅吸引力不够，还是她太爱周邦彦？她幽幽地叹了一口气，但愿有人能替她解答这个问题。

江晓茜听她感慨万千，劝她说："我知道你担心，担心会成为许恒辅的猎物，甚至是受害者，可是爱情，随着不同的组合，会有不同的对待关系，既然他表示了诚意，你何不给他一个机会，以后能走多远，谁知道呢？"

"我……我心里有人了。"她终于说出口，如释重负地呼了一口气。

江晓茜惊讶道："那那个人呢？我怎么从未听你提起？"

她大概地叙述了和周邦彦的交往过程，换江晓茜叹气了，"那你还要继续等下去吗？"

她苦笑道："我不知道，但我更愿意相信他是有苦衷的。"

"所以你在等他回来向你解释？"江晓茜突然笑了，"你怎么能把不爱自己的人当做另有苦衷，..把爱自己的人当作别有企图？"

她闻言怔住，这一番道理竟直刺人心。

江晓茜的恋爱经验也不多，却能一语中的，直接捅破迷雾，难道真的是旁观者清？

许恒辅又来咖啡厅接她下班时，她只想静一段时间想清楚，于是拒绝道，"我没有要回家。"

"不管你要去哪，我都送你去。"他已打开车门，示意她上车。

她仍未上车，"我今天要去的地方有点远。"

"上车吧！"他仍没有把车开走的意思。

她看了看两旁，偏偏正值连假，已经十点了仍是满街灯火，几乎所有开车的人都在同一时间把车开到街上，拥挤的景象让每个人都心烦气躁，不停地按着喇叭。像同时被数千人催促似的，她无奈上车，但声明在先，"以后你不要再来接送我了"

"为什么？"

"你我的作息不同，而且我也有我自己的生活。"

他看着她,"我打扰到你了吗?"

她很想说,你打扰到我的心,你让我难以思考。

"现在是没有,但以后很难说。"

他完全会错意,冷哼一声道:"等你那远在天边的男朋友回来找你,我就立刻消失在你面前行吗?"

她无从反驳,又被他将了一军。

她不想再和他争辩,愤愤上车,让他载自己到餐具工厂。

许恒辅把车停好,熄火,她阻止道:"你干什么?"

"陪你一起进去啊!"

"我要去挑餐具,要很久,你先回去吧。"

"你终于想要换餐具了?我陪你去看看,还能给点意见,别忘记我是靠'美'吃饭的。"

她熬不过他,心里也想有个人帮自己拿主意。

在二层楼的展示间里,她仔细比对,挑选各种餐具和杯组,身旁的业务不厌其烦地向她说明材质、配套、优惠等。许恒辅浏览了一圈后又晃回她身边,不顾业务人员仍站在旁边,他竟说:"这里的东西不行,设计土气就算了,和你咖啡厅的色调风格也不搭。

她很是尴尬,压低了声音说:"但是价格实惠呀!"咖啡馆中午的生意虽然很好,可是到了晚上就格外冷清,仔细地算了账后,品馨发现,只有把下午茶的生意也做起来,咖啡厅才有利润。

他听了却板起脸训她,"如果达不到效果,不如不花这个钱。"

"可是……"

"走,"他拉起她的手,"我带你去另一个地方。"

他带她到另一间餐具工厂,老板亲自接待,原来与许恒辅是多年好友。

她看着那些宛如艺术品的餐具摇头,"我走的是平价路线,这价钱划不来了。"

"开咖啡馆的人太多了,没有竞争力的话,几个月便会被淘汰掉。"他替她挑了一组杯组,又对她说:"你要把'品位'这两个字做出来,才能抓住顾客。"

不待她说话,他竟直接向老板下单,"就这组,二十组。"

"等一下!"她一脸抱歉地对笑眯眯的老板说:"这组多少钱?"

胖老板笑了笑,跟着在计算机上飞快地按了几个键后给她看,她看着数字惊呼道"这……也未免太便宜了吧?"那价钱正是她心目中的预算!

"老板打了折嘛!"许恒辅拍了一下她的脑袋瓜,"还不快谢谢我?人家可是卖我面子!"

因为太高兴了,她不再和他计较,不但答应亲自下厨给他做饭吃,还又挑了些盘子刀叉,甚至烛台,简直是满载而归。

隔日下午许恒辅又出现在她店里,这一次竟是带她去挑蛋糕。

"你店里的蛋糕卖相太糟糕了!"

"但是还蛮好吃的。"她不理会,继续做事。

他把她身子扳过来,正色道:"蛋糕光好吃是不够的,要色香味俱全。"

这次她硬是把她拖到一家大型的蛋糕烘培坊,他一边认真地试吃厂商端上来的每一款蛋糕,一边说:"真不懂这些人,把一件事完完整整地做好有这么困难吗?"

最后,一直到跑了第三家蛋糕烘培坊,他才拍板决定,"就这家吧!"

她觉得又好气又好笑,到底谁是老板?但许恒辅的建议恰巧与她心里所想相同,她也就由他了,只是当他自作主张的帮她挑了十几款蛋糕,准备下单时,她忍不住阻止他,"这样做不行,你想想看,每一款需要进几个,又只能放两三天,卖不完怎么办?"她把订购单抢过来自己填,"耗损太大了,四五个种类就够了。"

他转过头看她,"你相信我,只要忍耐一两个月的亏损,很快你下午茶的生意就能做起来了。"

她为他的诚意和说服力折服,不但照单全收,还硬着头皮,再次照着他的建议,忍痛换了一个超大的蛋糕柜。当那些看起来鲜甜可口的蛋糕塞

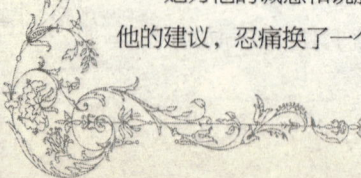

满玻璃柜时,她竟然有一种快满溢出来的幸福感。

不到两个月,店里的下午茶生意增长了一倍,她雀跃不已,破天荒地打电话与他分享心情,然后在后者又以了不起的口吻开始自夸时,"啪"的一声挂断了电话。

许恒辅的建议给了她很多生意上的灵感巧思,她发现业绩虽然增长了不少,但利润仍有限,归根结底是蛋糕的成本还是太高,她决定自己动手做些手工饼干和小三明治,搭配下午茶组,价格便能拉高,这么一来,她惊喜地发现利润变高了。

许恒辅知道后夸她脑筋动得快,她也没想到,许恒辅竟比自己还熟悉餐厅业,"你怎么知道这些事?"

"只要是美丽的东西我都喜欢,都会去了解。"

她默不吭声,觉得惭愧,这是第一次他让她心服口服,失去了与他斗嘴的欲望。

再下去会如何呢?

看着正专注开车的他,心想:也好,就看你能坚持多久吧。

但结果是,许恒辅愈来愈接近她的生活,她愈来愈觉难以抵抗,几乎一周七天,每天都能看到他不定时地出现在咖啡馆里,有时还一天两次。

"你很闲吗?你没有自己的事要处理吗?"

"我的工作又不是体力活。"

"你!"她气得冒烟,也学会酸溜溜地挖苦他,"事业不顺吧?没事可做是吧?"

他微微一笑,一副不与小人计较的样子,在她眼前摊开了几张精美的设计图纸,"两个半月以后,这就不再是图了。"

她看着他,心里终于有了害怕的感觉。也许她一直都有这种感觉,只是不愿承认而已。她不能再让自己受到伤害,一个周邦彦已经够了,但周邦彦犹如气球随风而去,以至于她仍一息尚存,而许恒辅却像烈日直射,让她无处可逃,她只好把许恒辅种种令人头疼的行径告诉静旋,她经验丰

富,必定知道要如何对付这种家伙。

静旋听了后,果然提醒她要小心,这种人不达目的不罢休,相当可怕。还绘声绘影地一连举了几个圈内的例子,只差没赌咒说,比周邦彦更碰不得。

但几天后的某个下午,静旋难得地出现在咖啡馆,并且碰到了许恒辅,一个半小时后她居然完全改观,和许恒辅不但聊得相当热络,还坚持品馨提早离开咖啡馆,由她请客一同晚餐。

那之后静旋更是热心扮起媒人,说尽了许恒辅的好话,她煞有其事地对品馨说:"男人我见多了,选他错不了。"

"你怎么那么快就改口了?"

"那是因为之前没见过人嘛!"

品馨睨了她一眼,"你才见过他三次!"

"不要说三次了,只要见到面,聊几句,什么底我立刻一清二楚!"

品馨摇摇头,依旧不为所动的样子,"那是因为你没见过他之前的模样。"事实上许恒辅的改变愈大,她的防线就升得愈高,她似乎比较同意见到许恒辅之前的静旋,"你看着好了,等他达到了目的就会甩了我。"

"我的大小姐,花心并不代表幼稚,你怎么那么没有安全感?"静旋拍胸脯保证,"许恒辅是一个很清楚自己要什么的男人,你放一百二十个心。"

放心?她瞅着静旋,"你要为我的幸福打包票吗?"

"那你现在幸福吗?"静旋理直气壮地说,"既然不幸福,试试又何妨?还有男人会比周邦彦更伤人?"

"你不了解他……"

"他有苦衷是吧?"静旋不耐烦地打断道:"随便你吧!自找苦吃,谁帮得了你!"

她们的争论表面上没有结果,但实际上却发挥了潜移默化的作用。自从许恒辅很肯定地告诉她,她是自己想每天见到的人之后,她就再没听到或看到他与别的女人有任何私底下的联系。不知从何时起,他表现出来的

第十一章 也许这就是完美

聪明睿智、稳重可靠竟将她吸附过去，给了她从别的男人身上不曾得到的安全感。

他对她的好不像周邦彦那样难以捉摸，也没有任何逾距的要求，总是默默地在一旁守着她，真心地陪伴她做她喜欢的每一件事……不知不觉中她接受了他的情感，实在也是因为，她身心俱疲地过了太多年了……

那是在一次许恒辅送她回家时，他突然说："不要再赶我走了，这样让人很难受。"

她一怔，一时说不出话来。半晌才开口说："对不起，我也知道你帮了我很多，只是……"

他阻止她，"其他的就不用再说了。"

车停在她家楼下，他不像以往直接驱车回家，反而坚持要陪她上去，"我上去看一下就走。"

她心里觉得不妥，不安地说："有什么好看的，我家里很小。"

但他似乎充耳未闻，熄了火，也下了车，自然而然地绕过来帮她开车门，她无奈地顺着他，一方面也是因为一种说不出来的情愫，她似乎不再排斥他的陪伴了。只是那一晚的妥协，让他们的关系一下子向前跨了好大一步，也让她在有了对照的情况下，第一次面对自己心里真实的情感。

许恒辅的讨人喜欢是毋庸置疑的，此外他擅长营造气氛，在床上的表现更叫人惊心动魄、销魂蚀骨，只是每当被挑起的欲望得到满足以后，所有缠绵悱恻的感觉也随之消失殆尽，她往往因此而感到空虚，一种说不清、不该有的失落感总是出其不意地席卷而来，使她感到莫名的沮丧。

但他的出现还是适时地填补了她内心的空洞，尤其是他的温文软语、体贴多情，总是令她有一种短暂的、脱离现实的感觉。他让她在因清醒而备尝苦痛的时候走入梦幻，得到喘息的机会，因而她的人生才不至于完全被黑暗给吞噬。

渐渐地，许恒辅从一个她眼中十恶不赦的花花公子蜕变成了呵护她、照顾她、体贴她、给她有如父兄般温暖的理想丈夫。

就连张婷也说："许恒辅是一个可以交付终生，百分之百信赖的好男人。"

只是，每当她感到自己的心底开始动摇时，便立刻重新在心里划上一条界线，轻易不让许恒辅跨越。有别于之前的防卫心态，更像是怕被对方攻陷了以后，才发现里头的一切早已被另一个人完全占领的内疚。

她无法完全放开自己，好好地享受久违的甜蜜愉悦。

对此许恒辅却耐心十足，他一遍又一遍、不厌其烦地，试图以各种方式，各种对话直捣问题核心，"为什么不和我沟通呢？如果是因为我太蠢而不懂你，你可以直接告诉我，告诉我该怎么做，怎么对你好不好？"

这样像似争执，实则关心的场景在他们之间经常上演，只有自己心里清楚，所有的失常完全只是因为她心里有了另一个人，一个任何人都无法取代的真心所爱。

看着他专注认真的表情，心里突然觉得很自责，也许就像静旋说的，她的反应过度说不定就是让她错失真正好男人的原因。

也许她错失的是一个坏男人，而她想"错失"的，才是一个真正的好男人。

也许……也许……好多的也许在她心里飘啊飘。

终于，在某次争执中，许恒辅勃然大怒，失望地想回英国。她惊讶而无措，居然有了心慌的感觉。她急忙拉住他，充满歉疚道："我也不晓得我是怎么了，但是请再给我一点时间，再给我一次机会，让我们好好地重头来过，重新开始。"

他放下行李，心刹那间软如棉絮。他深情款款地注视着她，原先的低落又澎湃起来，"只要你愿意敞开你的心接纳我，我一定会让你幸福的。"

她凝视着他，眼前不知不觉地又浮现出周邦彦的身影，如果这句话是从他口中说出来的那该有多好？

最后，她用力地摆脱如梦似幻的过去，下定决心对他说："我会尽力的。"

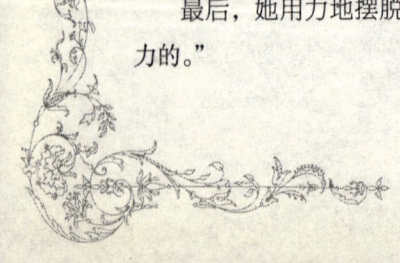

{第十二章}

破碎的水晶鞋

　　那所谓的新生活听在她耳里却不叫人兴奋，反而恐惧起来。随着婚礼一天一天地逼近，她终于忍不住在上场前临阵脱逃。顾不得伤人伤己的后果，她昧着良心，安慰自己喜帖未发，一切本就有转圜的余地。然而事实却是，她害怕和另一个人有了婚约就等于是切断她和周邦彦之间的微弱可能，替她的爱情宣判了死刑，她赫然发现这将会是她无法承受的决定，她哭着要自己不要放弃，只因"死守"就有希望。

转眼间一年过去了,周邦彦寥寥可数的来电及简短的几句问候几乎令品馨彻底死了心,在家人大力的劝说下,尽管内心隐约觉得不安,她仍然决定答应许恒辅的求婚,开始着手准备结婚的相关事宜。

　　心细如许恒辅,自然明白她内心的挣扎,甚至向品馨坦言道:"我知道你心里还有他的影子,但是我不在乎,因为爱你,所以我愿意用我一生的时间将它抹去,不过我希望你能和我一起努力,不要再继续伤害你自己了。"

　　她怔怔地看着他,没想到,她竟在他的身上看到了自己的影子,他们都一样地为爱执著啊。

　　于是她重又告诉自己,她不像周邦彦,她不要辜负一个深爱她的好男人。

　　许恒辅是十足的行动派,做什么事都认真迅速,他亲手挑选了十几款婚纱样式,做成样卡供她选择,又替她找了发型师化妆师试妆试造型。

　　她看着他安排好的一切,问他:"你不自己帮我弄吗?"

　　许恒辅没好气地说:"小姐,你忘了吗,这一次我是新郎。"又要她放心,"我找的人全是最好的,一定会让你成为最美的新娘。"

　　她笑了,开始认真拣选起来,但他却没给她太多时间,直接在旁边抽出样卡说:"就这件吧!合适你!"

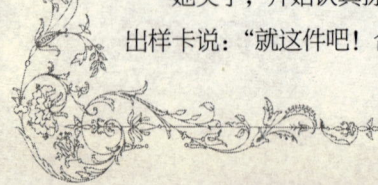

第十二章　破碎的水晶鞋

化妆也是，她喜欢浅粉色系，试好妆后，她问刚走进化妆间的他，"好看吗？"

他端详了一下，很快便摇头，"不好，有点土。"

地点更是早早就确定了。许恒辅的好友在阳明山上有一栋别墅，傍山倚天的，景色一流，愿意出借给这对新人办婚宴，还大方地自掏腰包，把极少使用的户外游泳池顺势改成了许愿池。

到了挑喜帖时，等她看到喜帖样式时已是定稿了。

虽然她不得不承认，许恒辅请人设计的喜帖大方高雅，她没什么好挑剔的，但另一方面，她又觉得自己像个局外人似的，没一件事插得上手。

她不禁幻想，如果这是她和周邦彦的婚礼，会是如何的场景？周邦彦一定会温和地看着她，听她说着各种奇思妙想，最后拍拍她，一切由她地说："你喜欢就好。"

看着许恒辅熟练地转动方向盘，周邦彦的影子突然在她的脑海里闪过，多年以前他驾车载她去看病时也是这种架势吧？

不是才说好要忘掉他吗？

她都还没"忘掉"就又记起了。

我真没用，我真没用！

她生气地命令自己将快飘开的思绪转回许恒辅身上，强打起精神，重新以充满兴趣的口吻参与许恒辅为她规划的大小事情。

随着张罗婚姻大小事情的过程，她内心的犹豫竟悄然拉扯起来，周邦彦的影子也益发清晰，直到有天，许恒辅问她为何总是心事重重的样子，她才发现自己几乎不能停止想念周邦彦。

一个大热天里，在服装店店员打包好许恒辅替她挑选的几件衣服和两双鞋子后，他突然对她说："我们都要结婚了，你就不能专心点、投入点？"

她看着他，不语。

"我们就要有个家了你明白吗？"他握住她的手，诚恳着看着她。再一步，待婚礼结束后，他就能带品馨回英国，重新来过，时间，会把她想记的事全忘掉。

她惊愕道："我们要回英国？你之前怎么没提过？"

"我的事业主要在英国，回去很正常啊！"

"那我的餐厅怎么办？"

他正色道："我本来想结了婚再和你说，但既然你提了，现在讨论也无妨，你的餐厅太小，赚的钱有限，可是却耗了你大部分的时间，不如关掉它，回到英国，你若还想开餐厅，我们再重新规划好吗？"

这样的安排看似合情合理，但她却觉得难以接受。

要离开台湾了吗？要去英国了吗？那我岂不是离周邦彦愈来愈远？

"很快，我们就能有新的生活了。"他说。

那所谓的新生活听在她耳里却不叫人兴奋，反而恐惧起来。随着婚礼一天一天地逼近，她终于忍不住在上场前临阵脱逃。顾不得伤人伤己的后果，她昧着良心，安慰自己喜帖未发，一切本就有转圜的余地。然而事实却是，她害怕和另一个人有了婚约就等于是切断她和周邦彦之间的微弱可能，替她的爱情宣判了死刑，她赫然发现这将会是她无法承受的决定，她哭着要自己不要放弃，只因"死守"就有希望。

许恒辅瞪大了眼，又惊又怒。

她哭着对他说："我对不起你。"

他忽地激动起来，生气吼道："为什么！为什么！为什么！"

她流泪不语，不是不明白，人世间最残忍的事，莫过于给了人希望，又告诉对方那不过是个玩笑，就像周邦彦。

只能不断地抱歉，"对不起……"

他只觉头痛欲裂，心急火烧，从未像此刻般愤怒，血丝布满了双眼……

"你会后悔的……"

他几乎是夺门而出，不忍再面对自己的爱情成为一堆烂摊子。

接下来的一星期，他整个人像沉到了湖底，四周安静无声。有生以来第一次，他觉得自己丧失了思考能力，判断能力，一切一切的能力。最后，

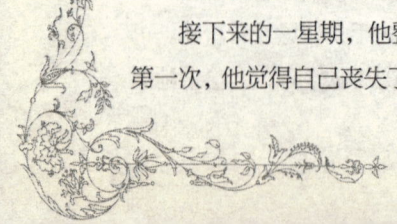

第十二章 破碎的水晶鞋

他痛定思痛，下了决心回英国，离开只是因为他不愿再面对他们即将走入历史、成为过往的一切。他办事利落，仅一星期便打点好一切，打包行李，将房子出租，原本还要到品馨家道别，但被品馨制止了，"让我自己和我爸说。"

"你可以吗？"恢复理智后，他仍替她担心。

她苦笑，"真有什么，也是我活该。"

临走前，他语重心长地对她说："我很遗憾自己不是那个可以给你幸福的人，但是站在一个朋友的立场，至少能劝你一句，放过你自己。即使是美满的童话故事也需要两个人来合力完成，希望你能记住我这句话。"

他充满不舍地看着她许久，许久。

她站在那儿，眼泪簌簌地掉个不停，一句抱歉的话在她心里转了又转却始终说不出口。

再多的抱歉对许恒辅而言又有何意义呢？

他忽然手一松，转身大步离去，那样决绝的背影几乎要让她以为这辈子两人再也没可能见面了。她突然害怕起来，害怕自己是否做了此生最错误的决定，她担心自己会因为这样的决定而遭受到永世的诅咒，终其一生都将与幸福擦身而过。

她的父亲在得知如此荒唐的决定后几乎气得跳脚，严厉地指责她的莽撞和草率，她一肩承担，只默默掉泪。

父亲又气又疼，"你到底在想什么？"

张婷同样身为女性，她敏感地察觉到了什么，她问："品馨，是不是有别人追求你？"

她含泪摇头。

品馨的父亲看着自己女儿咬牙隐忍的样子，他重重地叹了口气，终究也知道感情是不能勉强，脾气发过后，老人家淡淡地丢了一句话："你要是有其他喜欢的人也没关系，找时间带回来给我看看。"

大概自己也知道自己很傻吧！品馨根本不敢提周邦彦的事，况且提了也没意义,她仍坚持绝无此事,父亲虽然怀疑,但始终套不出话也只好放弃。

* * * * *

作为品馨的家人,原谅似乎是没得选择的选择,可静旋不是家人,她有十足十的理由责骂她。即使静旋自觉思想开放,在得知品馨取消婚礼的消息后也气得跳脚,她觉得品馨已经走火入魔到好坏不分的地步。她瞪大了眼看着自己最好的朋友,"我简直不敢相信你会做出这种事!悔婚呀!而且对方还是一个这么好的男人!"她替许恒辅打抱不平,语带尖刻道:"我一直以为周邦彦是全天下最不懂得珍惜的男人,现在看来你也是全天下最不懂得珍惜的女人,你们俩还真是绝配!"

品馨也不敢相信自己真的做了这样的事,可是和不爱的人在一起一辈子……她做不到呀!她流着泪道:"对不起,我真的……没有办法,周邦彦打给我说他……他要回台湾了……"

原来如此!静旋无奈摇头,这该死的周邦彦,怎么这么会挑时间!

她不放心地问:"那他和你承诺了什么吗?"

品馨没回答,但答案再明显不过。

"人家连只字片语都没给你,你都可以悔婚,如果你们真的又在一起了,那才叫人担心!"

品馨不是不明白这很可能是一个错误的决定,周邦彦之于她有多危险,她早已尝到苦果,只是她的心完全脱离她的理智,当她知道周邦彦将要回台湾工作时,她就无法停止去想她也许还有机会,她和他也许还有可能,但也怕这个可能又会害惨了她。

该如何抗拒那无法抗拒的?想到这她心痛如绞,眼泪夺眶而出,长久以来压抑在心底的泪水突然泛滥成河,在此刻尽数倾泻而出。她哭到涨红着脸,眼泪鼻涕糊成一团,她掏心挖肺地干呕着,差点连气都喘不过来。

第十二章　破碎的水晶鞋

静旋既无奈又疑惑地看着她,"原先我以为你只是想在爱情里做一个斗士,但我错了,你根本就是想做一头斗牛!好像不撞得狗血淋头就无法证明你的爱情,无法让你不需要任何理由就去伤害无辜的人。"

她突然抬起头来,红着的眼眶里还噙着泪水,"也许我是爱上了不该爱的人,但是像你这样,想爱却不敢爱,难道这就是幸福吗?"

静旋下意识地想为自己辩解,却没了说词。

这当然不是幸福。

她的确很想爱,也渴望被爱,但谁能让她放心去爱呢?

她没有反驳的话语,但有故事可说。

她一直没告诉过品馨,她和那个作曲家是如何分手的。

回忆过往,仍觉甜蜜。

那时的她很快就和霍方华陷入了热恋,两个人自由自在地进出一些餐厅、酒吧、咖啡厅,谈着旁若无人的恋爱。

"那时候我也和你一样,有生以来第一次真真正正地感觉到自己恋爱了,当时如果他要我嫁给他,我想我会毫不考虑地答应,而且还会以为自己是全世界最幸福的女人。"

他们一起用餐的时候,他不但清楚记得她爱吃与不吃的东西,而且还会不断地为她夹菜。当她站起身时,她的外套立刻被妥贴地挂在她身上,而他的另一只手还不忘拎着她的包包并及时给她一个温煦的笑容。

然而在一次与朋友的聚会里,她中途离开去了洗手间,碰巧遇到两个刚才同桌吃饭,被别的朋友带来的新面孔,此时正贴着洗脸台聊起天来。

静旋和她们礼貌地打了招呼,寒暄地闲聊几句,接着便听到她们毫无戒心地提起了他。

"我觉得他人好好哦!不但有才华,而且一点架子都没有。"

另一个也赞赏的补充道:"对啊,每一次吃饭都会帮我夹好多菜,他真的很 nice,很体贴。"

她们的话点燃了静旋心里的妒火，原来她一直以为的新面孔竟是他的熟识？说不定还是老相好呢！

她听着她们左一句右一句地夸赞他，总觉得有点面子上挂不住，只好自我解读他是一个体贴的男人，受异性欢迎是很正常的。

她装做若无其事地回到座位，却发现她面前的小碟子早已堆满了各式各样的菜肴，她突然有一种说不出的难受，整个晚上胃口全失，从头到尾只盯着他是否也对别人如此。

但是那时期静旋总有收不完的礼物，香水、卡片、玫瑰花、小熊娃娃……

"还有口红。"静旋笑得怆然。

有一天他突然送我一支口红，然后对我说他觉得这个颜色很像我，我从来没听说过男人会送女人口红的。

她觉得他与众不同，很满意自己的眼光。

那是一管浅玫瑰红，带着珠光色泽的唇膏，她舍不得用，只擦过一次，却照足了一小时的镜子。

那次品馨还取笑她，她仍觉幸福得飘飘然。

"我会那样做，完全是为了要感受在他眼里的我是什么样子。"停了半响，她突然比了三根手指说："后来我在他家厨房的抽屉里看到另外三支一模一样的口红。"

她不以为忤，俏皮地向品馨眨眨眼，往事早已如烟。

"可能……他喜欢的都是同一类型的女人吧！"品馨破涕为笑。

静旋也忍不住笑了。

爱情有的时候就是这么可笑，自以为悲壮无比，随时准备为它惨烈牺牲的时候，却赫然发现整出戏只有一个人——自己。没有另一个主角，没有配角，没有敌人，没有目标，甚至连场景都是自己所设想的。

她还记得那时期他们经常结伴出游，有时就两个人，有时一群人，那些人多半是他的朋友，她当然很高兴认识他身边的任何一个人，但只要是

第十二章 破碎的水晶鞋

在公开场合露面，他们就会保持距离，因为他说静旋是将来的公众人物，从现在开始就得小心注意，所以他们身边没有一个人知道他们是一对，这也给了他无比的安全感，还有胆子。

他们之中一个放宽了心四处打猎，一个放松心情徜徉在爱情海里，毫无交集的两人竟也谈了好几个月的恋爱，直到他女朋友找上门之前，他们出双入对的次数可以说是有增无减。

"我还以为他很关心我，处处为我着想。"静旋自嘲道。

同时，他也让她很有安全感。

"我有他所有的电话，家里的，公司的，还有两只手机的号码我都有，只要我需要，我随时可以找到他，有几次晚了我还在他家过夜。"但她很少主动打给他，因为她珍惜他的信任，她不想他认为自己是一个很粘的女孩子。她以简单的逻辑在脑海里勾勒出他单纯无瑕的感情生活，却忽略了人性的复杂往往超乎预期。

可是他还是劈腿了。

静旋自嘲道："我以为他有了第三者，后来才知道原来那个第三者是我。"

"所以你说得对，我是不敢爱，和他分手之后我不敢再相信任何人了，除非有一天让我在爱情里找到互信的方法，不然我宁可像现在这样子也不要受伤，更不要像你这样哭得死去活来的都不知道是为了什么。"这就是她的心声，宁可封闭自己也不要再受到伤害。

她不为人知的情史在品馨心里造成了不小的震撼，她一直以为静旋的理智和势力就像是阻挡爱情入侵的坚固盾牌一样，对一切的风花雪月皆能不为所动，没想到她也会爱，而且爱得那么投入，爱得那么热烈。

"分手后，我又在一些场合里碰过他几次，却一点感觉都没有，仿佛以前的种种只是一场梦。也许是因为我长大了、成熟了，也许是因为我后来碰到的人条件优于他的比比皆是，就说才华吧，在演艺圈里能出头的那些人，哪一个不是才华横溢？"静旋停顿了一会儿又说："所以我觉得你

太注重感觉了,可是人是会变的,你现在的感觉可能有一天会逐渐淡去,甚至消失不见,到时候你要怎么办?当你原先以为的爱情,在你所谓的感觉起了变化后又该何去何从?理智地想想到底什么才是最适合你的。"

她一怔,似乎兰姨也曾说过,人是会变的?

"愈适合自己的爱情,保存期就愈久。"静旋说。

{第十三章}
我要的幸福

"想哭就哭吧！"他用力地环绕她，温柔地在她耳畔边亲边说，他沉着的力道仿佛在告诉她这一切都是真的，不是做梦。

她不敢闭上眼睛，生怕他又会消失不见，即使只是在梦里，即使只能在梦里，她也要紧紧拥着这虚幻的幸福。

那一夜用尽了她所有的力气，倾注了她所有的感情。

世界有多美好……像一盏明亮而高悬的水晶灯，在她眼前晃呀晃……

静旋的话对执著的品馨很难起到作用，她始终不相信自己对周邦彦的感情会有任何改变。我的爱情和别人不同，她这么和自己说。就在她几乎快要被自己胸口的隐隐作痛压得喘不过气的时候，周邦彦打了电话给她，他告诉她，他听说了她要结婚的消息。

"是静旋告诉你的？"

"她请Peter转告我，但我一直没时间打电话好好恭喜你。"

事实是，当他从Peter口中得知这个消息时相当惊讶，因为品馨只字未提，还很高兴他要回台湾工作。

他一边在心底默默消化这个令他怅然若失的消息，一边不疾不徐，有些客套地说："认识你的时候，你还像个小女孩，没想到才几年你居然就要结婚了，能娶到你的人应该会很幸福。"

"是吗……"她生气静旋的擅自做主，但也想趁这个机会知道周邦彦的想法，但后者仿若闲话家常的口吻反而使她不知道该接些什么话才恰当。如果她告诉他，她其实已解除婚约，而他就是那个罪魁祸首，他会有什么反应呢？他还能够继续心平气和，摆出一副事不关己的模样吗？

她的冷淡令周邦彦有些不自在，只觉是打扰了她，然而不知何故，他无法放下电话。他要回台湾了，而她却即将嫁作人妇，他还能，或者说应该说些什么？

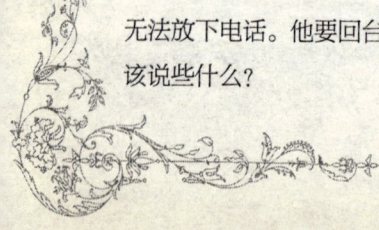

第十三章　我要的幸福

他讷讷地再度开口："结婚的日期定了吗？"

她没有直接回答他，按捺不住想见他的冲动，她终于鼓起勇气说："我……我想见你。"她在心里告诉自己，不能再怯懦了，就算他们没有相同的心情，她也要让他清楚听到她的真心话。她知道她长大了，她已经可以承担很多很多，她的声音透着一种超龄的稳健，强而有力地步步进逼，"我是说真的，我真的好想见你，你什么时候回来？"

她很自然，和上一次的表现截然不同。

电话那头寂静无声，半晌，她听到一声叹息。

她屏气凝神，像等着宣判的犯人，焦躁不安地，却又不得不耐着性子等待对方的响应。

说什么都好，她在心里想。反正她已说了她想说的，做了她该做的，不管结果如何，遗憾不会再像一团线圈般地缠绕着她。

他们就这样僵持了数分钟,她终于又听到了他的声音,"你都要结婚了，我们还能怎样呢？"

心，怦然一动。

这样莫名其妙的回答听在她耳里，反而带来了异样的感觉，刹那间她像悟到了什么，焦急地向他解释道："其实我和他已经解除婚约了！我真的没有办法，我做不到，我……"她又开心又委屈地诉说着："我想你，想见你，不管未来会如何，我只知道我不想再欺骗自己了！"

她肆无忌惮的情感表达，换来的是他又一声的沉重叹息，然而这一次他却如她所愿的出现在她面前。

周邦彦与她相约午后，在台北市近郊的某个车站。

她在车站门口站了十五分钟，附近是稀稀落落的商家店铺，看不出有什么合适坐下来的地方，然后她又制止自己的念头，她现在该想的是，待会见面时要说些什么，而不是要去哪儿坐的问题。

就在她东想西想之际，周邦彦的车已经开到她面前。

她坐上车，快速地瞄了他一眼。

周邦彦泰然自若地问她是否吃过午餐,好像他们昨天才刚见过面。

她却心跳加速,且愈来愈快,她差点要以双手按住胸口,以免不争气的心脏不知羞耻地跳了出来。她挣扎半天,终于能正常地说话了,"我们去吃饭吗?"

"如果你饿的话,你总是不好好吃饭。"周邦彦转头看了她一眼,忽然露出顽皮的笑容。

她又羞又喜,原来他不知何时已发现,她在他面前,一直无法好好吃饭的事。不过这一次,她早已想到,怕会有一番长谈,她吃饱喝足了才过来。她天真地笑道:"我吃得很饱很饱,不过我们可以去喝咖啡。"

他又看了她一眼,淡淡地笑了笑。

车子开到了一栋半新不旧的大楼停下来。

"我们到了。"他说,一边熄火准备下车。

她左看右看,"这里是哪里?"

"我住的地方。"

"你住这?"她很惊讶,不止是因为他竟带她到自己住的地方,还有就是,他住的地方和一般的民宅没有两样。

进电梯时,她忍俊不禁,"我还以为你会住在很豪华的地方呢!"

他不置可否地耸耸肩。

门打开后,屋内大得惊人,上下楼加起来至少三百平米,家具却少得可怜,一楼几乎是空的,二楼采取开放式设计,环形落地窗外的视野极好,整条淡水河几乎一览无遗。

唯一美中不足的地方是,屋内过于简单的陈设:简单的床、茶几、沙发、音响、液晶电视等,因为地方过大的关系,七零八落地置放在地上。

她忍不住道:"这屋子看起来好寂寞啊。"

周邦彦走到她身边,"会吗?"

她转头看他,"你住这?"

他点点头,"现在是。"

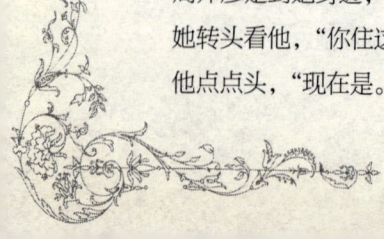

第十三章　我要的幸福

现在是？那以前呢？

她想问他，但他却先问她："我泡了茶，你要不要？"

他带她到落地窗边，在四人座的和室桌旁坐了下来。

几乎是从坐下来的那一刻，他一反常态地开始对过去侃侃而谈。

他主动告诉她，他的确是喜欢她的，但对他而言，当年的她就像个情窦初开的小女生，执著认真，深情无比，每一次见面的刻意都看在他眼底，他因此倍感压力，然而他无法保证自己的感情，更无法承诺任何事情，因为怕伤害到她，所以他毅然决然地选择和她保持距离。

"没想到还是被你发现了。"他故作轻松地说。

她怔了一下，旋即明白他的意思，心里又是一阵激动，噙在眼眶的泪水也随之滑落下来。

与其说她发现的是他的感情，不如说她发现的是自己的真心。

她可以对任何人戴上面具，就是不能对自己。

她的苦与痛，他们的过去与现在，同时间在周邦彦的眼前摆荡着。

周邦彦放下手里的茶杯，伸手抹去她的泪水。他在心里告诉自己，不应该再抗拒缘分，他决定和她在一起。

像下定决心似的，她在他眼里，看到了从来不曾出现过的深情目光。

整个晚上，他双手环绕着她，轻轻地吻着，吻去了她心中所有的委屈，也吻出了她心中绽放的美丽花朵。

在最激动的时刻，她无法克制地让泪水布满她幸福的脸庞。

"想哭就哭吧！"他用力地环绕她，温柔地在她耳畔边亲边说，他沉着的力道仿佛在告诉她这一切都是真的，不是做梦。

她不敢闭上眼睛，生怕他又会消失不见，即使只是在梦里，即使只能在梦里，她也要紧紧拥着这虚幻的幸福。

那一夜用尽了她所有的力气，倾注了她所有的感情。

世界有多美好……像一盏明亮而高悬的水晶灯，在她眼前晃呀晃……

隔天早上周邦彦送她去咖啡馆后便驱车上班，还和她约好了晚点有空的话就过来看她,她雀跃得犹如初生的小鸟,怎么也呆不住,一过了最忙碌的餐期便匆匆离去,兴冲冲地去找静旋,迫不及待地告诉她这个好消息。

"我真的好爱他!"她开心地在静旋面前手舞足蹈,耐心十足地把和周邦彦重修旧好后的点点滴滴,如数家珍、毫无遗漏地与好友分享。"我们终于在一起了!而且我有感觉,这一次是真的!"她拉着静旋的手,认真道:"这一次他不会再离开我了。"

静旋仿若充耳未闻,眉头紧蹙,自顾自地唉声叹气道:"怎么办?该怎么办才好?"

"什么怎么办?"她安静下来,奇怪地看着静旋,静旋却恍恍惚惚,不停地喃喃自语,"我想我完了,我实在是太不小心了,这一次该怎么办才好?"

"你到底在说些什么啊?"

"我怀孕了。"静旋懊恼地看着她,"真该死!"

"什么?"她惊讶地瞪大了眼睛。

她当然知道,静旋的感情生活一向多变不定,亦曾私底下向她半是抱怨,半是感叹地提到自己忙碌不定的生活,实在很难维系感情,即使好不容易有了进展,随之而来的就是事业与感情的抉择,末了她总是一次又一次地痛下决心,选择热爱的演艺事业,幸而她看得开,有时也觉得这样的抉择反而使她乐得轻松,就像吸取花蜜的蜜蜂只截取最精华最营养的部分便已足够,但现在,怎么就突然怀孕了呢?

"那……你要生下来吗?"

"当然不!"这次换静旋感到讶异了,她焦虑道,"我怎么可能生下孩子?在现在这种时候?那我的前途不全毁了吗?谁要看一个孕妇演戏唱歌?"

"既然如此你还烦恼什么呢?那就拿掉吧!"她不解道。

"我当然知道,但我得找一个隐秘的地方拿小孩,万一……万一消息走漏出去我一样要玩完。"静旋焦躁不安,不断地来回踱步。

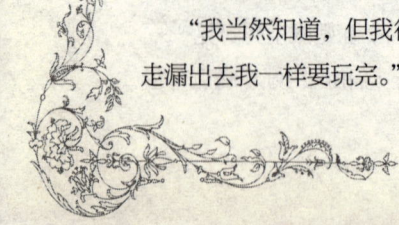

"我帮你问问张姨，我记得她有一个发小儿，好像嫁给了一个妇产科医生，请她们安排应该会妥当点。"

"真的！"静旋跳了起来，迫不及待地叫道："那你快点！你快点和伯母说！请她尽快帮我安排吧！我不能再等了！"

"我知道我知道，你冷静一点，我马上联系，晚上应该就能给你消息了。"

心中一块大石头好不容易放了下来，静旋用力地呼了一口气，整个人放松地瘫在沙发上。她拉过来一个抱枕往怀里塞，突然又想起什么，转头问道："对了，你刚刚要和我说什么？"

她愣了一下，想起了，"我是说周邦彦他……"

"你是说你们又再一起了！"静旋打断她，"你真是不怕死！万一他又伤害你怎么办？"

"不会的，他不会的。"她的眼神因坚定而闪耀着光芒。

"那许恒辅呢？你们都没联系了？"

那光芒瞬间暗淡，自从许恒辅回英国后，她曾打过两次电话，都被对方以忙碌为由匆匆收线。

静旋却冷哼一声，幸灾乐祸道："我要是他，杀了你的心都有！"

"所以，是我恶有恶报。"她不以为忤，叹气，"总之，现在一切回归正常了。"

"正常？你问过他没，他现在到底是不是单身？不然怎么总是好像在躲着你？"

"我没问，"她想到他住的地方，很肯定地说："他一个人住，我昨天才在他家过夜的。"

一丝惊讶闪过静旋的脸，她很快恢复原状，"那好吧，可是就算一切正常，周邦彦成天飞来飞去地，感情很难维持的，你不要忘了我的前车之鉴。"

"他工作很忙嘛！"她温柔地说，"我也想要有孩子，也许有了孩子情况就不同了。"

"我看很难吧！照你们这种交往方式，再加上三不五时还得玩上一回躲猫猫，有孩子就跟中乐透一样困难。"静旋没好气地泼她冷水。

她不语，心里有了别的主意。

一个难以启齿、不能说出口的计划在她心里盘旋，逐渐生根……

静旋没注意到她脸上复杂的表情，还在说："说实话，既然如此，生个孩子确实也是个好方法，反正你要实际一点，要懂得为自己打算，别傻傻地一直等，有了孩子，还怕他不就范？"

她没有那么多的心机，只是想和周邦彦长相厮守，她一脸向往道："我没有傻傻的，我等的是一辈子的幸福。"

静旋嗤之以鼻，"你怎么能确定等着你的会是一辈子的幸福？我到现在连幸福的影子都没瞧见！"

"因为我相信。"她诚恳地回答，"我相信我的心，我只是跟随着它，它想到哪我就到哪，这就是幸福。"

"唉！"静旋忍不住叹了一口气，"有的时候我真气你，气你的顽固，气你的执著，气你的不够理智，气你的不切实际，更气你的不懂珍惜。"

她知道她指的是许恒辅的事，对此她无话可说，只能默默地听着好友的批判。

"但是，"没想到静旋口气却放软了，"有的时候我又很羡慕你，我虽然不了解周邦彦，但我了解你，我知道你骨子里心高气傲，像你这样的人居然能碰到一个让你彻底投降、明知道是悬崖也不假思索往下跳的人，也许这才是幸福。"她愈说愈感慨，想起自己，不禁叹了口气，"我也希望有朝一日能碰到一个让我心甘情愿地放弃一切、牺牲所有的男人，那我就可以解脱了。"

"你有过啊！"她逮到机会也打趣道。

静旋知道她指的是霍方华，她自我解嘲地说："拜托！他在我准备要跳的时候就跑掉了，我还跳什么啊！"

品馨噗嗤一笑，"那表示你幸运，祖上积德了啊！"想想又认真地说：

第十三章 我要的幸福

"还是不要的好,太快乐也太痛苦了,你捱不住的。"

但是在苦难中她成长迅速,表面上她对周邦彦仍旧百依百顺,温柔可人,实际上内心早已坚强许多,她渐渐懂得不去计较细节,抓紧原则,放宽心胸,过往的疑问与不快就让它随风而逝,他们可以从头来过,重新开始。

＊＊＊＊＊

周邦彦的工作非常忙碌,他几乎每个月都需要到大陆出差一两次,上海、北京、苏州、福州、青岛,仿佛巡演似的,每一趟去都得像蜻蜓点水,匆促来回,即使回到了台湾,晚上应酬不断的他,能给她的时间也不如想象得多。

但她看得出,他已经尽量抽空与她见面了。有时中午、有时下午、有时相约晚餐,只要得空,只要有闲,哪怕只有短短的一个钟头,他也会到咖啡馆看她,但为了能存钱再开一间店,她人手算得紧,只要客人稍多,她便忙得像小蜜蜂一样,连坐下来和周邦彦聊几句的时间都没有。

尽管两人的时间常常凑不到一块,但她仍深信今昔不同往日,虽然这些零零碎碎的时间加起来还是很有限,但周邦彦的努力令她感到幸福,为了回报他的诚意,她决定搬家,重新布置一个更舒适的小窝,重点是它必须要看起来有家的感觉,而不是一般的单身宿舍。

更重要的是,能节省两人来来回回接接送送的时间。

最后她在咖啡厅附近找到了一间约莫七十平米的住所,又因为邻近热闹的商业区,租金比原先住的房子要贵上许多,再加上管理费等杂支,竟超过她在餐厅每月支的薪水。

但她咬着牙,还是把房子给租下来了。

她没和周邦彦提,没租过房子的他估计也没什么概念,由得她一肩承担所有的压力。只是父亲一听说她搬家了,立刻过来看房子,精明能干的老人家一看到是这种区域,还是半年新的大厦,马上就开始拨算盘了。父亲劈头便问:"这里租金很贵吧?要不要管理费?大楼的公共电费是怎么算的?还有没有其他费用?"

品馨当然了解父亲会对这房子有意见,也把可能会被质问的问题想过了一遍,她因而能够从容答道:"咖啡厅就在附近,可以省通车的时间和交通费,还是很划算。"

父亲轻哼一声,"你咖啡馆支的那份薪水都拿去付房租了还说划算?"

"这里就这么贵,我也没办法呀,"她解释道,"现在咖啡馆生意不错,我几乎每天都忙到很晚,又要来回坐车,我宁可节衣缩食,少买点东西,也不要再这么累了。"她清楚自己的父亲念归念,但心底还是心疼她,于是故意把工作的辛苦渲染放大。

"那也不用租那么大的房子啊……"果然父亲的语气变得缓和,开始让步。

张婷也在一旁帮忙讲话,"你也真是的,孩子都那么大了,还要管到租房子的事!再说咖啡厅又不是没赚钱,照我说早就该把时间省下,才能有余力去思考赚钱的事。"

"就是嘛,爸,"她半是撒娇半是央求道:"你就让我住好一点有什么关系?工作压力那么大,回来还要挤在这么小的空间,久了谁受得了……"

她没想错,老人家果然不出声了,她在心里暗自偷笑,这一关算是过了,尽管这一切才刚开始,她在心里却已悄悄地装点着自己的梦想,期望它能看起来更清晰,更实在。

周邦彦虽然不能帮她搬家,但他却在夏季36度的酷热下,无预警地拎了好几个纸箱给她。

她一打开门便看到汗水淋漓的他,气喘吁吁地对她说:"我想你搬家需要用这些,所以我特意从公司找了一些空纸箱给你。"他一边将纸箱拖进来,一边叮嘱道:"这里还有几个小一点的纸箱是我从茶水间找的,你可以用来装书,这样搬起来时才不会太重。"她又惊又喜地看着他,无法想象贵为大公司老板的他,竟会放下手边重要的工作,为了她到处翻箱倒

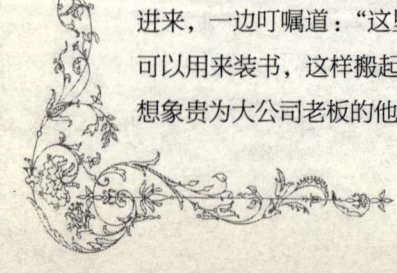

柜,还一路扛到这里。

"还好没什么人注意,不然一定觉得很奇怪。"他笑着说。

她感动地抱住他,"谢谢你,我好开心。"她把头埋进他怀里,柔柔地说:"你平时工作已经很辛苦了……其实我自己也可以去买。"

"我知道,但是你不要小看这些纸箱,加起来很重的!你一个女生怎么扛得动!"他爱怜地拍拍她的头说:"我先去洗个手,再一起去吃饭。"

周邦彦的好原本只存在于她的想象里,然而在交往没多久后,她开始"感同身受",因而惊喜连连。

她开心地发现表面上大男人主义的他,私底下却是比谁都体贴细腻。有一次他来找她,在楼下碰到提了一大桶水的她正准备要上楼回家,他当下虽没说什么,但之后每一次他来都不忘从公司提几瓶水给她,她虽然不想自己的辛苦转嫁给他,但又深深爱上了这种被娇宠的感觉。

只有静旋毫不留地泼她冷水,"是男人都会这样!许恒辅对你不好吗?他差点就连人带家的全送给你,你根本就是双重标准!"

她着急辩解,"我没有说许恒辅不好,他很好,只是他不懂我!"

静旋听了仰天大笑,"所以你的意思是周邦彦比较懂你了?"

静旋的笑声听了刺耳,她不高兴道:"你说话一定要这么尖酸刻薄吗?"

静旋停住笑,看着她:"那你告诉我,周邦彦知道你也会生气,也会流泪,也会反抗,也会挣扎,也会头也不回地转身离去?"

"我……"

"你和周邦彦之间真的一点问题都没有?"

"我……"她竟想不到一句反驳的话,静旋见状挖苦道:"我看他是把自己的苦衷转嫁到你身上去了。"

"我和周邦彦之间确实有问题。"她终于承认了。

在周邦彦与她这些温柔的互动背后,隐藏了深深的忧虑。她隐约感觉到,不管他们之间相处得如何融洽,他的飘忽不定和绝对自主让她总觉得彼此的关系停滞不前,仿佛走到了一个瓶颈。那个瓶颈是,她赫然发现,

她还是像正式交往以前那样,常常打不通他的电话,她很烦恼,但不敢言明,只好试探性地问他:"你还有别的电话啊?"

"是啊!"他不假思索地回道。

她鼓起勇气,"那……可不可以给我?"

"一个电话号码还不够吗?"他忽然变脸,冷冷地答道。

不知为何,她怕看他生气,小心解释道:"不是不够,是……有时候找不到你,我……"

"你可以留言啊!"他打断她的话,似乎没有打算给她真正的电话号码,还强调道:"你留言我都会回。"

"可是……"听起来合情合理,实则似是而非,但她不敢据理力争,在他面前她永远也弄不清谁是谁非。

她怕看他不高兴,怕他们吵架争执,她不要他们和其他的情侣一样,因而这么重要的事情竟突然成了定局,天平注定倾向了一边。

大部分的时候她只能依赖自我解嘲,自我解读而自得其乐了。

静旋的话只说对了一半,她是会反抗,但面对周邦彦,她不敢。

静旋听罢摇头冷笑,"你和周邦彦之间最大的问题就是,你想在他面前扮演得不食人间烟火,那就别怪他不把你当正常人看!"

她不知道该怎么和静旋说,她不是想在周邦彦面前扮完美,她只是不想影响彼此的关系,而周邦彦的立场明确得让她毫无空间,只能将自己扮演成一个十足的小女人,附和依顺他所有的安排和指令。

只是,她维系了感情,却无法使快乐持续。很快她便发现,在她的内心深处隐藏着极度的不安全感,她心里的恐惧,竟不能因为他对她的改变而完全去除,反之,随着他们的情感逐渐加深,她的忧患意识也更加强烈。

静旋的话让她重新开始认真思考已成定局的相处模式,努力想找出解决之道。

或许问题出在,他们之间少了牢不可破的联系:一个家,或是一个孩子。

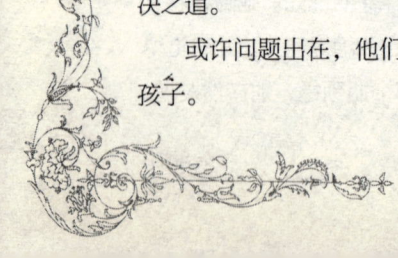

第十三章 我要的幸福

一个家对周邦彦来说或许太沉重，那么一个孩子也许可以在他们能否携手走向未来的关键里，扮演着缓冲的角色。

她迫切需要找到一些支撑以确定他对她的情感，但是从他每每理智地做好防护措施，坚守安全防线的做法中，她感伤地意识到她想要的暂时是无法实现了。而在现实生活中，现在也的确不是生孩子的最好时机。若是现在怀孕，势必得多请两个人手帮忙，开设分店的计划也得暂缓，她不要他们的家有任何无暇顾及的地方。就像静旋，她也做了取舍，品馨后来才晓得，静旋并非真如她自己所宣称的不小心，而是以为真心爱着对方，一时被爱冲昏了头才怀孕的。谁知真的怀了孕后，双方才发现彼此都无法放弃水银灯下多姿多彩的生活，以及蓄势待发的演艺事业。

他们在严酷的考验下失败了，重新回到各自的生活轨迹，从此再无交集，而她自己呢？一直以来她苦苦追求的是什么呢？答案既然已昭然若揭，倘若现在就开始逃避，放任眼前的困境持续下去，那岂不是前功尽弃？

考虑再三，除了她确定周邦彦是她此生所爱以外，她亦不想再让自己内心的不安无限扩大，不断地蔓延至各个角落。

她找出药水，断然地再次赌上自己的寿命，无论如何她要突破现状，不管他是基于何种理由不愿他们的关系再进一步，她要以行动证明，转变绝对会使他们更加的幸福快乐。

她又喝下那瓶药水，只是这一次，她不疾不徐地含在嘴里一会儿，细细品尝它奇特的味道，她感觉她的心和这神秘的液体已连成一气，她深信它已懂她的心，知道她的苦，就像兰姨说的，它会助她一臂之力，帮助她实现未完成的梦想。

剩下来她要做的就是静静地等待一个小生命的到来。同一段时间，她却陪着静旋送走了另一个小生命。

"真的不打算生下来吗？你不也说你也爱他吗？"她舍不得地望着静旋看起来平静的肚子，真不敢相信，再一会儿里面就要血流成河，爱情的背后怎么会是如此的血腥？

"也许是爱得不够吧！"静旋无所谓地耸耸肩说："我还来不及想到甜蜜家庭的感觉，就已经被要放弃的一切给吓到了，现在回想起来，说不定我只是因为一时的激情给冲昏头而已。"

"唉！真的不再考虑了吗？"她一脸可惜地盯着静旋的肚子。

静旋没好气地睨了她一眼，"你有病吧？"

事实上从发现自己怀孕到现在，静旋很快便做出了选择，最主要的原因是她的演艺事业已经在走下坡，唱片的销量一直不见起色，宣传的预算也因此被大幅削减，这样恶性循环的后果便是欲振乏力，她甚至连是否还有出下一张专辑的机会都不敢确定。

眼下对她而言，挟着残存的名气拍拍电视剧已成了唯一的出路，而紧跟着的问题是，她在这一行已不算年轻，若不赶紧抓住机会，想办法再创另一个事业高峰，她恐怕会就此一蹶不振，那她多年以来的心血，无数的牺牲岂不白费？更不要说还在这个当口怀孕生子，这简直就如同自杀。

然而再怎么理智的人也会有短暂的迷失，就在她又累又乏，抱着一丝期待，一丝侥幸，再搭上残存的一点感性、一点浪漫的时候，一个红色炸弹就毫无预警地给丢了过来，被它的威力所震醒后的两人自然以最快的方式解决掉问题，回到现实生活。

拿掉小孩，休息了不到一星期后，静旋就兴高采烈地去夜店狂欢，呼吸新鲜空气，没想到隔两天却在报纸上看到令她快气晕了的消息。她气愤地将报纸塞到品馨手里，品馨只看到斗大的标题写道：张静旋为情所困，夜店酒醉哭闹，她还来不及看内文，就听到一连串的咒骂声。

"我真的是快受不了这些娱乐记者了！"静旋刻薄道："素质最低的记者只能跑娱乐圈你知道吗？那些八卦新闻要是能相信的话，狗屎都能吃了！"

原来就在静旋去夜店玩乐的同时，孩子的父亲也被拍到与一个小有名气的模特共进晚餐，善于看图说故事的记者自然不会放过这个大好的机会，立刻绘声绘影地，连静旋为了即将要拍摄的偶像剧减下来的三公斤也被说

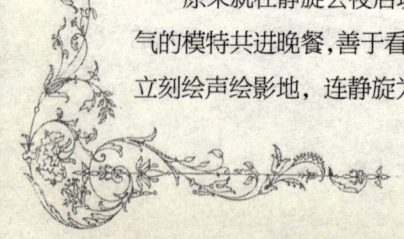

成是为情消瘦。

"算啦！生气也没用，演艺圈的生态你还不了解吗？你还记不记得上一次报纸上说你迷上一个模特儿的事？"

"那件事更扯！简直是莫名其妙到了极点！"静旋瞪大了眼，觉得自己像吞了只死猫，整个人像着火似的原封不动地把上次骂过的话又给重复了一遍。

也难怪她要生气。

那次经纪公司请来了一个从日本来台发展的男模特与她搭档拍摄新专辑里的MTV，她好心地请了那个模特去公司附近的餐厅吃过一次饭，结果不但被狗仔队拍到，该报导还写据消息人士透露，他们已秘密交往一阵子，她一看到就知道是那个模特儿自己向记者爆料以增加知名度，但她除了自认倒霉以外也无可奈何。

"那你告他们嘛！"

"怎么告？况且也告不完，只是帮这些人再炒一次新闻而已。"

娱乐圈真的很有意思，不红的时候要担心上不了版面，好不容易红了却得担心被有心人士利用，一不小心就会沾惹上一堆是是非非，闲言闲语，难怪静旋常说："只要在这个圈子呆得久了，再薄的脸皮也会变得和铜墙铁壁般厚了。"

{第十四章}
困兽之门

"我到底该怎么办?"她哭喊着。她的身体不断地抽搐,她不仅是将一颗心毫无保留地奉献给他,她甚至不惜牺牲宝贵的寿命,众人欣羡祝福的婚姻,以及其他可能的机会,没想到换来的不是神仙眷侣般的幸福快乐,而是成为别人家庭生活中附属品的命运!这一切是多么的讽刺!多么的愚蠢!多么的可笑!难道这就是兰姨口中说的他们之间未完的缘分吗?这到底是上天给她的考验,还是对她开的玩笑?

从妇产科走出来,品馨兴奋得全身颤抖,简直不敢相信,她的身体已不再是属于她一个人的了。

她开心地抚摸着肚子,痴痴地想:这应该是天底下最甜蜜的第三者了。

她想马上打电话给周邦彦告诉他这个喜讯,她已迫不及待地想知道他的反应,他的心情。

他会说些什么呢?

她从口袋里拿出手机,拨到一半又挂掉。

不行!这么重要的事应该要当面告诉他才对。

左想右想,还是忍不住拨了电话过去。

她在电话里,半是撒娇半是耍赖地要他无论如何尽快抽空来看她,"最好你今天晚上就能过来。"

"怎么啦!到底有什么事?"周邦彦觉得好笑,平常百依百顺的她,怎么会突然没头没脑地吵着要立刻见面。

"没什么啦!"她心虚道:"就是想你嘛!"

他取笑道:"不是每天都在想吗?"

"哎呀!今天特别想嘛!"她腻着声音,娇媚得都快滴出水来。

"今天真的没办法,晚上有重要的应酬。"他半开玩笑道:"那过了今天就不想了吧?"

第十四章 图兽之门

"哎呀！"她娇嗔地叫道："你真讨厌！反正你尽快抽空就是了。"

挂断电话后她的心里仍甜丝丝的，尽管不能天天见面，但男人应该以事业为重，更何况"小别胜新婚"这话说得一点都没错，因为知道见面不易，她非常珍惜每一次的相聚，他的细心体贴加上她的刻意讨好，每次的相处都格外甜蜜，只要她制止内心的忧郁浮出水面，他们不仅没有情侣间或多或少的争执不快，就连小小的口角都不曾。

最重要的是她爱他，而她也相信他是爱她的，相爱的感觉让她几乎要忘了这是她付出多大的代价才换来的。偶尔她在心里试着加减乘除一番，七年的追逐和十年的寿命，外加无数的泪水，她想到兰姨问她的话：值得吗？她突然想念起她，如果没有遇见她，没有喝她的那瓶药水，她和周邦彦的故事会如何写下去呢？结局又会是如何呢？她好想再见兰姨一面，想大声而肯定地告诉她，没有什么比失而复得的感觉更令人想珍惜，而且因为懂得了珍惜，所以值得。

微凉的秋天带来一种神清气爽的感觉，她彻底地放松自己，悠闲地踯躅在台北街头。自从和周邦彦交往后，她仍然像往常一样得独自一人睡觉、逛街、或者看电影。她虽能体谅，但难免觉得孤单，而今以后她的世界即将多了另一个伴，一个可以和她形影不离，每天朝夕相处相互作伴的小东西。她心底的寂寞被踏实的安全感所取代，以后再也不用担心周邦彦会离她而去，会消失不见，她就要有一个完整的家了！

有了孩子，也代表有一天，他们会有修成正果的可能……一想到这，她不禁雀跃难抑，情难自禁地幻想着各种美丽的情节。

周邦彦没让她等太久，过了两天，他在临出国前抽了空，到她上班的地方载她回家。

一进门她就急着要他赶紧坐好，笑眯眯地对他说："我有重要的事情要宣布，你可要有心理准备哦！"

"到底是什么事？"他觉得她的样子很好玩，调皮地伸过手去捏她脸颊，"一路上就一直奇奇怪怪地笑个不停，你中乐透啦？"

"不是。"她笑着把他的手从脸上拨开，搁在自己的腰际，脸上露出诡异的笑容，"是比中乐透更棒的事。"

"还有比中乐透更棒的事？"他的好奇心被勾了起来，"别吊胃口了，快点说！"

"好好好！"她欣喜地站起身，用力的吸一大口气，宣布道："我——怀——孕——了。"

他的脸色"唰"地白了，"怎么可能？怎么会呢？"

"什么意思？"他的反应令她失望，他似乎并不高兴。

他像迅速戴上了盔甲的斗士，充满防备地看着她，"你是说真的吗？不要跟我开玩笑！"

"我……我怎么会拿这种事情开玩笑……"他的态度令她很惊讶，"你怎么会这样说？"

确定这是千真万确的事后，他沉着脸，一声不吭，静静地思考着。

她不敢打扰，坐在一旁，委屈得直想掉泪。

半晌他终于开了口，"你不能生下这个孩子。"

这居然是他思考过后的决定！

她强忍着心中的不快，还是要问个明白，"为什么不能生？我期待了这么久！"

"因为我结婚了！"他脱口而出，也松了口气。

仿佛晴天霹雳，脑袋里轰地发出一阵巨响，震得她的心都快要跳出胸口。

"你……"她无意识的重复着："你结婚了……"整个人摇摇欲坠，心神都飞了。

"对！"他正视她，"我结婚了！"

周邦彦的声音惊醒了她，她惊恐地看着他，"这怎么可能？这怎么可能？我怎么会不知道？"

她失去血色的脸让他也有些慌了，喃喃地说："我以为你知道，大家都知道……"

"大家都知道?"她愈听愈糊涂,"为什么大家都知道?"

"因为我太太是……"他困难得无法接着说下去。

他别过头去,不愿正视她的目光,"算了,她是谁不重要,重要的是我结婚了,而我以为你应该知道。"

"为什么?为什么我应该知道?如果你没告诉我我怎么会知道?"她一迭声地追问:"你真的不晓得我不知道吗?这到底是什么时候的事?你到底是什么时候结婚的?那她现在人呢?"

这真相来得突然,来得如此出乎意料,他们这么多年下来认识相处的点滴回忆,一下子全涌上心头。

原来如此……原来如此……诸多的疑点盲点呼之欲出,她却忽然丧失思考的能力,脑子像乱成一团的麻花。

"我结婚很久了,早在我们认识之前我就已经结婚了。"他鼓起勇气坦承道:"一开始我的确是不太确定你是否已经知道了,但我们交往了这么久你都没问过,所以我想你应该……"

她倒抽了一口冷气,这就是他的答案吗?"我没问是因为我一直以为你是单身……难怪你会那么忙,难怪你从来不曾在这里过夜……"他总是和她说他不习惯和人同床,而良好的睡眠对工作繁忙的他非常重要,害她每每体贴地压抑自己的不舍,只要时间稍晚便急急忙忙送他出门,然后心满意足地陶醉在自己的体贴可人当中。

那些甜蜜的回忆令此时的她突然觉得自己好傻,傻得可笑,傻得可怜,她费心营造的爱情神话原来只是一场偶发的外遇事件!

她忽然想到她曾经去过他住的地方,"可是我去过你家,你说你一个人住?"

周邦彦忽然不做声了,家里发生的一些事他并不愿意道与别人知,但他确实说了那样的话,品馨会误解也看似理所当然,他权衡后,说了一半的事实,"那个时候她……去日本了。"

"她去日本了?"品馨喃喃地重复他的话,她愈想愈委屈,流着泪苦

笑道:"我却像个傻瓜一样,以为你工作忙,以为你……"来不及把话说完,眼泪就全涌了出来,跟着眼前一黑,一阵天旋地转令她站不稳,一个踉跄整个人便跪倒在地。周邦彦立刻拉住她,反被她的力道扯得一齐跌坐在地上,她像个刚出生的婴儿般号啕大哭了起来,"你告诉我我现在应该怎么办?我应该怎么办?你怎么能这样子对我?你为什么不早一点告诉我?"

她整个人都糊涂了,到底是他没说清楚还是她没问清楚?她仿佛是一只没头没脑、不小心掉进陷阱里的小动物,不知道该怨恨无意间设下陷阱的人,还是该责怪愚蠢不堪的自己。

他将她拥进怀里,心疼得连话都说不出来。

"我到底该怎么办?"她哭喊着。她的身体不断地抽搐,她不仅是将一颗心毫无保留地奉献给他,她甚至不惜牺牲宝贵的寿命,众人欣羡祝福的婚姻,以及其他可能的机会,没想到换来的不是神仙眷侣般的幸福快乐,而是成为别人家庭生活中附属品的命运!这一切是多么的讽刺!多么的愚蠢!多么的可笑!难道这就是兰姨口中说的他们之间未完的缘分吗?这到底是上天给她的考验,还是对她开的玩笑?

"你要我怎么办?"她伤心地哭个不停,她需要有人告诉她该怎么做,而他有这个责任!

他百口莫辩,末了深深地吸了一口气,轻声地说:"我们都好好想一想吧!"

她哭倒在他怀里,她是不知者无罪,那他呢?他到底把她当什么了?他的心到底在想些什么?他明明知道她对他的感情,他怎么会认为她能视若无睹?他怎么会认为她可以安然接受?

* * * * *

几天后,她垂头丧气地把这个令她难以承受的消息又对静旋说了一遍,即使只是叙述,她都能感觉到自己的心正被一把利刃来回剐着,就像那团血肉模糊的生命一样，令她痛得无以复加，好几次连话都说不完整，断断续续地让听的人都费力。

"我为什么会应该知道？他为什么认为我会知道？"她不断地喃喃自语，过往体贴迁就的所有事情一下子都蜕变成无数个谜团，她被折磨得数夜无法成眠，有太多的事情是她想不透也猜不着的。

静旋见她痛苦，终于忍不住说："他的太太该不会是……江雁贞吧？"

"江雁贞？"

好熟悉的名字！

她苦苦思索，实在想不出来，"她是谁？"

"以前的大明星呀！"静旋吞吞吐吐地说："你不记得了？你以前还……还很喜欢她，你还买过她的海报和照片……"她愈说愈小声，品馨却突然惊呼道："我想起来了！"

居然是她！那个十几年前曾经红透半边天，电视台的当家花旦江雁贞！但是……她转向静旋，"你怎么会知道？"

"我也是很久以前看到报纸上的报导才晓得的，但是我并不确定，你也知道周邦彦他们家可是家大业大的，谁晓得她嫁的是哪一个呢！况且我问 Peter 的时候，他说周邦彦没女朋友，就连你也十分肯定地告诉我他是单身，一个人住……"

说到这儿，她终于记起来了。

那时候江雁贞先是宣布赴美学习英文顺便充电，不料过了不到一年就突然在当地闪电结婚，由于夫家低调的关系，所有的消息都是由她的姐夫兼经纪人出面开记者会说明，自此她就仿佛人间蒸发似的，再也没看过任何与她有关的报导。

她在心里倒抽了一口气！难怪他会以为她知道！因为他太太是公众人物，还是大明星！

大明星……她和静旋不禁对望了一眼，两个人不约而同在脑海里浮现出江雁贞的样貌。

江雁贞的美可以说是无懈可击，身材更是高挑匀称，玲珑有致，但是真正让她与众不同的是浑身散发出的高贵气质，即使是在明星当中也令她熠熠生辉，吸引众人的目光。品馨尤其喜欢她娇憨的笑容，少女时代的她甚至看遍她主演的所有剧集。

她愈想心愈沉，她的情敌居然是她曾经崇拜的对象，还有什么比这更叫人难堪？

她一副被彻底打败的样子，江雁贞的美令她感到无所适从，终于灰心道："我输定了。"

同样身为女人，静旋当然懂得品馨的心情，但同时，她也是理智的，"没错，江雁贞是很美，就算是要从现在当红的明星里找出比她漂亮的都很困难，可是恋爱并不是选美比赛，最美的就会赢，如果是那么简单就好了。"她仔细分析给她听，"即使周邦彦结婚了，他有你是事实，不管他们夫妻感情如何，婚姻生活是否美满和谐，他有外遇是事实，你懂我意思吗？所以你们是处在势均力敌的情况。"

"不是。"品馨的直觉告诉她，周邦彦并没有打算要离婚，迷雾散去后，她竟也能冷静面对了，"说不定只要他太太一晓得，第一个被牺牲的就是我。"

静旋很心疼她，忽觉气愤，"不管他愿不愿意离婚，他应该要想办法，这不是你一个人的责任！更何况你还有了他的孩子！"

她静默了一会儿，思考着前因后果，"我真的不想为难他，而且我从来都不稀罕勉强得到的东西，与其要耗费心力去勉强彼此，不如努力去做些什么来感动对方。"

很难得她痴情可笑的话语没有激起静旋的一番唇枪舌剑，反倒是支持鼓励道："没关系，现在担心还太早，照我看，胜负还是未知数。"静旋肯定地说："只要周邦彦爱你，就表示你还有机会，这就好像拔河比赛，也许现在看起来是往江雁贞那头靠得多一些，但是未到最后仍然无法分出胜负，只要你不要放掉那条绳子，一步一步地把它拉过来，说不定结局就会

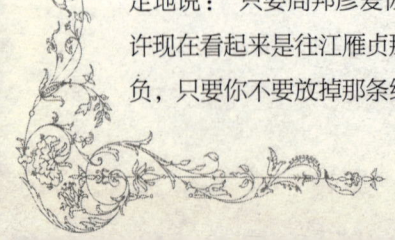

第十四章 困兽之门

来一个大逆转也不一定。"

她听了心动，又想到，"万一……拉不过来呢？"

"哎呀！你不是常常说不试怎么知道呢？值不值得一试才是重点。"

"要怎么做呢？"

静旋歪着头想了一下，"这个……我也不晓得。这样吧！我先帮你打听一下关于她的事好了。我现在不是在拍偶像剧吗？我们剧组里有一个演员和她是同个时期的。"

"还好有你。"她万分感激，算是松了口气，至少不会只是处在挨打的地位了。

"但是你考虑清楚了吗？也许在现在这种情况，什么都不知道反而比较能走下去。"

她淡漠一笑，不知者不仅无罪，还能幸福？也许正因为江雁贞由头到尾都被蒙在鼓里，她的婚姻才得以维系多年。

但是不管会有多痛，她都想知道。江雁贞能坦然或许是因为婚姻即是手中利器，足以抵抗外力侵扰，而她却只能赤手空拳，为看不见的幸福搏斗，这样让人太没安全感了。

她幽幽地说："看不清敌人要如何作战？"

静旋听了叹息不已，"怎么好像拿一命换一命，要先牺牲才能有机会拥有幸福的权利？"

这次她却想得比静旋还透，事实是，仅仅是牺牲也不够，还要牺牲得法。她不禁喟然道："真没想到，这居然会是我的爱情，除了像小偷似的偷偷摸摸打听，我还能做什么？"

静旋看着她心想，既然品馨下定决心，身为好友的她只能挺身而出，现在的她已经历过很多，不会再像多年以前，只能给些不着边际的建议，当然她们所面对的问题也不再是单纯的心动告白，而是复杂纠结的婚外情。她忽然有一种摩拳擦掌，想大展身手的冲动，她将多年经验化为现实，冷静地分析道："我觉得现在的关键是态度，周邦彦毕竟不坏，所以你姿态要低,你愈弱他愈内疚,只要待他像以前一样的温柔体贴,事情过了后他也会想,也许会有起死回生的可能,总之这段时间你可千万别和他吵。"静旋就像老旧的粤语长片的主角,将那些历久不衰的台词耐心地重复了一遍。

品馨听完后却放声大笑,笑中带着晶莹的泪。很悲凉地告诉静旋:"我早已是如此,我和他之间,什么事都以他为主,什么事都替他着想,所以我们之间毫无冲突,因为我们根本不需要沟通协调什么,全部都是他说了算。"她低下头看着自己的肚子,它曾经承载着她的希望,现在却成了负担,想到这儿,眼泪也掉了下来,"只有这个孩子是我自己的决定,而我以为他也会想要的。"

静旋皱眉道:"所以你只是在忍耐?"

"不!"她快速抬头否认,"那不是忍耐,那叫包容,我喜欢包容他,喜欢看他快乐,喜欢看他微笑,只要他高兴我就舒服,但是那是因为我爱他,可现在这种情形,我还能爱他吗?不是我不愿意,而是我有那个资格吗?"

"唉!能被你爱上的人真幸福,就怕周邦彦无福消受。"静旋突然感慨地说。

她们突然安静下来,各自怀着难以言喻的心事。静旋发现自己愈来愈难快乐起来,原先向往的演艺圈纸醉金迷的生活,已渐渐无法抵消她日益沉重的压力,她甚至开始考虑是否要转换跑道。但是先不论自己有多迷恋演艺圈的生活,离开熟悉的领域令她更加不安,她与外面的社会早已脱节,她根本不知道自己还能做什么。即使是想洗手做羹汤,找个人嫁了算了,一时半刻也不容易找到合适的人选。

品馨更是被莫名的恐惧感所击垮,她的爱情生活忽然从天堂乐园变成了杀戮战场,而她得立刻化被动为主动,从逆来顺受的小媳妇角色,变成驰骋沙场的勇猛女将,她要如何适应这样的变化。

然而不管她的心态是否来得及调适,静旋扮演的间谍兼军师的角色已将消息带回来了。"女的深居简出,男的异常低调,婚姻生活聚少离多。"

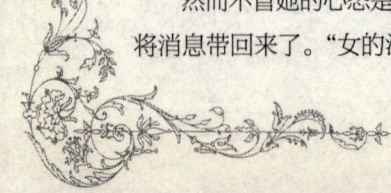

第十四章 困兽之门

静旋顷刻间就报告完毕，品馨听了正感安慰，又听到静旋差点遗漏的重要讯息。

"哦，对了！他们生了两个小孩，一男一女。女的完成任务，成功地开枝散叶，男的尽足责任，落实了传宗接代。"

"两个！"她的心霎时凉透了，她忘了他们不仅是夫妻，还有那么紧密、亲密的联系，周邦彦会怎么亲吻江雁贞，会怎么和她……

"怎么了？"静旋诧异地看着她泫然欲泣的脸庞。

她压抑着胸口的疼痛，闷声说："刚不是说他们聚少离多吗？他那么忙怎么会有时间生那么多个？"

"他忙是因为别人只有一个女人，而他却有两个要照顾，说不定还不止！"静旋挖苦道。

她瞪了了静旋一眼，辩驳道："这是不可能的！周邦彦不是那样的人！"

静旋毫不客气地顶回去："你怎么知道他在你之前没有别人？你怎么知道你是他唯一在外头的女人？你又怎么知道他是不是真的一天到晚飞来飞去？说不定除了他太太，除了你，还有很多人呢！"

她被静旋一激，脸色都变了，气急败坏道："我当然知道！我就是知道！这是一种感觉！一种默契！"她不能忍受任何人用言语玷污她的爱情。

要不是看到品馨的脸都涨红了，静旋差点就要脱口吼出："如果你真的什么都知道，那你怎么会不知道他已婚这件最重要的事？"

见品馨激动得话都说不清楚，她不禁觉得好气又好笑，品馨的那种虚无缥缈的感觉她一点都不懂。什么感觉！什么默契！周邦彦要真有那么多的感觉，又怎么能对品馨的痛苦视而不见？但她仍压下了心底的不以为然，不想再打击好友，"算了，我不再说他坏话行了吧？不过人家都结婚十几年了，生两个也不过分啊！如果没避孕的话每年都可以生一个呢！"

"你不要再说了！"她愤愤地打断她，静旋一点都不了解，生几个小孩根本不是重点，生小孩背后所需的亲密关系才是重点！

"还有，听说江雁贞一结婚就怀孕了。"静旋有意无意地火上浇油。

"什么！"又是一惊！

他们居然这么有热情！一结婚就迫不及待地怀孕？

怀孕毕竟不是吃饭，一定是一直做那种事才会……真该死！她不断地在心里咒骂着，嫉妒的感觉让她像着了火般，全身滚烫得难以忍受，静旋仍有意无意地补充道："好像是结婚后不久就怀孕了，反正你也怀孕了，怕什么呢？"

她满脑子早已充满了江雁贞和周邦彦幸福蜜月的情景，他们该有多开心？多幸福？她怅然若失道："怀了孕又如何？"

"至少打个平手嘛！"

"平手……"她失魂落魄地瘫倒在椅子上，一颗心直往下坠，到底该怎么办才好？

过了一会儿，她突然恨恨地说："我真希望这世界上没有日本这个国家！"

{第十五章}
豪门主妇的生活

他当然爱过她,这样一个倾国倾城的女子有谁不爱呢?更不要说她为了他,放弃了如日中天的演艺事业,洗尽铅华,委身于他,因而在不过分打扰他私人生活的情况下,他仍恪尽职守地照顾她和他们的孩子,只是很快他就发现,江雁贞过于聪敏,善于算计,更要命的是难缠的顽固,以至于两人之间难以敞开心房。渐渐地,他对她的好感慢慢变质,变质到认定她的温柔等同于木讷,她的稳重更是没有情趣的最佳典范,偏偏他其实是一个内心热血沸腾的男人,他渴望身体和心灵都能受到强烈的撞击,能在他无趣的生命中激起令人燃烧的火花。

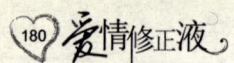

爱情,本该是世界上最甜的蜜。但对周邦彦而言,在享受爱情的同时,他还得应付来自内心深处的拉扯。

正当品馨这边闹得不可开交的时候,周邦彦的心里也陷入了天人交战中。那晚回到家后,他的妻就像平常那样早已入睡,他则待在书房,试图以一贯的理智,替自己和品馨之间的关系找出一个解决之道,然而爱情似乎比商场还要诡谲多变,他的心思一转再转,一变再变,始终无法得到一个结论,令他心烦意乱得彻夜难眠。

他们是在他朋友的生日酒会上认识的,那时候的江雁贞早已走红演艺圈多年,他也曾经在不经意的电视转台中或报纸浏览间看过有关她的报导,一个美丽的模糊印象在他见到她本人时,一下子变得鲜明,令他眼前一亮。明艳动人的她笑得是那样婉约,那样亲切,原本对艺人多少有些排斥的他,在刹那间竟完全改观。那之后他们秘密地约会了几次,他又惊又喜地发现,身为大明星的她不但全无娇气,而且待人接物体贴周到,尽管见面不易,但他对她的好感却与日俱增,而他也感觉得到,在她极力矜持的行为举止下,蕴藏着对他深厚的情意。

然而碍于他的家世,碍于她的名气,他们之间的交往始终难以再往前一步,直到某次他到香港洽公,正在赶戏的她,竟然秘密告假飞来香港与他会面,短短的三天两夜令他们的感情急遽升温,两人终于跨过了界线,

成了男女朋友。

只是，在他们都还来不及细细品尝爱情的滋味时，他就因为家族事业的关系，被派去美国拓展新的市场，对感情抱着随缘态度的他，选择潇洒离开这一段好不容易开花、却走不到结果的关系。

隔着大海的恋情不易维持，本以为两人渐行渐远也是迟早的事，不料却在他离开台湾不到半年的时间里剧情大反转，刚赶拍完一出戏的江雁贞突然打电话告知，她准备赴美休息充电。

"我想去学点英文，顺便休息休息，而且我最近身体不太好，可能是太累的关系吧！加州的天气应该很适合我。"

他当然表示欢迎，心里对可能重又点燃的情缘亦有所期盼，他热心地帮她安排住处，还替她找了一间语言学校打发时间，每逢假日也会带她去一些地方走走看看，四处逛逛，就这样他们又顺理成章地在一起了。

江雁贞一待就是一年，这段期间他问过几次她的工作，她却坚称没有关系，以一副毫不恋栈的口吻说："我从十几岁就踏入演艺圈，到现在都十几年了还不够吗？"他自然是由她去了，只要她高兴，他没有理由反对。

更何况，他不得不承认，有她的陪伴，使他枯燥的生活增色许多，但当他以一种随兴自在的乐观心情面对彼此关系的时候，江雁贞提出了结婚的要求。

"我想结婚。"

他怔住了，一下子不知道该如何回答才好。

尽管江雁贞水汪汪的大眼里盛满了温情，却温热不了他迅速冷却的心。

江雁贞没什么不好，对自己更是百依百顺，只是不知道为什么……他并不想结婚，也许是婚姻本身，也许是对象的关系，也许是其他莫名的理由，使得他一听到"结婚"这两个字心里就忍不住产生排斥，这也是为什么过往也曾认真谈过几次恋爱的他，总是在碰触到婚姻的话题后让恋情胎死腹中。

"我还不想结婚。"他如实说。

江雁贞一脸失望地看着他,"那你什么时候才想结婚呢?"

"我……我不知道,我们这样子不好吗?"

江雁贞哭了,她竭力地克制自己的气息,从头到尾只低着头默默地哭泣。

她连哭都哭得那么委婉。

但他仍不肯让步。

真正让他投降的是,家里的人竟然也在这个时候逼他结婚,希望他尽传宗接代的责任。既然如此,他向父母亲提起了江雁贞,没想到立刻遭到强烈的反对。

"不准娶明星!"他的父亲斩钉截铁地严词拒绝:"尤其是那样的大明星,谁晓得她成名前做过些什么事?你以为在演艺圈要红有这么简单吗?"

家里的反对令他血液里潜藏的叛逆因子迅速沸腾起来,他这一辈子都听从家里的安排,压抑真正的自己,而现在就连他的终身伴侣,与他朝夕相处的人居然都必须得到家族的认可,如果他一定得结婚,那他也宁可那个人是江雁贞,一个他熟悉的女人,而不是那些可笑的相亲!

这样的命令让他的怒火在瞬间爆发开来,最后竟意外演变成各退一步,一方听任选择,一方立刻结婚这般戏剧性的结局,只有自己知道,心里还是气愤难平,最后像似要出口气,他借口工作繁重,无法回台,所以他们没有宴客,只草草在美国注册,但江雁贞却看似毫不在意,反而以一连串的积极行动迎合他的低调,她竟迅速宣布息影,不给自己留半点后路。看着忙进忙出、兴高采烈的江雁贞,脸上挂着幸福得快滴出蜜的笑容,他终于接受了命运的安排。

只是婚姻对他们而言,似乎就像某种化学作用,让他们的关系在婚后突然变质,两人皆变得手足无措,不知如何与对方相处,至回台定居后益发如此。

他当然爱过她,这样一个倾国倾城的女子有谁不爱呢?更不要说她为了他,放弃了如日中天的演艺事业,洗尽铅华,委身于他,因而在不过分

打扰他私人生活的情况下，他仍恪尽职守地照顾她和他们的孩子，只是很快他就发现，江雁贞过于聪敏，善于算计，更要命的是难缠的顽固，以至于两人之间难以敞开心房。渐渐地，他对她的好感慢慢变质，变质到认定她的温柔等同于木讷，她的稳重更是没有情趣的最佳典范，偏偏他其实是一个内心热血沸腾的男人，他渴望身体和心灵都能受到强烈的撞击，能在他无趣的生命中激起令人燃烧的火花。

他们之间枝杈交错地相互牵绊，就是兜不到一块儿，即使她付出了全部，他仍然感受不到完整，他们的婚姻关系最终只剩下依赖和习惯，他务实的个性也使他安然地接受了命运的安排。他唯一没想到的是，他的婚姻会在碰到杨品馨之后差点瓦解，原本以为早已熄灭的火种又突然再度点燃，进而演变成一场熊熊大火，这样的结果令他始料未及，不知所措，三番两次地逃离现场，却一次又一次地，被拉回命运的轨迹，强迫他面对他平顺的人生居然也有插曲，也会有意外的事实。这样的情感纠结使他苦不堪言，偏偏在这时候江雁贞与他爆发了强烈的冲突。

江雁贞像是积压许久，更像是忍无可忍，一向对他的行径选择沉默不语的她，竟为了他拒绝在圣诞节期间带孩子一同去澳洲度假而向他咆哮，他当时正因公司进行收购一事承受着巨大的压力，因而不耐烦地说："每年圣诞节都带孩子们出去玩，今年能不能让我休息一下？"

"休息？"江雁贞瞪视着他，仿佛刚刚才发现他其实是火星人，"带我们的孩子去旅行，享受家庭生活对你来说是负担吗？"

他不喜欢她质问的口气，黑着脸说，"现在来说，是的。"

江雁贞感到胸腔一阵剧烈起伏，脸色也苍白了："你这话是什么意思？"

他不愿吵架，只好放软口气说："我真的很忙，很多事，而且我一点心情都没有。"

"你有哪一年不叫忙，不喊累的？"江雁贞不肯听他的解释，"况且我已经安排好了，几乎所有的人都会去，就我们一家缺男主人，这样我的面子要往哪儿摆？"

他被她口口声声、左一句右一句的已经安排好了，定好机票了，没有面子的话惹毛了，他开始激动，语气加重道："你安排之前应该和我先说一声，如果你还把我当做是这个家的男主人的话！"

江雁贞努力协调呼吸，泪珠却不争气地滚出眼眶，一滴泪珠静悄悄地滑落到唇角……他一点都不明白她费了多大的心思维系这个家庭，他们之所以能成为外人眼中幸福家庭的典范，正是因为她的"安排"呀！

她已让步了许多，总是任他做自己想做的事，而他就这点儿表面功夫都不愿成全她，她愈想愈气，向他下最后通牒道："你非去不可！不然我就带着孩子搬走！"

那一次他投降了，理由倒不是他害怕她带着孩子跑到别的地方居住，而是知晓江雁贞顽固的个性，只要是她认定要做的事，她绝不会罢休，那往后的日子必定难过，他不愿意殃及无辜的孩子。

但是当江雁贞再次为了孩子读书的事和他发生争执时，他却不再让步，"为什么非要把孩子送到日本去念书不可？"

"我说过了，我的孩子不能在台湾念书——其实现在送去都晚了，人家幼稚园时就在日本念了。"

他没好气道："那谁陪着他们？"

"当然是我们啊！"江雁贞早已想好了，"你现在反正也常跑日本，我们在日本又有房子，不如就搬过去……"

"我不能搬过去！"他打断道："总公司还在台湾呢！"

"有总经理嘛！"

"那照你的意思，我现在就可以退休了？"

江雁贞拧不过他，两人争执到快要开学仍然毫无结果，她只好先带着两个孩子去了日本。也就是那一次，他心烦意乱地，突然有一种想逃离的冲动。

即使他选择了到英国去看品馨，也未曾想过要做出逾矩的行为，他只是想和一个能让自己放松心情的人相处。

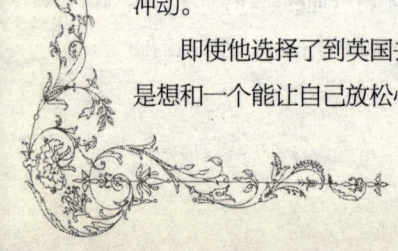

和品馨结伴出游的那几天，他发现她不仅能让他放松紧绷许久的心情，还能逗得他笑声不断，他好久好久没有那样开心地笑过了。

但他没想到，回国后等待他的是与江雁贞更激烈的争执。两个月后江雁贞也回台湾了，她告诉他，她已和他的父母亲说了关于孩子的教育问题，而他的父母也以行动支持，竟将他调去负责管理日本的分公司。

"孩子已经入学了，连家教都找好了。"

"我还买了车，既然要搬过去，我想我也需要有辆车代步，能接送孩子，也能自己去些地方。"

"日本那边的家也已经找人重新装修过了，爸说你到了那里不用急着去公司，可以陪我和孩子们去玩一趟……"

"够了！"他突然粗暴地打断她。

江雁贞停住口，整个人怔在那儿，不懂自己又做错了什么。她知道他担心公司的事，特意去找爸爸商量，又怕他烦怕他累，独自把在日本长住所需要打点的事全安排好了才来知会他，而他却不领情，一点也不！

她极力忍耐着，被泪水浸透的眼眶雾蒙蒙的一片，她看不清周邦彦，也看不清他们的未来，但眼泪就快夺眶而出……

"看来我怎么做你都不满意！"她丢下这句话后愤然离去，独自回日本带孩子。

看着江雁贞伤心失望的背影，他开始后悔自己的态度不佳，为什么两个成年人在碰到问题时总是没有折中，没有妥协，只有你死，或是我亡？他在内心挣扎了许久，终于在某次去日本探视，看到后者把在台湾时的井井有条，原封不动地移到了日本之后，做出了搬去日本的决定。

回忆人生片段与思考眼前同样令他叹息，这样的情感纠结使他苦不堪言，他无法面对自身的矛盾，或许只有逃避才能让他稍稍缓口气，清理他混乱不堪的思绪。

早上他强忍着一夜难以入眠的头疼，仍旧照常出门上班。江雁贞看着他离去的背影，正想说些什么又忍下了。从他们结婚的第一天开始，她就发现自己有很多话想和他说，却半句也说不出口。每当她想和他沟通，积压已久的心绪顿时就变成一个难缠的死结，令她找不到个起头，久而久之也就放弃挣扎，对它和他都视而不见。

尽管他们的关系已经因为几次大吵降至相敬如宾的窘况，但在床第之间周邦彦的热情又会忽然地将他们之间的温度，从零度迅速增温至一百度，以至她的心情也跟着忽上忽下起起伏伏。她有想爱他的心情，却总是被拒于门外，夫妻的关系并没有带给他们实质上的亲密感，反而使他们婚前的轻松愉悦烟消云散，他们就这样过了好几年的上床夫妻，下床陌生人的生活，随着孩子一个接一个的出生，她开始思索改变的方法，甚至想换个环境，换个新的生活方式，结果却总是适得其反，周邦彦对她的感受一无所知，对她的苦心更是毫不谅解——即使他后来妥协了，那意义早已失去。适得其反的效果更是反映在他们某次为琐事大吵一架后，周邦彦竟独自搬回了台湾。

那一次，她也觉得心凉透了，连电话都不愿意打，幸而随着她花在照顾孩子上的时间增多，她的生活重心开始转移，她和周邦彦之间剑拔弩张的气氛才逐渐和缓，这也是她当初始料未及的转变。

*****

对江雁贞而言，爱是牺牲，也是占有。

作为一个当红明星，她随便接拍一个广告的价码都等于一般人工作三四年收入的总和，水银灯下唯一令她留恋的，大概也就是金钱的获取较轻松容易的这个部分，然而追逐名利的欲望到了爱的面前却都彻底地投降，在爱的包围下，旁人以为的牺牲，于她却成为真正的拥有。

这么多年下来，她的婚姻就像航行在大海里的坚固舰艇，尽管海面并不平静，偶有波澜四起，但自始至终稳稳前进，她坚守岗位，从来不曾、也不需要考虑到下船的可能性。

第十五章　豪门主妇的生活

虽然结婚已经十多年了,她与周邦彦之间仍有一种难逾的疏离感,可在她的努力营造下,他们仍旧是亲朋好友眼中完美的一对,然而最近,出于女性灵敏的直觉,她隐约感觉到有一股外来势力正悄悄地向她靠近,她敏感地注意到周邦彦脸上不寻常的容光焕发,那种特有的、属于恋爱中的光泽,引发了她的危机意识,她开始注意起周遭的变化,悄悄探查周邦彦的行踪,但这样的行动其实意义不大,从早到晚忙碌奔波的他,透过电话掌控实在难有成效,她只好又退回熟悉的生活。

但她仍如往昔,将自己的烦恼担忧告诉了姐姐江雁虹,江雁虹却不以为然,"都结婚这么久了,孩子也生了两个,你还担心什么?"

没有人比江雁虹更清楚自己妹妹和周邦彦的交往过程,在她眼里,江雁贞早已是媳妇熬成婆,所有担心都是多余的。

见江雁贞仍愁眉不展,江雁虹说:"你独自带着孩子在日本住时怎么不担心?既然那时都没事,现在又能出什么状况呢?"

那次要不是江雁虹专程到日本劝她,恐怕她到现在都和周邦彦过着分居的生活。

希望江雁虹的判断是正确的吧!

江雁贞看着自己辛苦多年的成果,那许久不复回忆的片段此刻悄然成形。

在和周邦彦交往之初,正是她感到身心俱疲的时候。

她很少回忆过去,因为存在于她记忆里最深刻的部分并不是名利双收的风光荣耀,而是满是伤痕的难堪。

她记起小时候,她一向是个乖巧听话的孩子,双亲因车祸过世后,她们姐妹俩便互相扶持地度过了彼此人生中最坎坷艰辛的一段。为了分担家计,她十几岁便辍学到西餐厅当起端盘子的小妹,然而她的天生丽质应验了难自弃的宿命,她的高挑亮眼更是很快就吸引到一堆爱慕的眼神,而她生命中的第一个贵人也在这个时候悄然登场。

大她整整十五岁的李元杰是西餐厅老板的好朋友,也是台北某大地主的儿子，在菲律宾混了个管理学位回台湾后，便顺理成章地接管了家里的事业。只是美其名为接管的他，其实大部分的时间都无所事事，身边经常呼朋引伴，成日泡舞厅西餐厅，日子过得非常惬意，走到哪儿都少不了一大帮人呼喝簇拥，然而平时吊儿郎当的李元杰却眼高于顶，对于身边女伴的选择和他随性的生活态度刚好相反。直到江雁贞的出现，他的感情生活才有了暂时的依归。

年轻多金的李元杰不但称不上高大帅气，还瘦得像根竹竿，说起话来咋咋呼呼颇为聒噪。初时江雁贞见到他总忍不住皱起眉头，但他对她的百般纠缠，大方多礼，首饰衣服香水巧克力轮流送个不停，让她享受到了被人捧在掌心的滋味，而他对吃穿的讲究和住所的品位，更是让家境不好的江雁贞大开眼界。人脉甚广的他，为了赢得美人心，大大方方地带着江雁贞同进同出，到处展现他丰沛的人脉与见识，渐渐地，李元杰的用心打动了一颗天真的心，江雁贞坠入了情网，两人开始出双入对，李元杰更要她把工作也辞了，重返校园念书。

然而慧眼独具的并非只有李元杰一个人。就在雁贞还处在少年不识愁滋味的阶段，江雁虹却因意外怀孕而仓促地嫁给了一个混西门町的小太保葛明威，没想到她的一生竟然会因为姐姐草率的婚姻而走进另一个世界，在十年后的演艺圈里，成为家喻户晓的大明星。

葛明威小名大炮，人如其名，脾气躁烈，人倒是精明勤快，很有点头脑。那时候正逢国片当道，演艺圈蓬勃发展，不论电视或电影都急需各种人才，葛明威也因此将脑筋动到年仅十六岁的江雁贞身上。他看准了她的明星潜质，凭着自己的三寸不烂之舌，说服了李元杰投资后，便迅速地弄了间不成气候、那种坐落于某大楼里的几号几室的小公司，唯一闪亮的便是门口挂的黄铜色、写着某某演艺经纪公司的招牌。

小公司仅有四十平米不到的空间，入口处倒是气派地摆了两张双人座的黑皮沙发，再往里一点又放了张玻璃小圆桌，配上四张高脚小圆椅，最里面还不忘隔了间创意总监的办公室。

李元杰抱着好玩的心态，给的钱自然不多，葛明威懂得放长线钓大鱼的心理，没半句抱怨，自己卷起袖子，将三面墙粉刷得油亮油亮，上面毫不含糊地挂满了许多张不知道哪里弄来的明星照片和剪报，乍看之下还挺有模有样的。

江雁贞就这样跟着葛明威马不停蹄地四处寻求机会，刚开始她只能在少女杂志里充当大堆头的服饰模特儿，但是长相成熟美艳的她，不到两年功夫就得到了电影的试镜机会，竟一跃成了大屏幕的女主角，在演艺圈里开始崭露头角，后来还一脚踏进了电视圈拍起八点档连续剧，连续主演了几出深受好评的喜剧。葛明威便趁着这股势头，一口气签了好几个艺人，他也从街头混混大炮，摇身一变成了圈子里小有名气的大哥。

对江雁贞而言，能够靠着自己的能力改善一家人的生活，自然是件令人欣喜的事，只是除了亲近的好友和家人，大概没有人想象得到，在这欣喜的背后，她也曾掉过多少眼泪。江雁虹在葛明威的长期施暴下，过着身心俱痛的生活，姐妹情深的她除了陪着姐姐默默掉泪外却无计可施，因为实际上她连自身都难保，正当她要红不红的时候，葛明威半是洗脑半是逼迫，带着她与电影公司的老板应酬，她却极力抗拒再进一步的可能，没想到葛明威索性把心一横，帮忙在酒里下药，等到她清醒过来，电影公司的老板早已满足地离去，她因此哭闹着要解约要自杀，葛明威却大言不惭道："睡都睡了，你现在放弃岂不是白白牺牲了？"她哑口无言，也不甘心好不容易换来的机会拱手让人，于是半推半就地主演了这部电影，也成了电影公司老板随传随到的临时情妇。

电影上映了，反响却平平，但她好歹是主演过电影的，后面的机会一下子多了起来，也有了一个像样的作品方便推销，在葛明威的积极运作下，很快她便跳进小银幕，在连续剧里有了露脸挂名的机会。

只是消息灵通的李元杰在听到了一些风声后勃然大怒，甩了她一巴掌后便弃她如敝履，很快便另结新欢，对象竟还是葛明威介绍的广告新星！她心灰意冷，认清现实，想通过赚钱来弥补心里的创伤，然而当初傻傻的她，和葛明威签了个死约，所得其实大部分都进了别人的口袋里，原先进帐少没感觉，等到走红后，才发现赚到的钱和她的名气与工作量皆不成正比，她虽后悔怨叹也已于事无补。

紧跟着的霉运是，她的身体开始出现了零零星星的小毛病，或许是小时候没有父母亲在身旁照顾的关系，她的体质一直不是很好，她渐感疲惫不堪，好几次睡到起不了身，然而她的感受并不在葛明威的考虑范围，他认定她不过是年轻爱玩，撒娇不工作罢了。

她对葛明威诸多不满，但至少有一句话她是听进去了。"花无百日红，你能红多久谁都不敢保证，不趁能赚时多赚点，万一不红了怎么办？难道你还想过以前的苦日子？"

就是为了这句话，她咬着牙，甘心成为超级摇钱树，在葛明威的安排下，她工作满档，即便是演戏的空档，也得忙着主持忙着上节目，忙着拍广告拍杂志，忙着录歌跨界做歌手，美其名是要捧她做一个全方位的艺人，实际上还不是为了要她多挣点钱。

她常想，如果没有遇到周邦彦，她的人生会变成怎样？她能保持大红大紫多久？不管她怎么想，都想不到更美好的可能性，从见到周邦彦的第一面，阅人无数的她就怦然心动，相处几次后，她很快便认定自己找到了一个好归宿。

犹记得当时她高兴得一塌糊涂，信心十足地对姐姐说："明年我就要三十岁了，在这个点息影，嫁给真心所爱的人，过着幸福的生活，我的人生也该知足了。"

是了，苦过，穷过，红过，爱过，这一生比戏还精彩，夫复何求？

她打算洗尽铅华，葛明威却死活不放，不但百般阻挠，甚至安排了更多的工作给她，就怕她"有时间"胡思乱想。

末了，还骂她笨，"爱情能当饭吃吗？"

"他会娶我的！"她生气道。

葛明威恶狠狠道："那就等你把条件谈好了再说！"

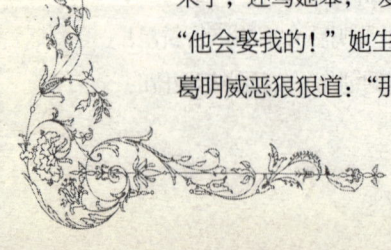

"我是嫁,不是卖!"一向隐忍的她也火了。葛明威尖刻地讥讽道:"你当然不是卖,一毛钱都没拿到怎么能算卖!"

"不管你怎么说,我非去美国不可!"江雁贞是铁了心的,江雁虹见状在一旁轻轻拉她的衣角,示意她先缓一缓,别再说下去了。

事后江雁虹拉着她,姐妹俩细细商量,江雁贞如实地说出了自己的计划,江雁虹自然支持,但也担心,"你就这样跑去,万一人家到时没和你结婚的意思怎么办?"

"那耗在这儿,也不知周邦彦何时才会回来,到时感情变淡岂不更没机会?"个中利弊她早已细细想过,这绝对是最好的办法。

江雁虹想了想,总觉得不妥,又问:"那其他人……"

江雁贞打断道:"我没兴趣,我只想和周邦彦在一起,而且我是真的,真的累了。"

"我知道,我知道,"江雁虹心疼地摸了摸她的头,仿佛她还是当年那个小妹,想到小妹难得的坚持,以及未来的幸福,她忽然眼神变得坚定,语气也变强了,"姐帮你扛,你去就是了。"

"那姐夫那里……"她担心地看着自己唯一的亲人,紧紧握住江雁虹的手,如果可以像小时候那样,去哪儿都一起该有多好。

"你放心,我绝对不会让他知道你在哪儿,等你搞定了那个姓周的再告诉他,到时他也没辙。"

"但万一……"想到姐夫的脾气,江雁虹很可能会因为自己的失踪而被毒打出气,以前还有自己出面制止,看在她这棵摇钱树的份儿上,姐夫再不情愿也得收手,可她一走,江雁虹就失去靠山了。

"别担心那么多,这么多年不也这样过来了?更何况你又不是不回来了,姐还等着喝你的喜酒呢!"

听到这,她忽然激动莫名,眼眶也红了,她再三保证,"一定会的,一定会的!"

回忆至此,江雁贞早已眼圈泛红。

江雁虹看着她,"十几年都撑过了,还有什么是撑不过去的,更何况周邦彦对你和孩子也算恪尽职守,又没有太过复杂的公婆关系,其他的,那些个捕风捉影的事就让它随风过去吧!"

这番话让江雁贞益发沉默,只幽幽看向远处,就像无数的从前。

窗外的天色忽然暗了下来,下起淅淅沥沥的小雨。

{第十六章}
进退两难

　　他凝视着这个热爱他许久的女子,他一直没告诉她,他对她也有相同的感觉。数不清有多少次,她的艳丽和巧笑倩兮的模样填满了他空洞的夜晚。他想起雁贞深邃的五官,他确定她们的艳丽是属于不同型的:江雁贞的艳偏冷,冷冽中又带着优雅和恬静;杨品馨的艳却像是把一瓶香水倒进滚水里煮沸,浓郁而香甜。两人不分轩轾地,在不同的时间点,在他的心里留下了深刻的烙印,人生至此,夫复何求?他并不贪心啊!

品馨头痛欲裂,从床上挣扎而起,懒懒地将自己移到洗手间,用温热的水热敷了一下前一晚哭肿的双眼。几分钟后她开始梳洗,有别于平时的精心妆扮,这一整个星期她都脂粉未施,素着一张脸,穿着牛仔裤,再随便套件T-shirt便赶去咖啡厅。

她并没有听周邦彦的话好好想想,反而像疯了般地在网站上搜寻一切有关江雁贞的消息,一遍又一遍地反复研读,不屈不挠地,试图找出各种蛛丝马迹,她甚至将自己和周邦彦之间的交往也拼凑上去,希冀能还原事实真相。然而看到最后,她发现除了深陷在一堆江雁贞的旧报导和照片当中的自己外,什么也没找到,或者说,她根本不知道她到底要找什么,她只知道自己在这一段追寻过往的旅程当中心如刀割,痛心疾首。

好几次放弃的念头在她心底悄悄升起,却又被她刻意地忽视,只因为她坚持相信他们的缘分深厚,要不然她也不会碰到兰姨,她相信这绝对不会只是一个偶然!这绝对不能只是一个偶然!这一定是受到了他们深厚的缘分感召。所有历经波折的感情注定会有圆满的一天,革命不也是历尽艰辛的吗?只是她的爱情为什么非得是一场革命?难道莫不如此就不能显现爱情的伟大吗?她不是非要成为童话故事里的白雪公主,但至少不要让她变成激进的革命分子!

就在她浑浑噩噩时,许恒辅竟又出现了!

第十六章 进退两难

许恒辅告诉她,静旋打给他,把有关周邦彦的事都说了,"我来,是想带你回英国。"

她看着他,不敢相信自己的耳朵,她还以为,他对她早已没有感觉。

他摇头叹气,"除了智商以外,你倒是变了许多。"

她紧咬着下唇隐忍,蓦然间,眼泪扑簌扑簌地掉了下来,他再也忍不住,一把将她抱进怀里,心疼地说:"也在一起过了,也伤透心过了,现在,该明白是时候放手了。"

她听懂了,含泪看他,"你,不介意吗?"

他豪爽大方,不记前尘往事,"爱一个人又不是错,我为何要介意?我只是想等你有一天能自己发现,重新做出选择。"

如果是这样,现在无疑是重新做出选择的最好时机了,但是……

她闭上了眼,不得不再次拒绝他,"我怀了他的孩子。"

"我知道。"他捉起她的手,几乎是命令地说:"拿掉孩子!你不要一错再错!"

怎么可能?她轻轻地推开他,苦笑着,他不明白,她肚子里承载的,不仅是一个孩子,也是一种联结,更是她长久以来的信念。为了这个信念,她放弃了许多,承受了许多,包括此时此刻,他那深情得令人难以承受的目光。

他再难镇定,焦急道:"你听我说,我也是男人,我可以明白地告诉你,他是不会为你离婚的!"

看着他心疼得气急败坏的表情,她多想告诉他,没有人比她更明白这个事实,真相是,就是因为她太清楚了才会如此痛苦,但更折磨人的是,她发觉自己已回不了头。

"对不起。"

他一把拉住她,生气质问:"为什么?"他不懂她为什么能一次又一次地将幸福拒于门外,让他既煎熬又痛楚,他不相信她对自己毫无感情,他要她说清楚!

"因为在你面前我无所遁形,最坏、最不堪的一面全叫你瞧见了。"她的任性,她的冒失,她的情绪化,她的不安全感,甚至是她损己不利人的固执……

"但我都接受,并爱上了你的全部,不是吗?"他疑惑地看着她,"而他呢?他了解你吗?他爱过你吗?"

她不知道该如何回答,悄然别过头,轻声地说:"他也不爱他太太,我可以感觉得到。"

他扳过她的肩,一定要她看着自己,"你说得没错,他是不爱他太太,但也不爱你,他只爱他自己。"

她一眨不眨地回视着他,几乎要被他的眼神融化了。

两人对视了好一会儿,他的手忽然用力一拉,将她扯进自己的怀里。他用双手环抱着她的身子,嘴唇紧贴着她被泪水湿润的脸颊,在她耳边,他哑声说:"因为我爱你,我的任务就是把不爱你的人从你身边赶走。"

"对不起……"她哭着,抽噎着,"我真的离不开他,即使他可能并不爱我……"意识到这个残酷的事实,她比谁都心痛,更令人心痛的是,她不得不再次推开许恒辅,转头离去。

* * * * *

既然离不开周邦彦,品馨只好把未来寄托在肚子里的孩子上,周邦彦虽然不高兴却也做不出绝情的事,两个人只能重复地争执,她的心因失去平衡而不断地来回拉扯,他们的关系也因此变得忽冷忽热。

终于她发现,原来他们之间事无大小,到最后他仍旧坚持,她依旧退让,他漠不关心,她却惶惶不安,这样负荷过重的爱情,究竟还能承载他们多久?

正当她的内心如同他们的关系般纠缠不清,她的健康也在此时向她发出了警讯。因为身心俱疲,一次腹部的剧烈疼痛和下体的异常出血竟带来

第十六章　进退两难

了令她痛心的结果——流产！

她不敢相信，自己费尽心思的结晶竟成泡影！

早知如此，何必坚持，不但牺牲了宝贵的寿命，还差点赔掉了感情。

她伏在床上哀哀哭泣，这是上天在惩罚她吗？惩罚她的心机亵渎了爱情，还是她的爱情亵渎了婚姻？

原先因品馨迟迟未去医院拿掉小孩，而刻意一个多星期没联络她的周邦彦，在听到消息后，匆忙赶到医院接走了虚弱苍白的她。

他把她安顿在家里，又买了一堆吃的和水果放进冰箱，最后他来到她床前，紧握着她的双手，不发一语地看着仍在昏睡的她。

周邦彦不知道她为什么会突然小产了，但心里的确如释重负，虽然明知道她失去这个孩子会有多难过、多心痛，他却不得不再一次让她失望，那就是他以后必须更加小心，不能让这样的事情再度发生，不只是为了保护江雁贞，同时也是不希望品馨再度受到伤害，他甚至考虑在必要的时候放手，让他们彼此回到各自的生活，把伤害降到最低，将这一切留做美好的回忆。

他凝视着这个热爱他许久的女子，他一直没告诉她，他对她也有相同的感觉。数不清有多少次，她的艳丽和巧笑倩兮的模样填满了他空洞的夜晚。他想起雁贞深邃的五官，他确定她们的艳丽是属于不同型的：江雁贞的艳偏冷，冷冽中又带着优雅和恬静；杨品馨的艳却像是把一瓶香水倒进滚水里煮沸，浓郁而香甜。两人不分轩轾地，在不同的时间点，在他的心里留下了深刻的烙印，人生至此，夫复何求？他并不贪心啊！

品馨因腹部的疼痛清醒过来，她看到周邦彦坐在身旁，满心的恨和怨顿时又化成了满腔的爱意。

她幽幽地看着他，柔柔的情感缓缓倾泻而出。

原来除了爱你，我什么都做不到，什么都做不到呀……

她哭了，心如刀绞，不禁对他哀求道："你不要走好不好？留下来陪我，照顾我。"她祈求地看着他，"就一个晚上好吗？"

周邦彦轻轻地叹了口气，心情因她的眼神而益发沉重，虽然这么多年下来，他和江雁贞早已是各过各的，彼此享有独立的活动范围，但除了赴外地出差以外，他不曾以欺瞒的方式在外留下过夜的记录，况且仅仅一晚的行为脱序又有何意义呢？他忽然发现他对自己的妻子亦了解不多，他居然无法想象若她知道了他在外头的行径时会有什么样的反应？她会无奈接受吗？会强势阻止吗？还是会像多年以前那样，一把鼻涕一把眼泪地泣诉他的霸道无理，抑或失控地咆哮控诉他的自私自我？

正当他的感性让他几乎要融化在品馨的苦苦哀求中时，他的理性亦适时地抬起头阻止了他，毕竟他已经因一时的贪欢享受而让眼前的女子受尽委屈和折磨，再继续下去只会让她更难抽身，如果她不能满足于现状，那么他也只好忍痛割舍了。

他以品馨熟悉的果断刚硬拒绝了她的要求，同时也以她熟悉的温柔细腻安抚着她濒临崩溃的情绪。

"我都这样求你了还不行吗？"她哀怨地看着他，腹部仍隐隐作痛，配合着她一齐闹起别扭来，"就一个晚上会怎样呢？一个晚上你们家就会瓦解了吗？"

身子的虚弱让她变得任性，妒忌的感觉让她失去了理性，心碎的声音更是令她陷入了重重困境。他就这么舍不得伤他的妻子吗？那她算什么呢？她也是会受伤的啊！她得不到完整的他，现在连唯一的孩子都失去了，她一个人支离破碎，而他们却是和乐的四口之家……

周邦彦仍旧硬着心肠，冷酷地摇摇头，他太清楚只要一开先例，后面就会有无数个晚上得争执相同的事情。"别这样，我明天下班后就来看你。"

她任由伤心的泪珠夺眶而出，哗哗地流着，像两条小河，流向看不到的尽头。

这就是周邦彦，主观强硬的周邦彦。她曾经因他的霸气和阳刚而爱上他，现在却也因此而受伤，她傻傻地看着他，不懂爱情里为何毫无逻辑可言。

周邦彦用力地将被紧握住的手给抽出，语气却很温和，"你若是好一

点我们就出去吃，要是还不舒服我就买回来给你吃。"

他很体贴地打点一切，却不知道她现在最需要被打点的不是衰败的身子，而是一颗破碎的心。

他把被子拉起来，密密地盖在她身上，呵护疼爱的感觉让她止住的眼泪又掉了下来。周邦彦就是有这个本事，每回当她感到全身都寒透的时候，他又会突然将她丢入煮沸的滚水，就这样忽冷忽热、忽喜忽悲地直把她逼得快要疯了，他却仍旧气定神闲，稳如泰山。

最终她还是眼睁睁地看着他站起身走掉，头也不回地。

周邦彦回到家时已经晚得不能再晚了，江雁贞本已熄灯上床，又起身将睡袍披上，从房门走出来问："怎么那么晚才回来？"

他"哦"了一声，随口找了个借口，没想到江雁贞却说："我记得你之前和我说过已经没事了，公司还走了两个人。"

他怔了怔，品馨的事搅得他说话前都忘了思考，他忘了江雁贞因长期背剧本的训练，记性好得出奇。他只好再编一件事遮掩过去，直到江雁贞再度回房他才松了口气。

尽管身体疲累至极，他的心仍无法安眠。他虽然在品馨与自己的婚姻中间划了一道防火墙，但品馨怀孕又流产的事迫使他正视这道防火墙可能不如想象中牢固，那么离开品馨呢？那不仅是品馨伤心，而是自己也会痛心的事了。

江雁贞对周邦彦内心的挣扎并非浑然不觉，对于江雁虹的劝慰也不是照单全收，不安的感觉依旧笼罩着她，好不容易过了所谓的磨合期，开始安稳的家庭生活，周邦彦又再次让她感受到了压力。

江雁虹没有江雁贞对婚姻的高要求，她自己少不更事，嫁了个浑球，挨打受骂地也过了十来年，直到孩子长大，葛明威变得又老又胖，连多走几步路都要气喘吁吁时，她才彻底摆脱了总是令自己伤痕累累的夫妻关系。

自然，江雁贞与自己不同，不仅是因为她是大明星，她同时也是自己最疼爱的小妹，她当然希望妹妹的婚姻比自己幸福一百倍，一千倍，可现实难以掌控，有时只能降低标准才能活得快乐。因而当江雁贞愤恨地说，自己所有的小事大事都记得一清二楚，周邦彦别想瞒过自己时，她语重心长地对江雁贞说："小贞，有时记性不好也是种福气。"

"福气？"委屈和难受一齐涌上心头，江雁贞蒙着脸哭了，眼泪如泉涌似的流个不停，只有在自己的家人面前她才能痛快地哭泣宣泄，"我是他太太，不是鸵鸟，我为什么要隐忍所有的事？"她想起就连分居的那段日子，也是她先厚着脸皮带孩子回来，她忽然抬起头，泪眼蒙蒙地问道："如果我当初没回来，周邦彦会怎么做呢？"

"你放心，他什么也不会做，"江雁虹轻拍她的肩，"他没提离婚，不就说明了一切？"

{第十七章}
什么是永远

　　这趟旅行让周邦彦在及格边缘徘徊,品馨像个无法下定决心当掉学生的老师。她想到兰姨的话,原来术了她真的是那个可以做主的人,只要她还想和他在一起,他们可以一直这样下去,只要她不哭不求,不吵不闹,她就可以"永远"享有他的爱情。

周邦彦果决的态度让品馨彻底清醒过来，她终于明白他们的孩子只不过是她莽撞无知下的牺牲品。同时她也清楚地意识到，这将是这段关系的分水岭——眼前他的态度再明显不过，剩下的就看她愿不愿意接受了。她若接受维持现状就继续，她若有丝毫改变的企图，那么就此分道扬镳将会是他们唯一的结果。讽刺的是，她发现这竟是第一次她在他们的关系之中取得主导权：她可以自由地决定留下或走人。

相互认清事实以后，他的若无其事对照她的绝口不提，两个人很有默契地回到了原有的关系、原有的模式，乐观的进展和内心深处的忧伤结伴同行，然而自此，她的胃痛便好不起来，心里明白，一切皆因她无法离开他，无法背叛自己的信念，更无法接受在她下了重注之后却得面对全盘皆输的窘境，而更残酷的事实是，她早已深陷泥沼，只求不再陷得更深便已是万幸。

在痛苦中，她仍尽力对他堆满笑脸，但变得敏感的神经总能让她捕捉到让自己胃疼得更厉害的各种事实。

夜里，她微笑送走他，门一关上，眼泪便掉下来了，她还来不及感受到泪水的温度，门竟再度打开了。

周邦彦就站在她面前，他也不知道为什么他会想再打开门，想再看看她，更没想到会看到她一脸的泪水鼻涕。

她一阵尴尬，不知该回复微笑的表情，还是该让脸上的泪水流个痛快。他紧紧凝视着她，停了片刻，忽然抱住她，自责不已地说："你真傻。"

那之后，周邦彦开始会主动买一些小礼物讨她欢心，也懂得在她工作疲累的时候，适时地说几句甜美的鼓励话语给她打气，亦默许她在公众场所对他做出一些亲昵举止，这对品馨而言，无疑是天外飞来的惊喜，但似乎他也和她一样，在挣扎，在犹疑不定，他时而热情时而冷淡，时而向前时而退缩，也因此，即使他们逐渐有了恋人的默契，她的不安却加重，痛苦亦更深，她开始想知道更多，想掌握更多，不甘心再当一个傻瓜，却发现无论如何旁敲侧击，有关他婚姻生活里的一切，她始终听不到只字片语，过往的心无芥蒂，无所不谈已成了遥远的记忆。

她隐约感觉到他们之间不只有潜藏的敌人，还埋伏了许多地雷，稍一不慎便会引爆，她虽然很想小心谨慎地处理他们之间的话题，但有的时候，仍免不了会碰触到周邦彦敏感的神经。

是有意抑或无意恐怕连她自己也说不清，只知道每当她看到他的情绪因着她的话语，而在瞬间出现很大的起伏时，除了让她感到非常的挫败，还激起了可怕的嫉妒心。这样的发现令她沮丧不已，有的时候也会突然失控，任凭感性主导一切。

她大起胆子逼问他："她都不管你吗？"

"……"

她装作随口一问："她现在到底在哪儿？"

"……"

"她在做什么呢？"

周邦彦终于不高兴了，"你问太多了吧！"

他的态度令她不满，更是要问："为什么不能问呢？"

他更生气，断然地回答："没有为什么！"

有的时候他也会多说几句："你不是说想对我好吗？你不要再问就是对我好！"

仿佛一口气堵住她的胸口，她满腹委屈却无从发起，事实上一直以来她都避免用争执吵闹换取他任何就范，因为她相信自己是与众不同的，他们的爱情是超然圣洁的，他的婚姻已经是他们爱情里的最大污点，她只好极力地补救残余的部分，然而就在她拼命擦拭的时候，原先的污点却晕了开来，使得整片的洁白糊成一团。

现在看起来倒像是她的无理取闹涂坏了那面墙。

她已经搞不清楚，他们之间种种不愉快的原因到底是因为她的蛮不讲理，还是他的别有用心？

只知道若坚持自己，势必会带来彼此间更多的不愉快，她是那样舍不得失去他，这样强烈的感觉让她别无选择，看来静旋的话一点也没错，知道的愈多，幸福只会离自己愈远。

她忍痛将无数个存放在心里的问题揉成一团，压在心底置之不理。

周邦彦或许感受到了她的委屈，也或许感念她的牺牲，他愈来愈关心她：她的生活，她的工作，她的健康皆成了他们互动的重点。

他甚至出钱出力，亲力亲为地支持她请足人手，再开一间咖啡厅。这一次，他不顾她的反对，拿出六百万替她顶下了一间三层楼高的欧式咖啡厅。他们在床上相拥着，他轻抚她的发丝，叹息地说："我能为你做的已经不多了。"

她迎视着他，在他诚挚的目光和真切的语气中软化了。

那之后周邦彦的诚心也反应在他的全心投入上。他认真给品馨提了许多建议，还分出时间与她一起讨论规划。

品馨指着原先留下的，贴着瑰丽壁纸的墙面道："我想沿着墙，建一排排的书柜，让人能买能看……"

为了符合原先咖啡厅的获利模式，她又决定道："菜单要重新设计，不走高端路线，改成平易近人。"

"吧台另请，设备换掉，改做单品咖啡。"她转头向周邦彦说明，"这样的餐厅很难赚到餐点的钱，书就更不用说了，进货的量有限，耗损又更

多，只能图个特色，所以要把咖啡做好点。"

这也是许恒辅教她的，要有特色，让人记住你就成功了。

周邦彦对她的想法赞许有加，还拉来许多公司聚餐的生意，鼓励道："你一定要做下去，但不要给自己太大压力，只要损益两平即可。"

她感动回望，想想他待她的好，不正是说明了她的恋情终于开花结果了？

但心情低落的时候，她又会清楚地看到恋情上的千疮百孔，令她不忍卒读。

她就像个怀才不遇的人格分裂患者，他却像是活在当下、无忧无虑的乐天派，两人在同一条道路上各走各的，没有目标，没有方向，过一天算一天。

情到浓时却是将她推进了哀痛欲绝的深渊，数不清有多少次，她在他的面前笑着挥手道别，一转身却颓然地倚在墙边，望着远处发呆。

渐渐地她发现，表面上安于现状的自己，私底下也开始蠢蠢欲动，她不再愿意向事实妥协，她像个不成气候的游击队，开始伺机作乱。

* * * * *

趁着即将来临的元旦假期，她不抱希望地提出了想一起出国度假的要求。

她心里想如果他不愿意，那么这将是他们最后一次见面，没想到周邦彦竟爽快地答应，除了到澳门是她选择以外，住宿机位等安排全由他一手包办。惊喜和感动将欲脱轨的她拉回，重新审视他们之间的关系，然而紧跟着而来的是，她发现他们并不乘同一班机，两人得一前一后地抵达，再像做贼似的在旅馆大厅秘会。

她在大厅的一角看到刚踏进旅馆大门的他。

他没有先打给她，反倒是先去柜台办理住房手续，刹那间她悟到，他是刻意避开以降低风险，偷情的感觉就像覆盖在她绮丽梦想上的蜘蛛网般

难以忍受,看着他急急忙忙、偷偷摸摸的背影,她难过地掉下了眼泪,他们都费尽了心思,但想要的结果却不同:他费尽心思不容许任何意外发生,好维系他的婚姻;而她却是费尽心思压抑心中的委屈,只为了维护她的爱情。

她没有拆穿他,只默默地看着他独自一人办好所有的琐事,然后拿起电话打给她。

她迅速地用手抹去脸上的泪水,接起电话,用轻松的度假式口吻,告诉他自己刚到。

她挤出笑容,朝东张西望的他挥手,看到他满头大汗,一脸笑意地走了过来,突然又心生怜悯。

他的确是爱我的,她想。

不然他不会大费周章,冒了风险只为某人的一时兴起。

她心软地走上前,接过他的行李。

在房间里,她尽情地享受他潜藏在大男人外表底下的柔情蜜意,所有伤心难解的谜题,也暂时从烟雾弥漫变成烟消云散。

她突然想到,这是他们第一次一起过夜,他太太要是知道了,会有多生气?会不会也和她一样很伤心?

想到另一个人可能正在伤心,她的心痛竟减缓许多,既然大家都牺牲了,那我也好过多了。

想到这,她笑逐颜开,换上了另一种心情。

早上起来,她看到他已穿着整齐地坐在沙发上看报纸,她心里想着,如果这一幕可以变成永远,那该有多好?

周邦彦发现她醒了,"早安,昨天睡得好吗?"他的微笑中竟闪过一抹害羞的红晕。

他的害羞感染了她,她竟不敢正视他的目光,她一边跳下床,一边回答道:"很好。"

其实不好。

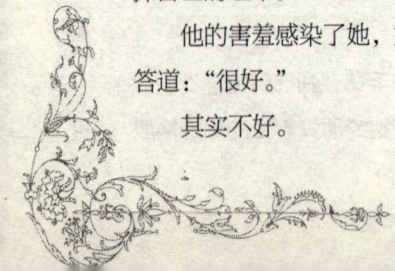

如此具有纪念价值的夜晚她怎么能睡着？怎么会睡着呢？

整个晚上她静静地躺在床上，感受着他的气息、他的味道、他的心跳，与他一起的时时刻刻，回忆着和他的相遇相识，到之后的相知相惜，以及如今的爱恨纠结，从无到有，从不可能到可能，他曾经是她望尘莫及的天堂，没想到天堂也会刮风下雨，打雷闪电，令人胆颤却步。

她将错综复杂的心事兑换成难以捉摸的表情，匆匆又丢了一句，"我先去梳洗一下，你也应该饿了，我马上就好。"

"慢慢来，不急。"他亲切地叮嘱，她则报以甜蜜的微笑。

打扮妥当，品馨换上愉悦的心情，高兴地挽着他到二楼的自助餐厅吃早餐。

澳门继2000年开放赌权后，著名的葡京赌场即刻迎来了严酷的竞争。来自美国拉斯维加斯的赌场如永利、金沙、美高梅金殿，以及他们所住的威尼斯人，将澳门变成了一个小型的拉斯维加斯，但潜力却不容小觑，澳门赌场的总收入持续攀升，连带人民所得也超越台湾，整个澳门可以说是脱胎换骨，坐拥一片欣欣向荣的繁华。

她不爱赌，选择澳门纯粹只是想感受一下愉悦的气氛，顺道参观耗费巨资兴建的威尼斯人酒店。

连续两天，她牵着周邦彦的手在各式各样的赌台中穿梭，两个对赌都很陌生的人好奇地东指西指，比手画脚，兴致盎然地试了许多玩法，她敏感地发现周邦彦三不五时就会借机抽回被她紧握的手，起初她以为是自己多心，直到试了三四次后，她这才相信他是故意的，虽然她能理解他的小心翼翼，但心底仍不是滋味，于是她又想了一道难题给他。

虽是刻意，但看似随意，她央求道："我们等一下去河边拍照好不好？认识这么久都没有机会合照。"她会这么说是因为威尼斯人酒店最著名的就是仿照意大利威尼斯的水都风情，提供威尼斯传统的代步小船贡多拉供游客试乘，而她感慨地想：正如同他们的关系，虽假犹美，然而不管看起来有多美，也掩盖不了这一切只是假象的事实。他们一个只想不劳而获，

另一个却抱着鸵鸟心态,如果这之间还能创造出真、善、美,她只能说那真是一个奇迹!然而那却是她梦寐以求的境界啊!也许永远也走不到那个桃花源,但至少能闻到那里飘来的香味也好,闻不到飘来的香味至少能够远远地瞥见一点光亮也好,即使漆黑一片,只要走在对的道路上,相信心里也会因坚定而感到幸福,可是这一切的一切就像是在天空中飘忽不定的气球,一不小心就会在她的视线中消失。

"好啊!"周邦彦无可无不可地回道。

她观察着周邦彦说话时的表情,他的深沉让她看不出所以然,她只好说:"那先吃饭,吃完饭再去拍照。"她心里想的是:若吃完饭他"忘了"要拍照的事,那就当做他没有通过这个考验。

吃过饭后,她跟在周邦彦身边,保持着一定的距离,这也是他们这两天相处下来所临时培养出的默契。

周邦彦走着走着,突然停下来转过头,自然而然地拉过她的手说:"不是要拍照吗?我们应该走那边才对。"

从他的手中她似乎可以接收到他传递过来的讯息——他懂她的心情!

她需要的就是这一份了解,这一份关心,这一份体贴。

宛如看到一线生机,她一时哽咽得说不出话来,只好以紧握的力道回应他突如其来的善解人意。

拍照的时候,她想紧挨着他,就像一般热恋中的情侣,但是他的脸色却忽地暗了下来,他僵硬的肢体语言使得她不得不打退堂鼓,她放弃心底的依恋,不再为难他,最后他们以好朋友的尺度拍了几张照片做纪念。

两个人各自退让一步,换来感情向前迈进一步。

这趟旅行让周邦彦在及格边缘徘徊,品馨像个无法下定决心当掉学生的老师。她想到兰姨的话,原来末了她真的是那个可以做主的人,只要她还想和他在一起,他们可以一直这样下去,只要她不哭不求,不吵不闹,她就可以"永远"享有他的爱情。

然而就连固执的他都进步了,她还想怎样呢?

虽然他的进步缓慢，可是比起以前，她已得到太多太多了，当然她也失去许多许多，剩下的功课就是，如何在得失间取得平衡，进而平衡自己内心的不平衡？

但大半年过去了，她不但找不到所谓的平衡点，还让自己陷入了进退失据的境地。静旋知道她离不开周邦彦，只好劝她想开，她告诉静旋，自己只是想要一份完整的恋情而已。"我的要求很过分吗？他真的打算一辈子享齐人之福吗？"

"你的意思是要他离婚？"

"我……我不知道。"她很沮丧，"那成功的意思到底是什么？"她仍纠结在抽到的世界牌，它竟成了她唯一的安慰……

静旋问她："你可曾想过，爱一个人为何要这么辛苦？我的意思是，这么辛苦还会是爱吗？"

"我不知道，我只觉得上天好像对我的诚意视而不见，我几乎要觉得所谓的缘定三生只是用来嘲笑像我这样执迷不悟的人！"她苦笑道。已经有很长的一段时间，她的脑子里只有问号，而没有解答。

"还记得我对你说过的话吗？人是会变的，一路走来你不也克服了所有的困难，创造了许多的奇迹？难道这不是一种"成功"？现在你们之间反而只剩下一个问题，那就是等待，只要你有耐心，说不定到头来是你不要他，不要忘记不只是他，你也是会变的。"

她迅速抬头否定道："不会的，我对他的心始终是一样的。"

"你确定吗？"

她心虚地避开静旋的目光，放弃的念头不是一直如影随形地纠缠着她吗？

"我记得你原先只要能和周邦彦见面就开心了，你还跟我说，即使只能和他做朋友都好。现在呢？你不但能常见到他，还能拥有他的心，可是你还是不满足，还是不快乐，为什么？"

"还有，"静旋的口吻愈来愈犀利，她不能看品馨再这样下去，"既然

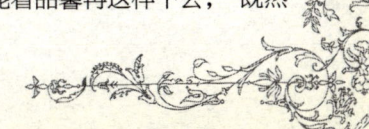

你记得抽到的那张世界牌,那你应该也记得代表现在的悬吊者吧?那时候你不是告诉我你不会在乎,只要结果是成功的,不管过程有多辛苦你都愿意不是吗?"

"我……"她倒抽了一口气,静旋说的是事实,那些话的的确确是她的心声,只是,为什么她觉得自己好像无话可说,又好像有很多话想说?

静旋替她回答,"那是因为你也变了,你想要更多,有了那更多,你还要更多,不是吗?"

她怔在那儿,是吗?是吗?她真的是这样的人吗?一个贪得无厌的人吗?

"什么叫完整?什么是完美?他离婚和你结婚,你就得到完整了?就算和他结了婚,你还会想要有个小孩来成就你想要的完整,不要忘了以后的路还很长,只要你还爱着他,那欲望便是永无止境,等着你的只会是永无宁日而已。"

静旋的话让她完全无法反驳,每一字每一句都是那样的实在,那样的入理,那些字字句句不停地在她的心里回荡着,爱究竟是占有?是牺牲?是理智?是疯狂?是激情?还是深情?当我们自以为爱上一个人的时候,我们怎么知道那就是爱?我们又如何知道,怎么爱才是真正的爱?要怎么爱才够格称作是爱?难道真的是旁观者清吗?而她这个当局者,又何时才能跳脱出心中的迷惘?

{第十八章}

狭路相逢

再也克制不住,她双手紧捂着脸,哭出了声,江雁贞让她看到了什么是完整,她心心念念,始终得不到的完整。那幅幸福的画面狠狠地敲碎了她早已满布裂痕的心。事实是,他们有一个完整的家,一个幸福的婚姻,还有小孩,而自己什么都没有……她只有周邦彦,偏偏后者不是让她心生放弃的念头,便是担心自己会被遗弃。

和周邦彦交往以来，品馨觉得自己的爱情就像是潜藏在大海里的潜水艇，不管离海平面有多近，始终见不得光。她想不到出路，倒是想到了一个人，她决定再去见兰姨一次，她要再确认一次那些牌意，请兰姨明确指点她一个方向，一条快速通往"成功"的道路。

借口很好想，就说自己要去英国找一些进口茶品，反正周邦彦对她的行踪从不过问，她当然知道为什么，他怕反受其害……

她苦涩地想，我也算了解他吧……

虽然重回旧地已是五年后了，她的心情却和当时一样郁闷，就连步伐也沉重许多。

只是那时候尽管置身黑暗之中，但依稀可见一丝曙光，而现在却仿佛乌云罩顶，不知道何时才能有拨云见日的一天。

她绕了半天，终于在某条巷子的巷尾，又看到那个不起眼的小摊子，一个女人独自坐在那抽烟，她正是兰姨。

兰姨就像一盏明灯，此刻在幽幽黑暗中绽出希望的光亮。

她快步朝向她仅存的希望走了过去，一口气赶到兰姨跟前，唯恐她顷刻就会消失不见。

兰姨抬起头，一怔，"呦！是你？"

她对她仍有印象，一个单纯的傻女孩。

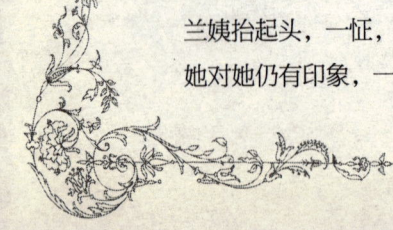

第十八章 狭路相逢

兰姨把烟熄了,往地上随手一扔,"你早该出现了,没想到你这么能忍。"

她一怔,"你……你早知道了?"心神尚未完全平定,但有重要的事,"我一直想找你,我有好多话想问你……"

"我知道。"兰姨气定神闲,带着几分优雅,"问吧!你应该有很多话想问吧?"

"我……"她一开口眼泪就流了下来,要说什么呢?七情六欲,苦不堪言,千言万语化成无数颗的大小石子阻塞在她的胸口,早已郁闷成疾了。

"上次那张世界牌,是真的吗?到底什么时候才会……"她哽咽得说不出话来,哭了好半天,终于勉强止住泪问:"请你直接告诉我答案。"

我要知道答案,不管是现在还是未来,是痛苦还是快乐,请你通通告诉我!

兰姨只问她:"你用了药水?"

她点点头,"十年。"

"没用吗?"

"有,但是……"但是,她的脑袋霎时像塞满了棉絮,她是得偿所愿了,却……

"不尽如人意是吧?"兰姨了然地点了点头,这就是人类,充满贪心和欲望的物种。她让品馨坐下,将桌上的一副牌递给她。

品馨在桌子前坐了下来,冷风忽地刮过她的脸,好悲凉的感觉……一时间不知身在何方,所做何事,双目无端地湿润了。

倾其所有,像无底洞似的,但前路依旧茫然不知所以……手像机械似的停不下来,依着兰姨的指示,一张接着一张洗着牌。

塔罗牌已洗好,隐秘稳当地盖住,只要轻轻掀开,就可以一窥命运的堂奥。

依例先翻开自己的过去。

"战车。"兰姨说。

"战车?"她不相信,哑然失声道:"我完全没有战车的动力,我顶多

只是块废铁而已。"

兰姨肯定地说:"你绝对不是块废铁,你也不能是块废铁,不然这仗就打不下去了。"

"打仗?"更加疑惑。

"有人和你竞争。"兰姨简单道出原委。

她愣了一下,江雁贞的模样迅速跳进脑海里,"对!"又想到,"但这是过去对吧?那现在呢?还在吗?她会走吗?"

我的对手很强吗?我很弱吗?我该怎么办才好呢?品馨又流泪苦笑,自言自语地摇头道:"如果争不过我走好了,没关系,我早就想放弃了……"我走没关系,太痛苦了,又是悬吊又是战车,是要把我逼疯吗?

看她痛苦的模样,兰姨有些于心不忍,但到底敌不过想玩游戏的心情,"继续抽牌吧!"

"对!我还要抽牌!"

一张牌,被迫不及待地翻了开来。

是星星!

她面露欣喜,急切道:"星星是好的意思对不对?"

兰姨迟迟没开口,她又追问:"星星是有希望的意思对不对?"来之前她就看了好几本关于塔罗牌的书,几乎把每一张的牌意都刻在脑海里了。

在她的逼视下,兰姨终于开口道:"算了,实话告诉你吧!这是星星没错,但是倒立的星星,代表你渴望完美的恋情,但是慢慢地你会发现你的恋情不如预期,你的他不如想象,是希望,但是,是希望幻灭之兆。"

她一脸绝望地僵在那儿,"你的意思是……"

"不乐观。"

她不再说话,绝望地看着牌面。

兰姨耸耸肩道:"既然那么痛苦,就放手吧!"

她惊愕地抬起头,仿佛兰姨说的是天方夜谭。

兰姨却很认真,"你无法控制他成为你心目中期待的对象,但是至少,

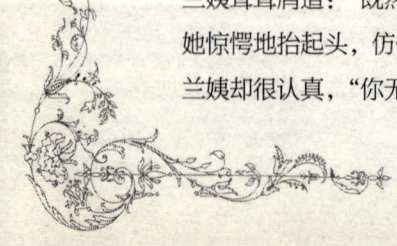

你可以让自己离开那个痛苦的情境。"

"可是我对他那么好，我愿意付出我的全部，甚至是我的生命，我只是要求一个公平而已……"爱情实在太令人费解了，为什么她用尽了全部精力，牺牲了她的所有，也得不到一个合理的报酬？

"世界上的事没有公平，只有因果。"

因果？她突然冷笑，太好了，所有的事都推给因果，这样大家都不必负责任。

她霍地站起身，环顾四周，发现天色浑浊，晕黄而幽怨，她惶惶不安，一阵恐惧感侵袭而来，一个踉跄，她又跌回椅子上。

泪水顷刻间哗哗地流了满脸，原以为推开的是通往天堂的大门，没想到却是来到了地狱的入口，原本徘徊在门外的她，因为看不清楚而觉得一切都很美好，却在踏进去的那一刻，心目中的理想国度瞬间风云变色……

"也许命运会这样安排，就是要告诉你，他并不是你想象中那样的好，也许根本就不是你要找的人。"

"是吗……"难道这一切都只是她的幻觉，全部都只是她一厢情愿的想象吗？

如果她只是一个会"幻想"的人，她又该如何分辨现实与虚幻的差别？

她——不——相——信！

愤愤道："没有公平，总有真理吧？"

忽然看到搁在桌上的小圆镜，心里一惊，爱情竟让她面目扭曲，变得极其丑陋。

泪，又淌了下来。

兰姨注视着她，心想就是有这种人的存在才有所谓的神话，"好吧，那就来看看你所信奉的真理是什么吧！抽牌吧！"

看来，她所信奉的真理似乎很脆弱，即使泪糊了双眼，她仍迟迟不敢翻开来看这最后的一张牌。兰姨看了她一眼，利落地替她翻开牌，"高塔。"

高塔……听起来不大乐观,她不由得心惊胆跳,心底的恐惧刷地扩张开来。

她动也不动,生怕一个动作便会听到惊人之语。

"这张牌代表措手不及,也就是说,你和他之间会发生非预期的事。"

她稳住自己,仿佛稳住了自己便能稳住命运。淡淡地问:"非预期的事是什么?"

"既然是非预期又怎会知道呢?"

兰姨的话像针,刺得她差点晕了过去,难以抑制的激动,"可是你之前说会成功……"

"你不是成功和他在一起了吗?你要明白,不管是成功或是失败,都不可能是永久的。"

她没听完,脑子里嗡嗡作响,尽是那句"即使成功也无法永久"的话语。

她失魂落魄地离开,回到台湾,一颗心满是疮痍。好不容易见到了静旋,第一句话便问:"爱到底是什么?"

"爱是什么?"静旋被问住了,这对自己来说,可是到现在都无法理解的难题啊!

但她清楚知道,在五光十色、似幻似真的演艺圈里,除了演戏时的情感是真的,下了舞台反而全都成了假的。

或许是经验法则,或许是职业使然,只有戏里的情感才能带给她安全感,就如她自己一样,在荧光幕前每每耀眼夺目,毫无瑕疵,下了戏,卸了妆后便无所遁形,光彩尽失。

她不懂爱,她更相信爱是会变质的,因此她始终裹足不前,犹豫不决,爱情总让她觉得似梦似真,从当初的不顾一切到分手时的不屑一顾,不就是最好的佐证?

她的星途看似顺遂,其实也吃了不少苦头。她仍记得刚推出第一张专辑时,碍于预算关系,唱片公司以发行单曲的方式节省开销,顺便投石问

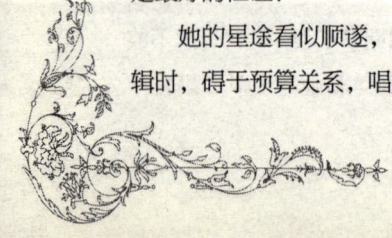

路，若市场反应不佳，即可降低损失，若市场反应尚有可为，她才有真正出专辑的机会。为了不让自己一下子就被淹没在竞争激烈的演艺圈，她战战兢兢地配合公司所有的安排，上遍大大小小的通告，自掏腰包聘请老师，努力练习能争取曝光的各项才艺，幸而她的努力得到回响，歌曲虽未能红遍街头巷尾，但甜美可人的她，总算在荧光幕前留下了深刻的足迹。

第一张专辑的销售佳绩，使得她的第二张专辑能够以天后姿态，接受众人的娇宠，料想不到的是，演艺圈里根本没有所谓的平顺可言，在所谓的星途顺遂背后是更加的崎岖不平，期待一深，责任更重，心理压力大到无以复加，却连喘息的时间都没有，接连而来的起起伏伏让她无时无刻都绷紧着神经，全力以赴。

她承认她的确需要爱情的慰藉和依靠来支撑忙碌的身心，但又抵抗不了伴随而来的副作用，于是一切只能浅尝辄止，聊表安慰，对爱情自然也无法看个透彻，对男人又爱又怕的她，始终认为如果遗憾的感觉可以保护自己不在爱里受伤，她宁可选择抱憾终生。

想了一轮，静旋仍摇头道："我不知道爱是什么，我只知道谁爱得比较深，谁就输了。"

*****

周邦彦也许一开始并未抱着爱的心情去接纳杨品馨，但渐渐地，他习惯了，也喜欢上了这种出轨的情感，多出来的温柔，偶一为之的激情，不知不觉中，品馨已盘踞在他的心头，成为他生命中不可或缺的一部分，然而就像其他沉浸在爱河的情侣，他们松弛的心情看在江雁贞的眼里，等于是一闪一闪的警讯。

有好长一阵子，即使回到台湾，没过晚上十一点也是看不到周邦彦的身影。

即使早已习惯聚少离多的婚姻生活，即使她已在心底面对了周邦彦可

能有别人的事实,她还是想问他,或者说,想警示他。

只是,总是找不到恰当的时机。

午夜十二点,周邦彦拖着疲惫却亢奋的情绪回到家里,他意外地看到本该熄灭的灯光依旧通明,而早该上床就寝的江雁贞竟端坐在沙发上看着电视。

他怔了一下,不疑有它,随口问道:"怎么还没睡啊!"

"哦……睡不着,起来看会儿电视。"江雁贞等着他问她为何睡不着,夫妻多年,他该清楚她的规律。或许是累了,他没那么多心思回应她复杂的情绪,只随口回道:"那我先睡了,你也别太晚睡。"

她呆呆地看着他的背影,特意等了他一个晚上,竟说不到两句话?一个冲动,她叫住了他:"等一下!"他回过头看她,她却慌张地好像做错事,反倒遮遮掩掩地问:"你……你要不要吃什么?"

他听了觉得好笑,他从不吃宵夜的,但还是好声好气地说:"我吃过了。"

"在哪儿吃的?"她忽然问,气氛一下子变得奇怪。

他诧异地看着她,这才警觉到事有蹊跷,类似这样的对话在婚姻早期都不常出现,她一向尊重他,即使是无可奈何,即使是另有原因,即使很勉强、很吃力……他迟疑了一会儿后答道:"我不是都在外面吃的吗?"

她冷静地看着他,到底他是她的丈夫,当他以反问方式回答她的问题时,她几乎可以确定,事实如她所想,并不单纯。

她看似随意,实则考虑了一会儿才问:"你最近到底在忙些什么?即使回到台湾也是不见人影。"

"最近公司比较忙。"他轻描淡写,不愿继续在这个话题上打转,想早早抽身,"我累了,想早点睡,明天还有一堆的会要开。"

"可是……"她不自觉地站起身,他却不等她说完话,打断道:"不处理完不行,我后天一早的飞机。"

她有些生气了,冷冷地回道,"现在已经不早了,想早点睡就早点回

来。"她最痛恨的就是他面对问题时不冷不热、半生不熟的态度!

他冷漠地看了她一眼，什么都没说就上楼去了。

她也跟着站起身，有一股冲动想上前拉住他，想想又作罢，最后，她悻悻然地回到自己的房间，养精蓄锐等着点燃明天的战火。

周邦彦进了房间后并未马上入睡，他在床上躺了一会儿，回想着江雁贞刚才的言行举止，难道她发现了什么吗？一直以来，品馨的配合加上雁贞规律的作息，使得他并没有、也无需刻意做些什么以避开不必要的麻烦，他在脑海里逐一审视最近的行径，想不到有任何不妥的地方。这一向该他做的他做，该他出现的时候他也会出现，但一向隐忍不发的江雁贞竟直接诘问，也许她早已起疑，也许是有什么确切的证据了……那会是什么呢？然而女性特有的直觉并不在周邦彦的思考范围，他只好在疑惑和困乏中逐渐入睡。

早上起来，江雁贞仍如往常一样亲自做早餐给小孩吃，不同的是，她把接送小孩的工作交给周邦彦的司机，想趁着孩子和外人都不在的时候，和周邦彦继续前一晚的话题。

她看到周邦彦衣着整齐地走进厨房，他看到在用早餐的她，微微点了点头，嘴角略为上扬，顺手拿了一个苹果咬了一口，便又走出去，她只好赶紧开口："我请司机送小孩上学，待会就回来。"

"哦……"他点点头说："没关系。"

"你最近都在忙些什么？"她又继续了昨晚的话题，她不要他以为，她完全没注意到他反常的变化。

"还不是都一样。"他开始觉得烦躁。

"你不是说最近比较忙？"

他不耐烦了，"事情多，又不顺利，要跑的地方很多，这样还不够忙吗？"

她原本想说的话被他不佳的情绪给堵住了，她将口气放软，半是辩解半是自语地说："以前假日时我们还会和孩子一起吃饭看电影……"

周邦彦大部分时候是吃软不吃硬的，看到她的气势转弱，也有些不好

意思，毕竟心里清楚，理亏的人是自己。

"好吧！我尽量。"

江雁贞听了心里又觉宽慰，看他神色自若的样子，暗地希望是自己多心了，她又开始动手张罗，翻找放在柜子里他最爱喝的茶包，自然地泡起茶来，他也和善地接过她泡好的茶，两人又没事般地闲聊了几句，她开开心心地搭他的便车出门见朋友，他也因内心的歉疚而答应提早下班去接她和小孩，全家一起到外面用餐。

品馨因为周邦彦临时有事取消约会，而改和久未碰面的静旋相约逛街。她们边逛边聊，静旋不忘问："那你现在打算怎么办？"她指的是品馨又去找兰姨的事。

"我也不晓得，既然是非预期的事我怎么能控制？"

"唉！"静旋叹了口气，"如果是我，一点问题也没有，但你看得太重，比任何人痛苦，我不觉得你忍得下去。"

"在一起还是有快乐的时候。"

"当然，但是当苦远多于乐的时候，也许就代表你需要做一个取舍了。"静旋停下来看着她，"那个兰姨不是说，周邦彦并不如你所想的美好，更不要说什么无法保存的成功了。"

"静旋，"她也停下了脚步，看着多年的好友，"和他在一起的感觉没有人比我更懂，不管你们怎么说，旁人怎么看，甚至于我自己也努力过了，我始终没有办法离开他，好像和他在一起，我才有活着的感觉。"

静旋眼眶渐红，但心里却是满满的感动，"如果感受不到痛苦，也不会尝到狂喜的滋味，这不正是生命可爱的地方吗？"

静旋怔怔不语，但感动只是刹那，她很快又恢复牙尖嘴利，"你可真会安慰自己！既然你不怕痛就痛痛快快地去痛吧！"想想又忽然问道："那你的意思是，即使他一直都没打算离婚也没关系了？"

她淡然一笑，"我当然也希望我和周邦彦之间没有别人，但如果这是我的命，我也会接受，至少我们是在一起的，是相爱的，久了，我就会习

惯的。"

"那不叫习惯，那叫麻木。"静旋反驳道。她完全无法理解，品馨居然会不顾自己对完美的执著，对完整的要求，放弃所有的原则，退到她难以想象的地步，这……这就是爱吗？她一定是很爱很爱才做得到吧？

但是，她仍不同意这就是爱，"你曾经问过我爱是什么，我说我不知道，但我相信绝对不会是麻痹自己。"

品馨笑了笑，心底五味交杂，她何尝没质问过自己，但终究抵不过情感的力量，气力尽失的她，早已选择弃械投降，不想再做无谓的挣扎。她也知道，任凭她掏心挖肺地说出心底话，也没人能明白，只会引来更多的责难，遂挥挥手，表示不要再继续这个话题了。

静旋在男欢女爱上头的经验很丰富，多少能理解品馨现在的心情，她也不想再加重品馨心理上的负担，也展露笑颜，顺着转移话题，眉飞色舞地说了别的趣事逗她开心。

她们说着笑着，一边对各式各样的新款时装指指点点，方才的阴霾似乎一扫而空。

品馨趁着静旋试衣的空当去洗手间。没有方向感的她在偌大的商场绕了一大圈才找到女厕，正要进去时突然听到背后一阵小孩子的喧哗声，她下意识地回过头，赫然发现一个早已淡去的影子，竟清楚地在她面前出现！

她惊讶而无措，呆站地看着眼前依旧美艳动人的江雁贞，手里牵着一个小男孩，正和另一个已有少女模样的女孩轻笑说话。她的心跳急速加快，浑身颤抖着，她一手仍扶着门，一手却慌乱地抖动不已。

江雁贞抬起头看到她，虽不知是谁，但仍习惯性地一笑。

她浑身僵直，仍强迫自己镇定下来，一手将门推开，颔首示意她们先进去。江雁贞略微侧身，将小男孩先赶进去，同时嘴上还说："还不快和阿姨说谢谢。"小男孩在一片嬉笑声中和她道谢，活蹦乱跳地拉着姐姐跑进厕所。江雁贞看着眼前秀丽的女子仍傻傻地看着她，料想是认出她的影迷，这样的事仍不时会发生在她的生活当中，这也是为什么低调的他们很

少全家出门的关系。

她亲切的向品馨点点头便侧身进去,品馨回过神,深深地吸了一口气,稳住自己的情绪,也跟着进洗手间。她假装在洗手台前补妆,耳朵却听到江雁贞慈母般的声音。

小男孩天真地说:"妈妈,等一下可不可以去看电动玩具,我想买新的游戏。"

"要看爸爸还有没有事,爸爸要是有事,妈妈明天再带你去买好不好?"江雁贞耐着性子哄道。

"那不然叫爸爸带我们去买冰淇淋回家吃好了。"

她的心像受到突然的撞击般,顿时疼痛难忍,因撞击而反弹的力道,使得她的胸口鼓胀,整个人就快要喘不过气来,没想到小孩子的童言稚语竟成了打击她最强有力的武器,那一声一声的亲昵叫唤,就像是在嘲笑她这个局外人的痴心妄想。

突如其来的关门声让她猛地清醒,这才发现,不知道什么时候,江雁贞和孩子们已经离开了洗手间。

原来周邦彦口中的要事是全家聚餐……虽然是再正常不过,有些事不需要看到也可想而知,但她仍感失落。她看着镜子里的自己发呆,为什么她还会为早已知晓的事情感到心痛?她不是已经决定要忍耐了吗?她不是已经决定要接受了吗?

一直以为自己认清事实,看清现状了,可是现在,一种难以言喻的酸楚在她心底着床,她愈想愈慌,脑子一片混乱,有许多不同的声音来自四面八方,在她的心底四处流窜。

恍恍惚惚的她终于回到了服饰店,不知情的静旋看到她便叫嚷道:"我的大小姐,你怎么去那么久?我要你帮我看看这件洋装啦!"

很快地,品馨泫然欲泣的脸庞吸引了她的注意,"你怎么了?"

她心痛如绞,努力想说话,却始终挤不出一个字。

静旋被她突然间绝望的表情吓到,连忙问:"发生什么事了?"

"我……"她强忍住,"没事,我肚子有点不舒服。"

"那你等我一下,我去换衣服。"

静旋才走进试衣间,她的眼泪便掉了下来,又不是不知道周邦彦有太太,也早已知道他太太是谁,她为何仍无法控制自己的情绪,任凭自己陷入无底的深渊?

再也克制不住,她双手紧捂着脸,哭出了声,江雁贞让她看到了什么是完整,她心心念念,始终得不到的完整。那幅幸福的画面狠狠地敲碎了她早已满布裂痕的心。事实是,他们有一个完整的家,一个幸福的婚姻,还有小孩,而自己什么都没有……她只有周邦彦,偏偏后者不是让她心生放弃的念头,便是担心自己会被遗弃。

静旋匆匆结账后便与她步出服饰店,往地下停车场走去。见她脸色发青又问:"要不要去看医生?"

她正要摇头,眼泪忽地自眼角滚落到脸颊,她捣着发胀的脑袋,"我觉得好孤单,好寂寞。"

"怎么突然又想到……"静旋话还没说完便噤声。她竟然看到周邦彦与江雁贞牵着两个小孩走出不远处的餐厅。

品馨也看到了,两人都怔在原地。

就在她们不知所措的当口,周邦彦的视线终于停在她们脸上,他浑身一凛,心狂跳着。

任凭双方再镇定,那刹那间的脸部表情变化全看在了江雁贞眼底。

只一瞬间,她明白了。

只一瞬间,她即知道自己该怎么做。

她朝着不远处、仍一脸尴尬的品馨和静旋微微点了点头,她表现得很亲切,一副局外人的样子,然后优雅地转过头问周邦彦,"你是不是有事?我可以带孩子先回去。"

周邦彦看了看她,也明白她的意思。

这言下之意,是要他把"事情"处理好。

回到家后的江雁贞，仍尽母责将孩子们哄上床睡觉，孩子的吵闹声静了下来，她仍坐在床边，看着孩子稚嫩的脸孔，脑海里却不禁重温晚间那尴尬的不期而遇。

脸颊、身子逐渐热了起来，额头亦冒出细密的汗珠。她站起身，走出房门，到厨房给自己倒了杯冰水，一口气灌了进去，直到她感觉到心跳平稳下来。

她在沙发上坐下来，重回冷静的状态，在心里和自己对话，安慰着自己。

是了，不管外头发生什么事，至少她还有孩子，他们也宣告了她在这场婚姻里的战果，这是任何人都无法取代的事实。

但是，就算地位可保，她又该如何"处置"周邦彦？

她想不出法子，又坚决不肯让周邦彦"逍遥法外"，只好找外援。

江雁虹听完后，立刻作出决定，"小贞，你听我说，我不能在这个时候介入你们的事，那只是会让结果更糟糕而已，只要不吵不闹，妹夫会知道该怎么做的。"

这话让她很生气，好像江雁虹和周邦彦联手背叛她似的，"你的意思是，全由他了？"

"小妹，不是有句话说，争一世不争一时吗？就算让你争到这口气又如何？"

更惨的是，你可能会输了这场婚姻，江雁虹在心底想。

"你忘了吗，这桩婚姻是多么的得来不易？"

她当然不会忘记，要让周邦彦就范，乖乖走进婚姻，她吃了多少苦头，掉了多少眼泪，而最终还是天时地利人和全到齐了，她才得以如愿以偿。

因而她不再言语，心里默默盘算着。

在江雁虹的眼里，品馨的事好比来得快去得也快的一场雷阵雨，根本不足为道，她点出了一个不容否认的事实，"妹夫要真有那个心，你就不会是现在才知道了。"

尽管如此，待江雁虹走后，江雁贞仍独自一人坐在客厅里默默地哭泣。

第十八章 狭路相逢

即使心底也承认姐姐说得没错,她仍觉难受。环顾周遭,她的婚姻就像这幢豪华舒适的别墅,空荡荡的,令人发慌,谁也料想不到,在别人艳羡不已的眼光下,却是独守空闺的遗憾。

其实这么多年下来,他们的婚姻早已名存实亡,他会在外面有女人也不该是多么令人讶异的事情,但是她仍然难以想象自视甚高、谨守分纪的他也有如此不安分的一面,更令她难以置信的是,生活规律不喜高低起伏的他,居然会亲手在他们之间掀起巨大的风浪。她怎么会这么不了解他?在他们的婚姻里,她是否曾忘记了什么?在他们的生活里,她又是否曾错过了些什么?

她将脸上的泪水抹去,冷静地开始思考整个状况,出现在她眼前的,是一张明显比自己要年轻好多的娟秀脸庞……他们究竟是怎么认识的?怎么交往的?什么时候开始的?开始多久了?她惊恐地面对自己脑中的一片空白,原来她已缺席了这么久!

她回想着两人相处的点点滴滴,如果说他们的婚姻有什么未能尽如人意的地方,责任也应该是由他们共同承担。他们可以沟通,可以一起努力,就是不能选择放弃!念头至此,她的眼中已然透露出一股决绝的神色,江雁虹是对的,她已清楚自己该如何做了。

周邦彦默默地送品馨回家,好长的一段时间,他们不发一语,没有交谈,只是坐着,他望着地上若有所思,她盯着天花板,脑子就像单调的屏幕般一片空白。

周邦彦终于站起身说:"我回去了。"

她望着满脸倦容的周邦彦,不禁开始担心起来。

他会怎么做呢?他太太……会接受吗?

一想到这儿,她很忧虑,拉住他的手问:"怎么办?"

周邦彦愣了一下,"什么怎么办?"

"她会接受吗?"

他顿了一下,没想到她这么直接就问了,"不知道。"他说的是实话,他心里真的没底。

"谁能接受呢?"品馨自问自答道。

"说得也是。"

说得也是?她倒抽了一口冷气,这是什么意思?是说江雁贞应该不会接受吗?若她真的不能接受他们,她会怎么做呢?

"回去再说吧!现在说什么也没用。"他安抚道。

她最关心的当然是,他会如何处理这个两难的局面?她看得出他有些敷衍,虽然很想再问,但现在确实不是追根究底的好时机。

她放过他,将不安和恐惧留给了自己。

周邦彦驱车回家时已是深夜,这一路就像是走了一趟时光隧道,路旁的街灯随着车速快速地一闪而过,他的人生也一下子来到了第四十五个年头,然而真正丰富他生命的片段竟不是显赫傲人的家世,商场上的丰功伟业,而是品馨的一颦一笑,雁贞的一举一动,他和品馨共同谱出的动人乐章,他和雁贞一起经历过的悲欢岁月。他的感性因她们的激发而得以发挥,他的人生也因她们的爱而充满了生气,只是为什么他和她们之间,总被他弄得像一个五颜六色的大染缸,有灰白,有彩色,到最后只剩一片的混浊,而他就像一个笨拙的艺术家,不知所措地看着被他染坏了的布,希望它恢复原状,又舍不得辛苦一场却最终成空。

江雁贞正襟危坐,架势十足地一个人等在客厅,周邦彦在心底叹了口气,他没有这方面的经验,什么样的反应才妥当他不知道,此刻也只能屏气凝神,见招拆招了。

但没想到,江雁贞看到他后仿佛没事般的和他提了孩子的事,以及他父亲打了两通电话找他,希望他明天能过去一趟。

他静静地听着,忽然觉得好笑,这不就是江雁贞吗?她用不屑一问的态度表达了对这场外遇的看法。

江雁贞的声音又响起:"没事了吧?早点睡吧?"

"嗯。"

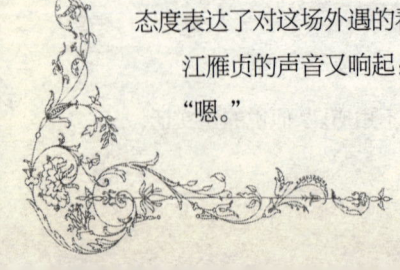

第十八章　狭路相逢

"对了，"正要进房的江雁贞突然转头和他说，"孩子过几天就放暑假了，我们不如带他们和爸妈一起去游轮度假，你也知道老大念了好久呢！"

他竟张口结舌地怔在那儿，这样"平淡"的家常事反而让他说不出话来，只呆立着看着她进房，轻轻地关上房门，一如往常。

然而他是知道她的，这刻意的平常绝不寻常。即使没有掉半滴眼泪，即使微笑满面，他还是能感觉到她沉到心底，哀莫大于心死的悲痛。

门一关上，江雁贞便倒向门边，委屈地哭了起来。她的心好冷好冷，但她仍无法忘记周邦彦曾经如何地让她的心沸腾不已。那是怎样的一段过往？他们又是如何缠绕了十多年？难道他全都忘了吗？难道他全都不要了吗？

偏偏时间带走的多，留下的少，想当初她嫁给他的时候曾经幸福到流泪发抖，可现在却生气到浑身发抖，强烈的妒忌令她心悸，额头不断地冒着冷汗，她感到自己的心像脱了缰绳的野马般，快要从她的胸口里一跃而出。

周邦彦站在门口，静静地听着门内传来的啜泣声，他深深地吸了一口气，像要将所有的情感彻底地吞回去，隔着门，他终于开口道："我知道该怎么做了。"

{第十九章}
哀莫大于心死

终于,她面对了自己的自私,面对了自己的爱恨,面对了自己的与众皆同,原来她长久以来的配合全都是为了自己的私欲,为了不被破坏,只好选择不去破坏,若少了这层顾虑,她可曾会顾全另一个她的感受?如果他们的婚姻存有缝隙,她又何尝不想取而代之?

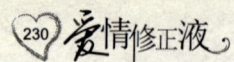

品馨躺在床上，觉得自己仿佛陷入了情感的黑洞当中，她一直以为她了解周邦彦，她懂周邦彦，但是方才的他，似乎变成了另一个人，似乎不再像她眼里坚定冷酷的周邦彦，他，似乎也有不知道该如何是好的时候。

她心疼他的慌乱，也生气他的不够笃定，但她不忍为难他，她都自身难保了还要为他着想。

我有多爱你，你应该明白了吧？我也清楚了，我不再挣扎了，这辈子我都不要离开你。

她要改变命运，就算是倒立的高塔她也要把它扶正。

对，我不相信命运，它就伤不了我。

她霍地坐起身，只一秒钟又徒然躺下，许许多多的念头不断地在上空盘旋：他和他太太在做什么呢？吵架吗？和好吗？他会恼羞成怒吗？她会痛苦伤心吗？

想了半天，想得头都要炸了，终于了解她的沉痛自始至终都只属于她一个人，也只有她一个人才能听得到来自内心深处的破裂声。

无数个解不开的谜团在她的心里画着圆圈，将她团团包围，如果真如兰姨所说，没有公平，只有因果，那么有谁能告诉她，她是如何种下那个因？她又何时才能了结那个果？

她仰天长叹，到底还要掉多少泪才能有因有果？

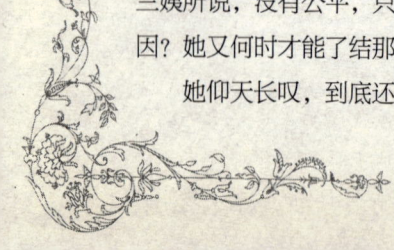

第十九章 哀莫大于心死

兰姨……她还说过什么来着？

她想起那张高塔牌，会有无法预料的事情发生，而且不是好事……是什么呢？

是什么呢？会是什么呢？

她害怕极了！

原来一步一步的退让不但没能让她享受到爱情的果实，反倒使她在不知不觉中沦为待宰的羔羊，现在就等他们之中某一个人，或是两人一起，将手无缚鸡之力的她处以死刑，结局是一枪毙命也好，是千刀万剐也行，反正都由不得她。

她冷笑着哭泣着，终于冉冉睡去，又因睡梦中深沉的哀痛而逐渐清醒，就这样到早上，到中午，到下午，她终于忍耐着不适，摇摇晃晃地起了身，随着意识的恢复，第一个进入她脑海的完整念头，便是周邦彦目前的处境。

他一直没打给她，可想而知的硝烟战火使她坐立难安，在焦急的等待中她度日如年，心里愈来愈慌，不安和恐惧撒了开来，网住犹如惊弓之鸟的她，她不禁在心里虔诚地祈祷着：不要放弃我，不要放弃我们的爱情，我投降了，我什么都不要了，什么都不争了，只要你回来我身边……她愈想愈伤心，无助地又哭倒在床上。

不知道过了多久，她终于看到期盼已久的身影出现在门口，刹那间她热泪盈眶，激动不已地扑到他怀里，一迭连声地喊着："我好怕再也看不到你，真的好害怕……"一时的哽咽打断了她的话语，她又开心又伤心地继续诉说着自己零乱不堪的心情，"还好你出现了，我一直等，一直等，你知道我有多担心吗？"

她说了许多，始终不敢说出她到底在担心什么，害怕什么，就怕说出来后噩梦便会成真。

他凝视着她，眼神是如此的深不见底，心里突觉讽刺，在婚姻里，很多人审视他，期待他，甚至是偷窥他，稍有不慎便是严格的批判，严厉的阻挡，然而这些力道却成为他和雁贞两人吵吵闹闹，也是到最后两人仍能

走在一起的助力,即使在他遇见了心中所爱时也难有例外。

爱情的力量让他变得摇摆不定,一句简单的分手哽在心里,卡在喉里,却始终说不出口。

看着一直不说话的周邦彦,品馨也不敢出声,只能在心底不断安慰自己:不会的,不会的,他还是回头来找我了,他还是舍不得抛下我的……我还有好多好多的话想说,我想和他说我错了,我太情绪化了,我太孩子气了,是我……我……他为什么不说话?为什么用那种眼神看着我?

周邦彦伸出双手紧紧拥着她,一直以来隐藏在内心深处的情感,在此时像要和她融为一体,深深地交会在另一个时空里。突然间,他将她紧紧拥住,整个人困在心神向往的爱里无法自拔。

被拥在怀里的品馨,心底的恐惧也升到最高,一种不祥的预感从他生离死别般的激动,强力地传达至她脆弱的心里。她轻轻地将他推开,脸上惊恐的表情像是已得到了他的亲口证实,他们的默契曾经紧紧地系住两人,如今却狠狠地拆散了一切。

手脚突地冰冷,心也凉飕飕的……

念头止不住地往最恐惧的深处转,他要抛弃她了吗?"你……你想说什么……"

他没有回避她的目光,只因想再好好地看清楚她。

千回百转的思绪终于绕回到原点,他还是狠下心开口道:"原谅我。"

一句原谅的话令她心碎神伤,简直就要崩溃了!

她最害怕的事终于发生了!

那座高塔最终还是倒了,她费尽心力也拦它不住呀……

只是想到即将面临没有他的日子就足以让她痛心疾首,她噙着满满的泪水,哀痛地求道:"不要这样子对我,不要这样子对我……我已经什么都不敢要,什么都不奢求了,为什么你还要离开我?为什么你还要放弃我?"

她的话震动着他的每一根神经,他的每一个细胞都浸在内疚里,他的

第十九章 哀莫大于心死

整颗心揪起来,整个人难受不已。"记得我曾经和你说的那句话吗?"他强忍住心里的悲痛,语带哽咽地说给她听,也说给自己听,"每一个人都只能是另一个人生命里的一个片段。"

"不记得!"她激动得泪如泉涌,凄声大喊:"我不记得!我不想记得!"

我不要你只是一个片段,我不要你只能在心里成为永恒,我要你在这里,和我一起,让我们一起永永远远,这才是真正的永恒!这才是我要的永恒!

她就像是被强行关进牢笼里的无辜猛兽,因不甘心而极欲挣脱,奋力挣扎,却撞得头破血流,伤痕累累。

周邦彦的心一恸,又再一次将她抱进怀里,心疼地亲吻着她的额头,她的秀发,开口说了他从不曾对她说过的话,"我爱你。"他以满溢的深情注视着她,"请你原谅我,就像以前那样。"

她恍若未闻,猛地一惊叫道:"对了!我们可以偷偷摸摸地,不让她知道,就像以前那样!"她祈求地看着他,"我可以配合,好好地配合,一定不会再让她发现的!求求你……"

在爱的面前她是那么的渺小,那么的卑微,那么的令人心疼,周邦彦终于看到自己的无能为力,事情的发展不但不能如他所想的两全其美,反而意外地演变成两败俱伤的局面。他怆然地摇摇头,有了这次的经验,他实在承受不起再一次伤害两个女人的自责,原来在爱的面前,再强悍的人也会变得不堪一击。

"你不要摇头,你不要摇头,"她急切地说:"一定有办法的,我们一定可以想出办法的,你看我们不是也从不可能走到了今天,难道完全没有原因的吗?这是天注定的缘分啊!"

他长长地叹了一口气,轻轻地抚着她的脸庞,柔声说:"如果真的有缘,就算分开也会有再相聚的一天。"

他的感伤与她的悲伤仍然唤不回即将成为过去的爱情,她终于明白了,这不是天注定的缘分。也终于了解了,周邦彦早已遇见他的缘分,早于她

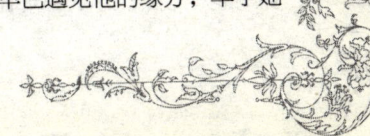

之前。

原来，爱情不仅讲究缘分，还有先来后到的区别。

她突然松开手，心痛地闭上双眼，"好，就让上天替我们做决定吧！"

自从周邦彦走了以后，她全身虚脱无力，不吃不喝，无法入睡，干涸的双眼酸涩难忍，她半是睁着半是闭着眼，想到他们之间竟是连眼泪都不剩啊！在恍惚之间，她仿佛看到痛苦的尽头正向自己招着手，迷蒙中她也轻轻地和它挥着手，那条路又长又远，没有太阳的照射，却在黑暗中闪着奇异的紫光，她并不害怕，只觉亲切，挣扎着想靠得更近一些。

她笑了，她真傻，原来痛苦会让人产生幻觉……

只一会儿，她像突然想到什么，她从沙发上坐起身，呆了半响，跟着心头一紧，她下意识地冲到房里，急忙地翻出放在床底下好久的小盒子。

漆红的木盒上已覆盖了薄薄的一层蜘蛛网，她轻轻地用手抚去表面的灰尘，就像周邦彦轻抚着她的脸要她坚强一样。她心里的酸楚开始发酵，眼泪从她眼角里慢慢淌出，原本以为再也用不到的……

看着那瓶本该已功成身退的药水，此刻正因重出江湖而散发着热烈的光芒。

终于，她面对了自己的自私，面对了自己的爱恨，面对了自己的与众皆同，原来她长久以来的配合全都是为了自己的私欲，为了不被破坏，只好选择不去破坏，若少了这层顾虑，她可曾会顾全另一个她的感受？如果他们的婚姻存有缝隙，她又何尝不想取而代之？

想到这一切她不禁百感交集，终于忍不住放声痛哭！她在心里懊悔着：对不起，我真的不懂，我只是不想失去，我不能失去……失去的感觉实在是太痛了！

静旋却及时赶到阻止，她看着走火入魔的好友，觉得自己无论如何都有义务阻止她，品馨只是傻而已，上天有必要如此惩罚她吗？

"你怎么就这么看不清呢？如果真的有所谓的缘分，那我相信你们的缘分也已经结束了，你现在这样做等于是在强求，缘分是勉强不来的，你

第十九章　哀莫大于心死

懂吗？听周邦彦的话吧，若是有缘还会再见的！"

她哭得声嘶力竭，"你不是我你不会懂的，他一走我什么都没有了……"

静旋仍极力劝阻："你本来就什么都没有，你相信我，没有什么会比曾经拥有更美好，就算你们能再继续下去，也可能只是步上江雁贞的后尘，与其如此，还不如让彼此的感觉停留在最美好的一刻。"见品馨沉默不语，她再也忍不住，生气地说："十五年啊！你知道吗？总共是十五年的寿命！我看你不如现在就去死算了，还省得活受罪！"

"你以为我没想过吗？我想过无数次了！"她忽然大声哭叫道："要不是因为见不到他比死还痛苦，我早就去死了！"

静旋气着跺脚道："我已经不知道该怎么形容你才好，到底是你太爱自己还是不够爱自己？到底是你笨还是我傻，我已经搞不清楚了。"最后，她双手作出投降状，无可奈何地说："也许就是要有你们这种人才会成就出人世间那些可歌可泣的伟大爱情。"

她们都不愿意再和彼此说话，就这么静静地坐着。

这十年到底是怎么过的？过完这个十年还有下一个十年，如果一个十年就已耗尽一生，那以后的日子该如何是好？

"我知道你是为我好，可是只有我知道怎样做才是对自己最好。"品馨抬起头，平静地对她说："不要再劝我了，如果你真的为我好，就相信我。"

静旋听她这么一说也哭了，"我不知道我是怎么了，你也知道自从进了演艺圈，我几乎没有什么可以交心的朋友，我真的好怕失去你，毕竟你是我唯一可以说真心话的朋友。"最后，她边掉眼泪边点头道："你说的对，失去的感觉实在是太痛了，我终于能理解了，你就去做你想做的事吧！"

品馨被这份友情深深地感动，她靠过去，抱住静旋，安慰道："你不要哭了，我也不想失去你呢！说不定我会活到很久很久，就像日本人瑞一样，而我们就是金银婆婆，区区十五年根本不算什么嘛！而且如果最后的十五年只能躺在床上给人喂食，那还不如拿来换取幸福，废物利用嘛！"

静旋听了破涕为笑，不甘心地回道："你真是一个大傻瓜！"

笑声淹没了来自另一个时空的声音。兰姨在不知名的空间观察着她们，身旁站着一个金发男子，竟是在剑桥划船的Tony！

* * * * *

半个月后，品馨看着镜子里憔悴的自己，那瓶药水竟失去了作用。经过了整整两个星期的煎熬与祈求，她的命运仍纹风不动。于是心里的酸楚慢慢开始发酵，眼泪从她眼角里慢慢淌出，一个模模糊糊的念头开始浮现……

原本模糊的念头也愈来愈清晰，恍恍惚惚间，她无法克制地拉开了抽屉，取出放在粉色塑料盒里的美工刀。手一拨弄，美工刀弹了出来，比想象中锋利，仅仅是看着都觉得疼。

好在，和心里的疼痛相比，身体的疼痛根本不算什么。

拿起亮晃晃的刀片，在手腕上先试划一下，皮肉竟纹丝不动，只留下一条灰白色的浅印，连血都不见。无奈，再划，划上瘾了，一刀接着一刀，细致的皮肤禁不起这样磨蹭，开始微微出血，但滴滴答答的，不成气候，她没想到活着困难，可死也不容易啊！

拿着刀发愣，为什么我总是处在进退失据的局面？

镜子里的那张脸变换了好几种颜色，由红转青，由青转白……有爱，有恨，有不舍，有矛盾，有凄楚，有痛心……

一个声音自心底响起：忘掉吧……忘掉这一切吧！

她闭上了眼叹息，怎么会不想忘掉呢？有谁会想往痛苦里钻呢？但她忘不了，她真的忘不了啊……

他的温柔，他的冷酷，他们缠绵悱恻的情爱互动，他第一次在车上忘情地吻她……他们之间有太多太多的回忆已在她心里生了根，她疯狂地想把它连根拔起，想一笔勾销，想撕烂撕碎这一切，却徒劳无功，只留下更深更沉的痕迹。

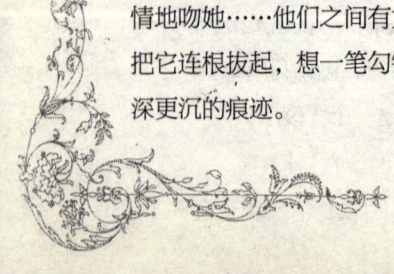

第十九章　哀莫大于心死

想到这儿，心又疼得厉害，嘴唇开始哆嗦，眼泪全涌了出来。她在心里深深地懊悔着：对不起，我等不了，也捱不住了，我只是不想失去，我不能失去……失去的感觉实在是太痛了……

但我死了就没有知觉，没有知觉就不会痛了。

只要死就行了。

只要死了，我就可以不必再这么委屈，不必再这么压抑，不必再这么恐惧，不必再这么悔恨，不必再这么留恋不舍……

脸上的泪痕已干，她冷着脸看着细白的手腕，千愁万恨顿时化成了气力，手一鼓作气，割了下去，一下刀便无法停止，她来回地划着，刮着，恨着，怨着……鲜血汩汩流出，不像电视上演的飞溅四射，很平静，很安详。

然后吞药，一颗接着一颗，不停。

心里却很宁静，安详地躺在床上，长长地呼出一口气，终于可以解脱了……

我要到天堂去了……生命始终会找到自己的出路。

不知过了多久，再睁开眼，只见曙色苍茫，周邦彦的脸浮在薄雾中，焦急地张着嘴，一开一合的，在说什么呢？

"品馨！你醒醒啊！你醒醒啊！"又像是静旋的声音……

晕眩昏沉的感觉逐渐退去，品馨终于恢复了意识。

第一个映入她眼帘的人，竟是她以为永远不会再见面的周邦彦，还有静旋，就站在周邦彦身边，在哭。她费力地睁开眼，"这里是……"

"医院。"周邦彦上前握住她的手，"你没事了。"她看他脸色苍白，眼眶缓缓地红了起来，她心里难受地别过头，掉下了眼泪。

静旋看到这一幕很生气，怒不可遏，"你怎么能这么傻？这么看不开？"她毫不考虑周邦彦就站在身边，又伤心又生气地数落着："他真值得你这样做吗？不管他对你多好，你有多爱他，他欺骗了你，他骗你，你们的感情就不会是真的，从头到尾就只是一个骗局而已！"

静旋的话说得很重，周邦彦涨红着脸，尴尬万分，品馨看了又引发习

惯性的心疼和害怕，赶忙制止静旋，"你不要再说了，事情不完全是你说的那样子。"

"怎么不是？"静旋气极了！"你总是帮他讲话，替他着想，结果呢？他不要你，把你撇下，他'回家'了！"最后两个字她用了很大的力，咬牙切齿地强调道。

她急得泪盈于睫，哀求着："求求你不要再说了！"

一直没说话的周邦彦突然开口了，却不是辩解，他的表情很温和，对品馨说："我先走了，明天再过来看你。"

她眼睛一亮，顾不得手腕伤口的刺痛，她立即拉住他的手再确认道："你还会回来？你还会回来？"

"会。你放心。"他保证。她松了口气，又躺回床上。

周邦彦仓促走掉，留下一脸错愕的张静旋。她仍气愤难平，忍不住对着他的背影，尖着嗓子叫道："你怎么好意思就这样走掉了？是听不下去吗？还是知道自己错了？你这个自私的家伙……"

她虚弱地制止她："静旋，你别再说了，反正他也听不到了。"

静旋却看着她哭了，"你知道不知道，要不是因为我找不到你，要不是……"她泣不成声，要不是她打了十几通电话都找不到她，要不是那种莫名的、不祥的预感，要不是他们闯进门时，品馨手腕上的血已干涸……可是她还吞了安眠药……

"要不是你只有二十几颗安眠药，恐怕……"她知道品馨有服用安眠药帮助入睡的习惯，但每回见医生，药量都有控制，十颗十颗地拿，就怕病人有意外，除非很早就计划，慢慢积累，否则即使是一口气吞下二三十颗，也难以伤到性命。

想到那触目惊心的画面，静旋频频摇头拭泪，"我真不懂你怎么能折磨自己到这种地步……"她自己在演艺圈打滚多年，什么坏事烂事都经历过了，也没想过要伤害自己一根寒毛。

她已经搞不懂，伟大的到底是品馨，还是爱情？

听到静旋又气又伤心地描述整个状况，品馨反而哭不出来，她央求道："不要让我家里的人知道。"

静旋止住泪，又想讲些气话，但还是忍住了，憋着气说："我当然知道。"想想忽然又厉眼看她："但是如果你再做一次傻事，我不但会说，我还会告诉所有的人，我会搞得周邦彦他们全家天翻地覆！"

想到周邦彦可能会受到的伤害，她慌忙求饶，"我知道我知道，我没事了，你放心。"最后那句话着实吓到她了，她清楚静旋的个性，她要真卯上了，绝对有玉石俱焚的魄力和勇气。

静旋看在眼里痛在心底，视线不自觉地停留在品馨已包扎好的手腕，她万分不甘心地说："你就继续和他在一起吧！继续为他吃苦受罪吧！继续享受你伟大的爱情吧！"

品馨拉过她的双手，发自真心道："你不要哭了，我不会再自杀了。"

{第二十章}

起死回生

晨光熹微中,她看着躺在身边的周邦彦犹如经过精雕细琢的五官,禁不住微笑着,有谁会知道在这冷峻刚硬的线条下,却蕴藏着如棉花糖般的温言软语?

再见到周邦彦恍如隔世，不到半个月的时间里，他们都憔悴了许多，但他对品馨而言，就像突然照射进暗房里的太阳，不但驱走了黑暗，也带来了温暖，她的脸上因欣喜而绽放出热烈的光芒。

周邦彦看着她，喃喃地说："你真傻……"

品馨热切地回望他，"我不傻，看到你又回来了，我更确定你是真心爱我的，"她说到这里笑着哭了，"我终于知道了，我一点也不傻呀！你是真心爱我，我也是真心爱你，多么的难得，多么的可遇而不可求，我不傻，我已经够幸福了。"

他加重了紧握她的手的力道，"你要是真的不傻，那答应我，千万不要再伤害你自己。"

"那我们……"

周邦彦叹了口气，"我不知道，但我尽力。"

她喜极而泣，仿佛重见光明，"没关系，慢慢来，我知道你的心意就好。"她主动替他设想，"没有名分我也愿意，你怎么安排我都同意。"虽然听到的不是承诺，离心中的理想还有一大段的差距，但她仍然有一种苦尽甘来的感觉。

经过这一次分开，她深切地体会到，她是无法和他分割的，她要不畏艰难，在荆棘遍布的森林里，一砖一瓦地打造她梦寐以求的桃花源。

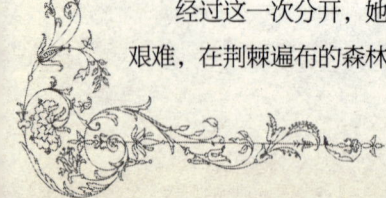

第二十章 起死回生

"你恨过我吗?"他忽然问。

她静了一会,坦承道:"我曾经想过要恨你,但是……"她用充满爱惜的眼光注视着他,温柔地说:"爱与恨是对立的。"

爱与恨是对立的,我花了好长的时间才明白这个道理,我就是恨不了你才会这么痛苦,你这个傻瓜,你比我还傻呀!

周邦彦闭上了眼,心也融了,他忘掉所有的原则,还留下来过夜,这看似微不足道的一夜,对一般人来说再寻常不过的一夜,品馨却满怀感激,好像他给了她天大的恩惠。

他不得不回报她,加倍的温柔,加倍的体贴,加倍的情感……还有爱。

晨光熹微中,她看着躺在身边的周邦彦犹如经过精雕细琢的五官,禁不住微笑着,有谁会知道在这冷峻刚硬的线条下,却蕴藏着如棉花糖般的温言软语?

她紧紧依偎在他身边,心无波澜地,静静地面对着自己的感情,不知道为什么,只要和周邦彦在一起,她就觉得很幸福,很快乐,一切都很美好,一种别无所求的感觉深深地包围着她。就是这样,基于莫名的原因,某一个人使另一个人臻至完整,只是愈是了解,就愈是害怕,一不小心她就掉入了各种情绪的陷阱里,忘记当初的勇气,忘记当初的决心,忘记伴随而来的种种考验本该是弥足珍贵。

她紧紧抱住他,心情从未像此刻般确定,他还是不忍心伤害她,回到了她身边了,不是吗?

但是,接下来他会面临多大的压力呢?

她轻轻地抚着他的胸膛,没关系,我会帮你,同心协力,其利断金,我们还有爱,爱可以让所有的问题迎刃而解。

周邦彦在香甜的食物味道里醒来,发现身旁的品馨早已起身,正在厨房里准备早餐。他笑着对她说:"你确定你煮的东西能吃吗?"她风情万种地睨了他一眼,娇声道:"我好歹也是餐厅的老板娘呢!"

他的心怦然一动,他赫然发现她长大了,小女孩的稚气不晓得在何时,已完全隐没在成熟女人的韵味里。

她细心地在他眼前布置好餐具纸巾,一旁的银色架子已放了一份早报,接着她又将刚煮好的咖啡趁热倒进他的杯子里,等一切妥当后才不疾不徐地坐下来,就像个能干的少妇,亲切地招呼他用餐。

她没有问他,过了这一夜是否还有另一夜?以后是定期还是不定期会有一夜?两夜?或是更多?她只是微笑地看着他,我不会再给你任何压力了,因为我懂了,爱只能在没有压力的环境里生存。

临出门时,她笑眯眯地踮起脚尖,双手环绕住周邦彦的脖子,亲昵地在他耳边轻声地说:"我真的好爱你。"

他虽然不习惯像她那样肆无忌惮地表达情感,但心里是喜欢的。他笑着摸摸她的头,亲吻她的脸颊,但踏出门,门关上的那一刻,现实的压力转瞬即至,想到江雁贞,心情顿时又沉重了。

过了一个月后,品馨找了一间更漂亮的房子,准备迎接新的开始。表面上她和周邦彦的交往仍有重重阻碍,但事实上他们出双入对的次数明显增多,就连一向牙尖嘴利的静旋也开始相信他们共同拥有未来的可能性,不过静旋仍不忘挖苦道:"好在给你盼到了,不然可真是亏大了。"

她甜滋滋地说:"我到现在都不敢相信这是真的。"

"那你们会结婚吗?"静旋好奇。

她早已想开,微微一笑道:"不晓得。我们还没讨论到这个部分,不过我想真实的感受胜过一切,结婚的事情就顺其自然吧!"

"不管怎么样都是值得恭喜的事,不像我,到现在连个影都没有。"静旋语带落寞,反映出她内心的寂寞。

她的演艺事业在尚未有完全心理准备时就开始走下坡了,而且仿若骨牌效应,无论她如何力挽狂澜,也是徒劳无功。事业失意后,她与一个在饭局中认识的房地产大亨交往,即使她并非真心喜欢他,但对方的死心塌地却适时地弥补了她已丧失的自信,她在他的簇拥和支持下,逐渐恢复生气,又开始活跃起来,并且因对方的金援,尽管风光不在,她还是能以一

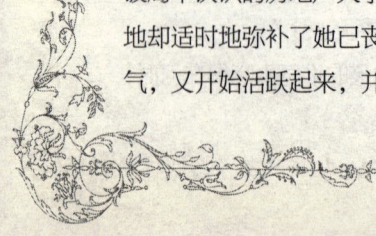

身的光鲜靓丽、各式各样崭新的行头出席时装发表会，出席电影首映会，在各种公共场合曝光，过足纸上明星的瘾，只是爱情已然离她远去，她的爱情早已与现实结合，原先对品馨的痴傻不以为然的她，也开始羡慕认同起来。

品馨安慰道："每一个人对爱情的定义不同，如果他能让你快乐，那也未尝不是爱情啊。"

静旋勉强一笑，爱情之于她早已成为一个没有任何意义的名词。看到品馨幸福得满脸发光，她不禁有感而发："也许爱真的需要勇气，需要坚持。"

江雁虹不懂爱情，但她懂婚姻，婚姻少了坚持，就如同失去了支柱，随时都要崩塌毁损。

她相信只要坚持，情况总会好转，有谁真能吵一辈子，痛一辈子？

她想定后，神色凝重地出现在江雁贞家。

江雁贞看到她灰败的气色有些愕然，她警觉有事发生，难怪江雁虹在电话里即表明了有要事，而且必须在家商量。

只是，当她看到江雁虹从牛皮纸袋里拿出的照片时，她脑门一轰，整个人都呆住了。

她不敢相信地瞪视着那些照片，"他……他居然还瞒着我，和她继续下去？"

原来江雁虹虽然嘴上轻描淡写地不当一回事，实际上早已暗中请私家侦探调查，确保周邦彦与外面的女人断得一干二净，谁知就在要结案的这当口，突然又拍到他连续三天到那女人的住所，且一待就是好几小时。

但江雁贞，她所知道的周邦彦一直是一个重承诺，且控制力很强的男人，她仍是难以置信，"怎么可能？"

却有照片为证。

心一酸，眼泪也掉了下来。

那么，他一定是很爱她了？

她心灰意冷极了!

忽然怒从心起,恨道:"他到底想我怎么样?他是不是想我成全他们?他把我当什么了?"

她气得气血上冲,恨得咬牙切齿,她不懂为什么人前的她总是又美又好,集万千宠爱于一身,人后竟也得像寻常夫妻一般,经历各种各样的苦难折磨?

江雁虹等她发泄完,轻轻地唤她:"雁贞,他还是会要这个家的。"

她转过头,那高贵的脸庞早已布满了泪水。

那之后她像往常那样等着周邦彦,不同的是,她再也无法和颜悦色待他,他们总是因为细故起争执,就像回到了新婚的时候。

周邦彦亦渐感难以招架,最近他才发现,不知道从何时开始,江雁贞的敏锐度像侦察机,爆发力像轰炸机,而他只想要一块免战牌,以避开她机关枪似的扫射攻击。

在无数次她要他说明的某个夜晚,他又笨拙地把才想好的剧本全给忘了,只好沮丧地说:"雁贞,可不可以不要再这样闹下去了?"

一整个晚上的煎熬让她头痛欲裂,使她的脾气显得更加暴躁。"你要我怎么相信你?你连电话都不敢接!"

"我没有不敢接,我不可能一整天都守在电话旁边。"

她完全听不进去,冷笑着,语带讽刺地说:"请你不要再把我当傻瓜了!"

他实在禁不起她的穷追猛打了,"这些根本都不是问题。"

"你说得对。"她心灰意冷地看着他,"我无法再信任你,只要你不在我面前,我的心就像是吊在半空中,再这样下去我会疯掉。"她是那样纠结,可纠结的不是爱,而是婚姻,不是她的丈夫,而是她的孩子。

内心里无数个为什么缠绕于心,她恨得全身发抖,咬牙切齿,一千一万个不甘心幻化成如影随形的邪恶念头,她也想要出轨,也想要让他难堪,也想要让他痛苦,但她更想要的是他能和以前一样的心无旁骛地

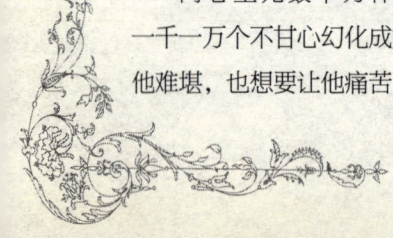

第二十章 起死回生

照顾着他们的家,然而想要让他后悔的念头紧紧依附在她身上,她突然冲口而出地说:"既然你不在意这个家,我们就离婚吧!"

他惊讶地看着她,万万没想到她竟会说出这样的话!过往不管他们再怎样吵闹,不提离婚已成为他们之间的默契。即使自己和品馨藕断丝连,亦不曾想过要离婚,但也许是过度疲累的关系,他竟说了连自己都不敢相信的话,"如果这真是你要的,我没有意见。"

"我也许不知道我到底要什么,但至少我已知道你要什么了。"她愈说愈无法控制自己,她寒着一张脸,冷笑道:"你开心了吧?你高兴了吧?你解脱了是吧?你终于可以摆脱我去追求你的幸福了!"

"不要再说了,说这些有什么意义?"他不愿意和她吵架,但她三番两次地挑衅似乎不达目的绝不罢休,他不懂为何他的退让已起不了任何作用。但是离婚……太遥远了,他又放软了口气说:"我明天的飞机去马来西亚,过三天就回来,到时我们再谈。"

他走进书房,要关上门时,江雁贞叫住他,眼中尽是悲伤的神色,"你可不可以不要再说你是晚上十一点的飞机回来,马来西亚最晚的班机是十点。"

他一愣,门却已顺手关上了。

当天晚上周邦彦便捡了几件简单的衣物,搬到他们在桃园度假用的别墅。江雁贞的话,让他不得不重新思考彼此的关系,他这才发现,他并没有想象中的负责任,三个多月的兵荒马乱下来,内疚的感觉早已被重重的压迫覆盖,躺在空无一人的房间,他只觉得自己终于能够好好地喘一口气了。

周邦彦搬出去后,江雁贞受到了很大的打击,生平第一次,她将孩子寄放在姐姐家,一个人买了机票飞离台湾,到附近的小岛散心。

她独自坐在偌大的滨海公园,吃着冷冰冰的虾色拉三明治,一望无际的空间更显她在整个事件里渺小得微不足道,事情怎么会演变成这样呢?

她还记得结婚以后,她是如何抱着脱胎换骨的心态面对崭新的生活,对于过往的一切,她毫不恋栈,而大家庭里杂务繁多,小孩子又一个接一个的出生,原先依赖心强、喜欢坐享其成的她也得学着扮演照顾体恤的一方,努力扛下所有的责任。

也许她对待婚姻过于谨慎小心,以至于他们的夫妻生活少了浪漫绮丽的梦想,多姿多彩的情趣,但在她端庄持重的外表下也同样蕴藏着丰沛的情感,只等着有心人耐心地挖掘,便可源源不绝,得到她死心塌地的付出与关怀。周邦彦也许懂得这一点,所以她的名分得以不受干扰地保持多年,也或许他并不懂得这一点,所以竟从不曾发觉她深藏心底的情深义重,不管是哪种原因都叫她失望透顶,对自己充满了怀疑,人生对她而言,不知何时开始变得虚无缥缈,即使想要积极地再抓住些什么,却连基本的方向感都已失去,不知道该何去何从。

＊＊＊＊＊

小岛多雨多雾,一个三明治还没吃完,天空就已忙着下起了毛毛细雨,江雁贞顾不得脸上未干的泪痕,她赶紧将手上吃剩的三明治扔到一旁的垃圾筒里,便匆忙地四处找地方躲雨。

雨下得大,顷刻间就把她给淋湿了。她慌张地看着空荡的四周,才发现人群早已疏散,她只好也跟着快步跑到公园最近的出口。

或许她的心仍停留在原地,一个不留神,她重重地摔了一跤,整个人倒栽葱似的滚到地上,顺着小水流滑行了一段距离。她挣扎着想站起身,脚却疼痛难忍,连日以来积压的情绪突然迅速积聚在一块儿,她忍不住号啕大哭起来,眼泪也随之哗啦哗啦地流了一地,原来走进一个人的生命很难,走出一个人的生命更难。

远处一个外国人加速脚步往她的方向前进,她惊恐地看着他,那个外国男孩却自然而然地一把将她从地上扶起,一边关心地问她:"你还好

吧?"她点点头,脚仍不太能走,估计是扭到了,她只好让他沿路搀扶着,一直到他找到了一个可以避雨的屋檐。

她看到他因为她全身湿透了,歉疚地说:"谢谢你。"

"你的腿怎么样了?还疼吗?"那个外国人关心地问道。

"不会。"她含蓄地点点头,"我没事了。"

"你确定吗?你刚刚还在哭呢!"

她尴尬地微笑。

"我叫Tony,很高兴认识你。"他突然伸出手,她怔了一下,立刻会意,也赶紧伸出手,"我也是……很高兴认识你。"

"你是从哪里来的?"

"台湾。"

"你应该去那里看看。"他指了指不远处,她顺着他比的方向看过去,只看到一些蜿蜒的小巷子。

她敷衍地笑了笑,"哦,好啊……"

Tony看了她一眼又说:"那里有很神秘的力量,能够治愈你心里的创伤。"

"神秘的力量?"

Tony递给她一张名片,认真答道:"预知未来的力量。"

她笑了,"是吗?"

"如果你还想挽回他,如果你还想挽回一切,你就去,去了就会知道了。"他拍拍她的肩膀,亲切地说,"我先走了,保重。"

她笑不出来了,整个人怔在那儿,正想叫住他,Tony却已大步离开,一转眼就消失在对街的人群里。

江雁贞仍待在原地,心里充满了疑惑,一个陌生的国度,一个陌生人的寥寥数语,却使她心里感到非常的不安和惶恐。难道是因为他说中了她的心事?她颓然沮丧,原来她根本无需隐藏,更无需故作坚强,她的心事早已全盘搁在脸上,人尽皆知了。

她低下头看着手中黑色的名片，上头是白色反光的字体……咦？是中文？

简短的几个字：预知未来的塔罗牌。

翻到背面，是英文地址，还有两个字：兰姨。

兰姨？未来？她想到她和周邦彦的未来，他们婚姻的未来，还有孩子们的未来，全家的未来，无数的未来……

她抱着忐忑不安的心情，顺着他刚才指的方向走了过去。她一边走一边对着名片上的号码，四周逐渐沉静下来，不知不觉中，她竟走到了一条死巷。

她怔怔地看着眼前被堵住的路口，又看了看名片上的地址，难道不是这条巷子？

忽然瞄到左手侧的一个灰暗角落摆了张台子，一个东方面孔的妇人，正冲着她微笑。

江雁贞走了过去，"请问……你就是兰姨吗？"

那妇人穿着一件合身的墨绿色旗袍，外头裹了件黑色镂空针织外套挡风，虽然看起来有点年纪，但保养得还算不错，脸蛋也细致。那妇人对她笑了笑，有点风尘味，"是啊！你是来占卜的吗？"

她迟疑了一会，先问："占卜一次多少钱？"

兰姨笑着摇摇头，"第一次占卜不收钱。"

"那……"既然不用钱，"那可以占卜什么？"

"任何事情。过去、现在、未来，透过塔罗牌，通通一清二楚。"

她听得入迷，像受到了蛊惑，"真的吗……感情的未来也可以预知吗？"

"试试看不就知道了？"兰姨用力地吸了一口手上的凉烟，随手一扔，开始洗牌。牌洗好，兰姨说："抽一张，先看看你的过去。"

先看过去便可以验证她准不准，并且，过去是好是坏也已经"过去"了，她放心地抽出一张牌。

兰姨翻开牌，说："是月亮。这代表你过去的爱情。"

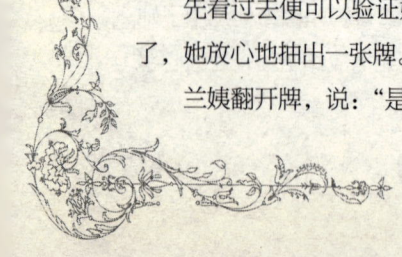

"爱情?"她一脸茫然,"我结婚了。"

兰姨眉毛一挑,睨了她一眼,"结了婚就没'爱'了吗?"

她脸一红,"……当然有,我很爱我先生。"

"是吗?"兰姨看了她一眼又说:"不过月亮代表的是不安和疑惑的恋情,婚姻亦同。"

"疑惑和不安?"她不解道:"那是指什么?"

"你的婚姻充满了秘密和虚假。"

她脸色大变,"是啊!你说的没错!"赶紧追问:"那现在呢?"

兰姨却未受她的慌张影响,依旧气定神闲,"再抽一张牌,第二张牌代表现在。"

"好!"她点点头,眼神快速地扫过所有的牌,选了一张,边翻边问:"怎么样?是什么意思?"

兰姨看她的样子,心里觉得好笑,人,真是千百种啊!每一个人对命运的好奇度皆相同,但面对结果的态度却不尽相同。

不知为什么,她突然间有点疲乏了,这一行做多久了?她意兴阑珊,懒懒地回答道:"你抽到的是悬吊者。"

悬吊者?这个名字听起来很不祥……江雁贞有些不安了,"这……这又是什么意思?"

"你正在走一条很艰辛的路。"

她整个人愣住了!

太准了,实在是太准了!

她真的好辛苦,好辛苦……她想到周邦彦,想到孩子,想到现在的僵局,不禁眼眶泛红,她苦恼道:"你说得没错,我真的好辛苦,我现在该怎么办才好?"

"这很简单,你可以参考未来啊!"兰姨又伸了个懒腰,活动活动筋骨,她发现自己年纪大了,愈来愈禁不起久坐。

她觉得这真是个好主意,先看看未来,看看是否值得,再决定要不要再继续辛苦下去,"好,我要看我的未来。"

但未来太重要了,怕那兰姨不好好算,她打开粉色香奈儿皮夹,数出几张一百元面额的美金,礼貌地说:"我不知道该付多少……"

兰姨接触到她询问的眼光和手中的一沓钞票,仍是一副不为所动的样子,"我说过,第一次不收钱。"

"那怎么好意思?"她半是客套半是真心,硬要兰姨收下,现在这张牌最最重要,是关系到未来的牌呀!"收下吧!这是应该的。"

兰姨收起一半的笑容,话中有话,"你别坏了规矩,该收时我会收。"只是在心里说:但收的可不是钱。

"那……"江雁贞只好将钱放回皮包里说:"那好吧……我就不跟你客气了,下次我再好好谢你。"

有别于前两张牌,最后这一张,她很慎重,慎重得过头了,以至于迟迟拿不定主意,下不了手。

兰姨耐心地给她时间思考,自己也不禁在心底想,这人生真没劲,总是苦,不是这样苦,便是那样苦,谁也不敢说自己的人生毫无缺憾,她想猜错都难。

"命运是不会因为你的犹豫而停止转动的。"

"你说得对。"江雁贞从一堆五颜六色的纸牌里抬起头,由衷地说,"谢谢你。"

"这没什么,牌是你抽的,命运还是掌握在你手里。"

没错,她的未来一向是掌握自己手里,年轻时候的她可以抛下所有,不顾一切地绕了半个地球去追求未来,不就是因为她深信命运是掌握在自己手里吗?

只是渐渐地,安逸的日子过惯了,她不愿意有任何变动,害怕任何挑战……她忽然又不服输起来。

兰姨指着她刚翻开来的牌说:"这是世界牌,代表你的付出和辛苦都是值得的。"

第二十章 起死回生

"可是,"她有些急,"他们还在一起,我该怎么办?等吗?"

"时间会告诉你答案。"

江雁贞听了,兰姨的表情看起来不像是坏事。脸上的阴郁顿时一扫而空,取而代之的是欣喜的光芒,她高兴地叫出声:"那太好了,那实在是太好了!"她兴奋地握住兰姨的手,一时忘情所以,什么都说出口了,"我也觉得我先生不可能会抛下我们不管,如果我先生真的离开那个女人,我一定会回来好好地谢谢你。"

"好啊!"兰姨笑了笑,很客套,同时,她带着欣赏的眼光看着江雁贞美丽的脸庞,当过明星的人果然不同,不但保养得宜,就连星味都不减呢!

江雁贞挥手和她说再见,心满意足地离开了。

兰姨开始收牌整理桌子,三分钟便搞定。这张台子为什么这么简陋其实也是她的主意,她通晓人性,人性是极端的,尤其是在迷惘不安的时候,他们会信服华丽气派的庙宇神祇,也会迷信看起来破旧而神秘的地方。

她收工,回家,每天都像做戏,她也很有明星的潜质呢!

走在路上,Tony忽然出现在她身旁,不开心道:"干吗放过那个女的?"

兰姨微嗔道:"你呀,就是心急!凡事讲究缘分,该是你的,跑不掉的!"

时间,是他们最不欠缺的。爱恨情仇更是千年难断,兰姨仍像往常那样拍拍Tony健壮的肩,"生意是做不完的啦!"

{第二十一章}

原来你不孤独

他打开门,紧闭的双唇显得脸上的线条更加刚硬,只一瞬间,他们之间仿佛地表突然窜出来一条宽广洪流,迅速地将两人隔开,始终存在的暗潮汹涌终于变成了风起云涌,她措手不及,只得愣在那里。

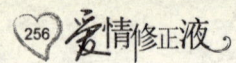

　　静旋终于要订婚了！消息一传出来，又让她登上了好久不见她踪影的娱乐头版。她风风光光，喜气洋洋地穿了一套在意大利新买的皮草出席记者会，服帖型的大翻领款式配上紧身马裤和短靴，使她看起来不像是要结婚，倒像是准备去打猎。她笑容满面地对着来访的各家电子和平面媒体秀出六克拉的大钻戒，桌上还摆着新添购的、一只要价近百万的铂金包供大家拍照。

　　她微笑又微笑，转身再转身，任凭媒体摆弄，做出各种花枝招展、难度颇高的姿势，像极了刚出炉的选美皇后。站在一旁的静旋父亲，不断地拍着胸脯，为女婿的人品背书。静旋的妈妈更是为了这么一个好的归宿而感动到热泪盈眶，数度哽咽得说不出话来，就连原本略显矮胖，一脸油腻的新郎，在静旋事先细心的打点下，竟也显得清爽整齐，整个人看起来体面许多。

　　好不容易捱到记者会结束，静旋便抛下未婚夫，拉着品馨去逛街。

　　品馨觉得不妥，不安地问："这样好吗？把他丢下不管。"

　　"没问题的，我让他陪我爸妈打麻将去了。"一坐进车子，静旋就迫不及待地把皮草给脱了，又去拔手上的钻戒，嘴里嚷着："这戒指太大，带着不舒服。"

　　品馨一时分不清她是在炫耀抑或开玩笑，不晓得该如何接腔，静旋已

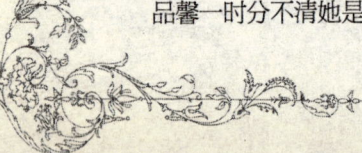

把刚摘下的戒指往她手里一塞,说:"戴戴看嘛!喜欢就叫周邦彦给你买一只,不贵的。"

不贵吗?品馨抚弄着手掌上灿烂的艺术品,因为折射的关系,一闪一闪的看起来特别耀眼,就像会发光的幸福。一阵甜蜜的感觉突然涌上她心头,缓和了刺眼的光芒,也许有一天,将戒指交到她手上的会是周邦彦,或许现在还是可望而不可及,然而对他们来说,又有什么事情是不可能的呢?

她没听话戴上去,她要留着戴她自己的戒指。她微笑着把戒指又还回去,"把它收好,别弄丢了。"

在车内沉默了半晌,品馨问:"你爱他吗?"

静旋耸耸肩,一脸不在乎的模样,"我也不知道,但是他有钱有地位,我不但可以吃好穿好,还可以跻身上流社会,即使不当明星,大家一样很羡慕我,反正我的婚姻和爱情是可以分开的,唯一讨厌的是他样子不好看,身材也不行。"

"那有什么关系,"她以过来人的身份安慰她,"不要在意别人的目光,不然往后的日子你会过得很辛苦的。"

静旋叹了口气道:"怎么能不在乎呢!我是明星啊!"

她笑了,忽然想到什么说:"对了,我们不能逛太久,今天晚上周邦彦就回来了,我得在家里等他。"

静旋睨了她一眼,"知道啦!昨天就看到你一会儿打扫家里,一会儿又弄点心水果的,要不是他要回来了,你哪来这么大的劲!"

话是如此,静旋还是赖到晚餐时分才离去,她换过衣服,稍微补了一下妆,还来不及喘口气,门铃就兴奋地响了起来。

她像小鸟飞舞似的晃到了门边,轻快地开了门,一见到是周邦彦便热情地扑上前,甜甜地撒娇道:"还以为你会早点回来,快把我想死了。"

周邦彦的表情却略显僵硬,她只道他是累了,要他先坐下来休息会儿,一会儿到浴室放热水,一会儿又去泡茶弄水果,就怕他饿了,中间还从厨

房露出半张脸,笑眯眯地问道:"你饿不饿?我弄点东西给你吃?"

"不用了,我不饿,飞机上吃过了。"

"还是弄点生菜色拉给你?"她不放心又问。

他摇摇头,"不要忙了,你也坐着吧!"

她亲昵地依偎在他旁边,手里拿着一只瓶子,那是周邦彦送她的香水,她对着空气喷了两下,嘴上自言自语地说道:"最近有点潮湿,空气里都有一股霉霉的味道。"

周邦彦看到她的举动,脸色忽然沉了。她没注意到他脸上的变化,转头又问道:"你有没有觉得?还是买台除湿机看看有没有效?"

"嗯。"他闷哼一声算是回应。

她看了看他,关心地说:"我看你奔波了一天,一定很累了,泡完澡早点休息吧!"

周邦彦却一副欲言又止的表情。

品馨奇怪地回望他:"怎么啦?有话不说?"

他想了想,终于起了个头:"我在想,还有什么是会比缘分更奇妙的东西。"

听了他没头没脑的问话,仍不疑有它,她傻乎乎答道:"没事想这个干吗?"

"譬如说一些难以解释的神秘力量……"

她怔了怔,不明白他为什么会突然说出这种话?她的心思飘到床底下的木盒子。她忽然紧张起来,她不相信他会知道她心底的秘密,但是她的心却像打鼓般蹦跳得厉害。

周邦彦突然问:"你有什么话想告诉我的吗?"

"我……你是什么意思?"

"还是你有什么想拿给我看的?"

她的脑门轰的一声巨响。

他知道了!

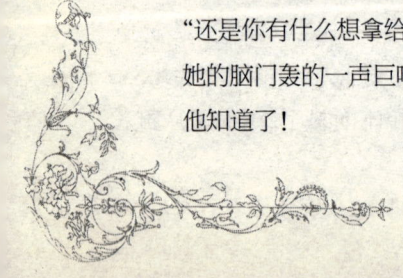

她不敢相信地睁大了眼睛,"你想看什么?"

周邦彦沉不住气了,"品馨,你是不是有什么事瞒着我?"

她仍不愿先摊牌,硬着头皮道:"我不懂你意思。"

"我想看那瓶药水。"

她吃惊地瞪大了眼,"你,你怎么……"

"我怎么会知道不重要,"他接了她的话,"重要的是,我不相信这种事情,更不相信你是那种有心机的人,所以我希望听你亲口和我说,这到底是怎么一回事?"

她垂下了头,一句话也说不出来。她不知道怎么和周邦彦解释,她的确做过那些事,但她绝不是他口中心机重的女人。她是借助了其他的力量,但她也努力付出,吃了不少苦头,事情并没有想象中的神奇顺利,否则又何需拖拖拉拉地耗上十年?更不用说,她是连命都不要了地在爱他,难道就不能将功抵过吗?

她有苦说不出,这下真是跳进黄河也洗不清。她沮丧道:"你如果真的相信我就不会问了。"

周邦彦也觉泄气,"你应该知道我多么希望能相信你。"

"那就别再问了,这些都已经过去了。"她哀求道:"我们都别再提过去的事了好不好?"

他不允许她的含糊不清,坚定道:"我需要知道我身边的女人到底是什么样的人!"

面对他的咄咄逼人,她忽然恼了,"你到底想怎样?你到底想要我说什么?"一路走来已委屈万分,他却好像被她占了天大的便宜,完全不顾她对他的一片真心。气极了又胡乱喊道:"是的!我小气!我自私!我是一个不择手段、心机重的女人!这是不是你要听的?"

她愈是不明说,他的心里愈是笃定,他惋惜地看着她,"你真傻,你怎么会做出这种损人又不利己的事?"

她一听他如此批判她,眼泪马上掉了出来,"那是因为我爱你啊!难道你不爱我吗?"

"如果药水的事是真的,我怎么知道我是真的爱你还是鬼迷了心窍?"

他的话让她哭得更厉害,头一次她不假思索地反击这个她深爱的男人,"都是因为你欺骗了我!"

这话像颗震撼弹一样在他们之间瞬间引爆,她的反击让他的心直往下坠,"原来你的心里有那么多的委屈,早知道这么痛苦,又何必那么大费周章地在一起?"

"你能够模棱两可,我就不能够有难言之隐?"

他读出她话里积压已久的怨气,他冷冷地看着她:"既然我不能信任你,既然你对我充满了怨恨,我想我们就到此为止。"

看着他站起身,大步走向门边提起行李,她如大梦初醒,这不是她要说的话!这不是她要的结果!她只是想要得到他的谅解,她是因为爱情才变得盲目的啊!

她不能让他负气离去,更不能让自己抱憾终生,她冲到他跟前,"事情不是你想的那样,我也不是你以为的那样,我当初只是试试看,没有想到会这样!"

她激动不已,却解释不清,如果可以,她真希望把自己的心给掏出来,好让他看个仔细明白。

周邦彦却冰冷如霜,冷冷地将她的手从肩上拉开。

这举动让她泪如雨下,"我也想过要放弃,可是要不是感受到你的回应,我也不可能一个人唱独角戏这么多年,我还没有疯狂到那种地步。"

他却不相信了,"如果我们之间还是不能如你所愿,接下来你又会做出什么事?"

她怔住了,这样的指控对她来说未免太过严厉了!她就算有罪也罪不至死啊!只一下子她在他心目中竟从善良的天使变成狠毒的恶魔了吗?她难以置信地看着他说:"难道你不想和我在一起吗?难道都是我逼你的吗?药水不能控制人的意志,它只是给我一个机会和你培养感情,如果你对我

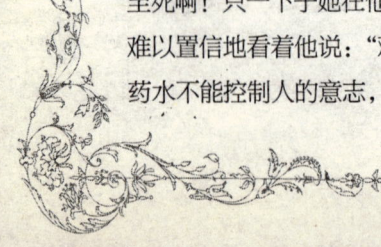

没有好感的话,我们也不可能会走到今天,你懂吗?"

"你不应该对你爱的人耍任何手段,我想我们对爱的认知是不同的。"

他打开门,紧闭的双唇显得脸上的线条更加刚硬,只一瞬间,他们之间仿佛地表突然窜出来一条宽广洪流,迅速地将两人隔开,始终存在的暗潮汹涌终于变成了风起云涌,她措手不及,只得愣在那里。

周邦彦拖着行李走了出去。

＊＊＊＊＊

门上的电铃忽然响起,她一跃起身,冲向门边。

门一打开,她脸上的笑容便僵住了。门外的人竟是许久未见的许恒辅!"你……"她很快便明白,"是静旋告诉你的?"

许恒辅不置可否地点了点头。

她先发制人,声音冰冷地说:"不要再劝我,不用白费工夫了。"

"就让他回到江雁贞身边有这么困难吗?"

她摇头苦笑,"你不明白。"她是被磨炼过来的,时至今日,还有什么是不能的,只是一想到周邦彦离去时脸上的表情,还有他说的那些话,她就过不了这道坎。

见她执迷不悟的样子,他忍不住又说:"这么多年来,在你的眼里、你的心里就只有他,却对身边真正关心你的人视而不见,我问你,他真的重要过一切吗?"

"我知道你关心我,但是……"

"你不要再执迷不悟了!"许恒辅突如其来的咆哮吓到了她,但一想到他待她的好,内疚的感觉让她口气又软了下来,"对不起,我知道我欠你很多。"

"你再不收手,不只是你很累,我也很累。"

"若是放手有这么简单,你怎么不先放手?"

许恒辅忽然抬眼看她,一字一句地说:"那是因为,我也有一瓶药水。"

刹那间,犹如晴天霹雳!

她惊骇道:"这怎么可能?你怎么可能也有药水?"品馨顿时心乱如麻,"你怎么会知道我……不可能……"

他叹了口气,事实上,到现在他仍不敢相信,所谓的药水,还有兰姨。

"你见过兰姨?"

他点点头。

他们解除婚约后,回到英国的他独自来到剑桥,就在那神秘的小巷子里,他见到了兰姨,也知道了所有的事。

原本也不相信,但当他再次从英国回来,想带走发现周邦彦已婚的品馨时,却得知品馨怀了周邦彦的孩子,第一次,他不过是气极了,死马当活马医,直到他从静旋口中得知品馨流产时,他惊讶极了。

"但更令我惊讶的是,你仍和他在一起,不管有多痛苦,有多折磨,你仍然选择了他!"

他纠结痛苦,忍不住又用了第二次。

然后,品馨碰到了江雁贞。"我早告诉过你,周邦彦不会为了你离婚。"一切皆在他的计算中,唯一算不了的是品馨,是爱情。"即使你也清楚你和他没有修成正果的可能,你仍不放手,宁可死……"

知道品馨和周邦彦又复合时,他简直快疯了。

听到这儿,品馨忽然明白了。

眼眶渐红,心跳得厉害,她颤着声,终于问出口:"是你……是你告诉他的?是你告诉他药水的事?是你告诉他我是个心机重的坏女人?"

"我是告诉了他药水的事,但他要如何解读不关我的事,如果是我,你就是杀了人我也不会认为你是一个坏女人。"

想到周邦彦决绝的表情,她面如死灰,"你应该知道我有多快乐吧?你怎么能这样对我?"深爱她的男人竟亲手毁了她得来不易的幸福!

许恒辅深深地叹了口气:"你以为我没挣扎过,没想过要放弃吗?"

第二十一章 原来你不孤独

他回忆着整个过程,虽然经过了那么多年,却像一部他最钟爱的电影,所有的剧情他倒背如流,毫不费力。"如果你不是那么痛苦,那么绝望,我想我会放手的。"

她瞪大了眼,"你以为你是救世主吗?"想起自己那段时间所受的折磨和心里的煎熬,她的心突然像被堵住了,疼得让人难受,"你口口声声说不想看见我痛苦,可是你明知道离开周邦彦才是让我最痛苦的事……"

"因为我认为长痛不如短痛,你和他是不会有结果的。"

她气极了道:"那我和你就会有结果了吗?"停了片刻,她突然大声吼道:"你实在是太自私了!"

"至少我会一直守在你身边,至少我的心里只有你一个人!"许恒辅的脸因痛苦而皱在一起,完全失去了平日的光彩,"我真的好恨!我真的不知道为什么牺牲了这么多,付出了这么大的代价,仍旧事与愿违,我已经不知道还能怎么做了。"

事实就如他所说的,一步一步地,他愈陷愈深,然后深陷泥沼,动弹不得,直到万劫不复的地步。整个过程中他时而后悔,时而不甘心,反复交缠,最后伤人也伤己。

品馨的脸色陡地褪成惨灰色,她整个人瘫在椅背上,只觉得自己快气疯了!"你还骂我傻……你……"这一切的一切实在是太讽刺!太可笑了!原来在爱情里她并不是唯一的烈士!

"对不起。"他别过头,脸颊一侧缓缓地流出了两滴眼泪。"失去的感觉实在是太痛了。"

"你怎么能这样子对我……"她也哭了,一想到周邦彦,她的心都要碎了,那是她拿命换来的啊!

"你可以不要原谅我,但是不要再糟蹋自己了,我愿意做任何事情补偿你,求求你……"

她看着一脸憔悴的许恒辅,仿佛看到了自己的影子。他们一样的执著,一样的自私,一样的以爱为名做了许多不该做的事,也付出了难以承受的

惨痛代价。

她在心里重重地叹息着，真是万般皆是命，半点不由人啊！最后她感慨道："我原谅你，因为我也希望周邦彦能原谅我。"

他看着她，仍期盼着，"你的意思是……？"

她哀伤地凝视着他，"即使不能和周邦彦在一起，我对他的爱也不会停止，这样的我，怎么能和你在一起？"

他一听，眼泪终于哗哗地掉了下来，他再也无话可说了，也许只有放手才能得到全部。

{第二十二章}

成全

晃了大半辈子，好不容易尝到了爱情的滋味，弄到最后却像个小丑一样的不堪。但是相爱的感觉是那样的真，那样的美，想到品馨，他始终忘不了她的笑，她的甜，她的体贴，她的顺从，她的温柔，她的娇媚，他第一次看到她，她天真冒失的样子让他忍不住笑了出来，她头一回写情诗给他，让已中年的他脸都红了……这些画面真的都是假的吗？从头到尾他都是被"设计"的吗？如果能拥有这么真的假，这么美的谎，那他宁可自己永远都活在谎言里。

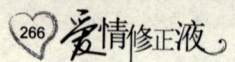

离开了品馨后,周邦彦也没去找江雁贞,就如他对品馨说的,他需要时间好好想一想,理清自己的思绪。

晃了大半辈子,好不容易尝到了爱情的滋味,弄到最后却像个小丑一样的不堪。但是相爱的感觉是那样的真,那样的美,想到品馨,他始终忘不了她的笑,她的甜,她的体贴,她的顺从,她的温柔,她的娇媚,他第一次看到她,她天真冒失的样子让他忍不住笑了出来,她头一回写情诗给他,让已中年的他脸都红了……这些画面真的都是假的吗?从头到尾他都是被"设计"的吗?如果能拥有这么真的假,这么美的谎,那他宁可自己永远都活在谎言里。

一个预料之外的不速之客适时地出现,解答了他心里所有的疑惑。

他一踏出公司,就看到张静旋带了一个大大的墨镜站在角落等他。上次在医院他们并没有什么交谈,一方面是尴尬,一方面是她的敌意也让他感到压力,他甚至没有正眼瞧过她,现在她突然出现在眼前,还是令他有些不知所措,紧跟着他突然联想到是不是品馨出了什么事,他心里一惊,连客套都省了,急忙问道:"品馨没事吧?"

静旋看他脸上慌张的模样,心里已有数,只要他还在乎品馨,事情就有转圜的余地,但是她还是想吓唬吓唬他,她反问道:"你说呢?你这样对她,她能好到哪去?"

第二十二章 成全

周邦彦听了她含糊的回答更是着急,"她到底怎么了?她现在在哪?"

静旋看在眼里,心里感慨万千,不知为何心里一酸,眼泪跟着掉了下来,周邦彦怔了怔,整颗心顿时纠成了一团,他紧抓她的双肩着急道:"品馨到底怎么了?你快点和我说!"

静旋被他突如其来的举动吓了一跳,她制止他,"换个地方说。"

周邦彦跟着她走到公司楼下,他们找了一个巷子里的小咖啡馆,咖啡厅里人虽不多,但静旋前一阵子才上了几天的版面,还是有不少人认出她,冲着她的明星光环对着她指指点点,好在她的光环亮度已失,所以也没有人真的上前来打扰他们。

静旋已不把这些虚名放在心上,此刻她只关心品馨的幸福和安危,她毫无保留地将所有的事情告诉了周邦彦,"我承认她很傻,但她也付出了代价。"

周邦彦虽然心疼品馨,但江雁贞何其无辜?他们怎能将自己的快乐建筑在另一个人的痛苦上?而这另外一个人还是一直深爱他的妻子!

"难道你不爱品馨吗?难道你们之间全都是假象吗?如果你真这么觉得,为什么不回到江雁贞身边呢?"静旋一连串的问号让他无话可说,事实上这也是他急需厘清的部分,他比谁都想知道,他是否爱错了?或是错爱了?

静旋见他不说话,以为他铁石心肠,不知好歹,她气道:"你知道她是怎么在对你的吗?你知道她为了你解除婚约,放弃了一个好男人的求婚吗?而那个时候你们之间连八字都还没一撇。"

"即使知道你结婚了,即便知道你们之间没有可能,她还是死心塌地地和你在一起,忍受家里的压力,心甘情愿做你背后永远见不得光的小女人。"她还记得品馨不敢和家人说周邦彦已婚的事实,面对家人的担心,总是骗说自己心还不定,不想那么早结婚,品馨的父亲甚至还打了电话给她,要她帮忙劝劝自己的女儿。

老人家很是不满,三番两次地和她说:"人家哪里不好呢?要地位有地位,要学识有学识,长得也是一表人才,她还挑什么呢!"其实品馨的父亲没见过周邦彦,所有的信息来源皆为报章杂志或是品馨口述。"这孩

子什么都不肯和我们说,你们那么好,帮我问问看,她到底在想什么?年纪也不小了还说什么心不定……真是的!"静旋把老人家唠叨叮咛的话全转述了一遍,品馨听了只苦笑,什么也没说。她知道她心里苦,忍不住替她打抱不平,"你为什么不和周邦彦说呢?他也应该知道啊!"

"和他说了也没用,只是增加他的心理负担而已。"品馨根本不认为周邦彦需要知道这些,她在两个人的周围画了一个圈圈,独自抵挡任何外来的压力。

静旋冷言冷语:"你不晓得吧?她是这样子在保护你的。"她不理会周邦彦逐渐苍白的脸色,仍自顾自地说:"即使你没有给她任何承诺,她还是忍受所有的不安全感,过着有一天算一天的日子。"

"她知道你爱吃凤梨,每次等你回来才买新鲜的不说,还细心地先把有核的都挑起来自己吃掉。"静旋愈说愈伤心,愈说愈替品馨不值,"不管到哪里,她的心里想的都是你喜欢的,你爱吃的,她仿佛是为你而活的。"

静旋的一字一句听在周邦彦的耳里,真是如雷贯耳!静旋的话就像狂风暴雨一样打得他满头满脸冷汗直流。他一直以为她只是乖巧柔顺,曲意迎合,没想到背后竟是这么用"心"在支撑着!

她狠狠地瞪视着他,"我从头到尾都反对,因为你根本就配不上她,你只是利用她的爱,对她予取予求,你又何曾替她着想过?真正的替她做些什么?对你而言,她不过就是多出来的温柔,何乐而不为呢?"

一想到品馨一直对周邦彦的误解耿耿于怀,她忍不住又说:"她为你做了那么多的事,没有功劳也有苦劳吧?你怎么能用"病态的执著"便一语带过?"说到这儿,静旋再也忍不住,像是要把气全发在周邦彦身上,"那是用心啊!你傻了吗?你的心死了吗?你怎么一点都看不出来?是不是因为来得太容易所以就不懂得珍惜?如果品馨肯听我的,一定不会有今天的下场!"

周邦彦心里已经疼得说不出话来,但是让他更痛的是,静旋接下来要说的话,一个令人震惊的事实——那瓶药水只要用到第四次,就会只剩下一年可活。

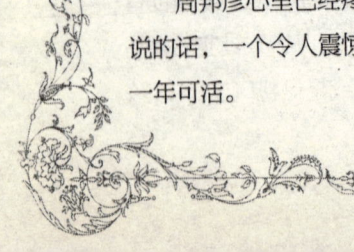

第二十二章 成全

周邦彦心中一凛,急道:"那她人呢?她在哪儿?快点带我去找她!"

"我不知道。"如果她知道,也不会跑来找周邦彦了,"在来的路上我就一直打手机给她,电话都是关机的状态,我也留了言……"

听到这儿,周邦彦再也坐不住了,他突地站起身说:"我们去她住的地方看看。"

周邦彦的觉悟对品馨而言似乎来得太晚,但她并不恨谁,她比谁都清楚始作俑者就是自己,她是没有资格责怪任何人的。她心里想的都是周邦彦和她共度的那段日子,那才是真正属于他们俩的生活。当她所编织的梦跃进了现实生活后,每天晚上她都是在爱的包围下冉冉睡去,到了早上,她却沉浸在爱里赖着不肯醒来,她的幸福比梦还美,她所拥有的比原先希望的还多。

她的心随着她的爱愈来愈坚定,如果能够和他厮守在一起,哪怕只有一年的时间,也够她在地底下回味一生了。

周邦彦的车开得飞快,沿途连着闯了好几个红灯,静旋看到他的毛躁,反而收了泪劝道:"我知道你心里急,可是你这样子开车太危险了。"

静旋的提醒让周邦彦稍微镇定了自己的情绪,他极力忍耐着体内快要爆掉的感觉。

好不容易抵达了目的地却没人在家,周邦彦不断地拍打着门喊道:"品馨!快点开门!是我!"静旋在一旁手忙脚乱地拨着电话,品馨的手机仍不通,她焦急地看着周邦彦,"怎么办?要上哪去找她?她会去哪呢?"

一时心有所感,他脱口而出,"我家!"

* * * * *

江雁贞听到周邦彦轻描淡写地说自己一个人住在旧居,心里便七上八下,如果真如兰姨所说的,他们之间会像那副世界牌一样,辛苦终有所值,那周邦彦为何不搬回家?难道仍是因为那个女人?想到这儿,她的心凉了一半，原先笃定的事，现在又不确定了。

品馨找上门时，她的不确定变成了大大的问号，她涨红着脸瞪着眼前的情敌，品馨被她看得尴尬，但还是硬着头皮说："我是……"

"我知道你是谁。"她很快地打断她，同时，她也冷冷地打量着她。

"我有重要的事想和你说，希望你能给我一点时间。"只起了个头，品馨的眼眶便红了，但她仍极力克制住想哭的冲动。

江雁贞很想听她说什么，反正一定是和周邦彦脱不了关系，只要和他有关的事她都想知道，但她仍顽固地僵在原地，像对自己赌气似的，不肯妥协。

品馨祈求地看着她："求求你听我说，我没有别的意思，你听完以后就会明白了。"

她犹豫着，终于侧过身让品馨进到屋里。

她极力扮着优雅，还命人泡茶，等到坐下来面对面后，她的神经忽又绷紧，眼神充满防备，"你想和我说什么？"

"对不起。"品馨说。

她没想到对方会和自己道歉，这一向她早已把品馨给定位成不择手段、不达目的誓不罢休的坏女人，而眼前的坏女人却和自己所认知的不同，不但柔柔弱弱，甚至还向自己低声下气。

"我真的很抱歉。"品馨继续说着："但是事情的过程错综复杂，一步一步地就演变成今天这个局面了，我不晓得该如何向你解释，我只能说，这绝非我本意。"

她冷笑着，哪个介入别人婚姻的女人会说自己是有意的呢！

但品馨却告诉了她有关药水的事。

她听着听着，只觉离奇荒诞，但忽然想到什么，"你刚说什么塔罗牌？"

"是的。"

她再度确认，竟是同一个女人，名唤兰姨。

而她给她们抽的牌竟都是一样的！

江雁贞哑然失笑，她居然还抱着那么大的希望，但那药水……"药水

是真的。"品馨将药水拿出来，放在桌上，诚恳道："我只想和他好好地过完这一年，希望你能成全我。"她哽咽道："等我走了以后，请你……请你好好照顾他。"

她疑惑地看着她，"你是真心爱他？"她一直以为品馨不过是看上周邦彦的家世条件，毕竟他们的年纪相差许多。

"我是爱他的，我只是不懂得怎么去爱。"品馨的语气平和，泪水却一滴一滴从眼角淌出，沿着颈子、胸口，依序滑落到膝上。"也许一开始只是我的一厢情愿，可是渐渐地，我们有了互动，有了交集，事情也就产生了变化。"

她从品馨的口中听到了不可思议、整整十年的爱情追逐，即使是身为旁观者，她都能感受到那种百般纠结、心力交瘁的痛苦。她相信她是吃尽了苦头，但品馨既是被害者也是加害者的身份让她无所适从，无法以平常心看待这一切。

只是……一个男人要如何抗拒一个如此深爱自己的女人？她不禁在心里问自己。

"我愈是爱他，就伤得自己愈重，尤其在知道他结婚了以后，我几乎恨到发狂，却找不到恨的对象。"当时突然蹦出来的真相，对她而言就像是一种极其残忍的刑罚，事后她虽九死一生，却已遍体鳞伤，想到那时的情景她再也忍不住哭了，"我多么希望有人可以救我……好几次我都以为自己快撑不住了。"

她告诉江雁贞，一路走来她最想知道的是，痛苦是否有尽头？

一句话点出了品馨受尽煎熬的事实，江雁贞听了心里隐隐作痛，她并不知道在她恨到无以复加的同时，还有人与她做伴，原来这一场战争中并没有谁真的得到胜利。

"后来我看开了，只要有爱，名实不相符我也认了，只是没想到我们这么快就会遇上。"好不容易止住的眼泪又掉了下来，她吸着鼻子，强忍着胸口中的酸楚，"但最让我痛心的不只是周邦彦的决心，而是他竟连考虑都不曾考虑便决定回到你的身边，有一度我几乎快要崩溃了，难道我和他的过去都是假的吗？都只是我的幻觉吗？所以我……一时受不了，真的很抱歉。"

看着品馨呜呜地哭了起来，她的心情沉到了谷底，她不晓得该怎么原谅，更不晓得该如何责怪一个糊里糊涂、傻里傻气的"凶手"。

品馨仍哭着说："请你好好照顾他，别和他生气，只要不跟他硬碰硬，他还蛮好说话的。"周邦彦说话直截了当，有时难免让听的人觉得刺耳，幸好她知道他刀子嘴豆腐心，并不以为意。

"还有，他虽然外表很刚强，其实很喜欢被照顾、被宠爱，像女人一样。"想到周邦彦和她在一起的画面，她的脸上浮现出久违的笑容。

她记得周邦彦尤其喜欢她将他照顾得无微不至：盖棉被、折枕头、拿浴巾，吹头发等细腻的小动作经常让他感到暖心。

"他这个人嘴硬心软，如果他生气的话，你只要不讲话，任由他说，把他当耳边风就好了，一会儿就过了。"周邦彦心直口快，又没耐性，经常动气，好脾气的品馨总让着他，紧抓住"一个巴掌拍不响"的原则不放，使得他的脾气每每像一阵风刮过，要不了几分钟便没事。

"如果你心里真有什么不开心，当下别和他吵，事过境迁后再和他提，他也是会反省的。"相处久了，周邦彦的脾性也被品馨摸得一清二处，她知道他大男人又好面子，所以只要碰到任何严肃的话题，她都会另外找寻适当的时机提出，委婉地陈述自己的想法，绝不在火上扇风加油，避免争执吵架的可能。

品馨说了许多，但仍怕还有什么事漏掉没说，歪着头苦苦思索。"他虽然说不出甜言蜜语，但我知道他对你还是有情有义。"

江雁贞听着另一个女人在她眼前教她如何和自己的先生相处，心中五味杂陈。

她说的她似乎都知道，但又似乎都不懂，她一直想他该如何对自己，却不曾想过自己该怎么去待他，而品馨，她似乎毫不在意对错，也不在乎结果对谁有利，她唯一想的就是自己的先生，她以他的喜为喜，她以他的悲为悲，她对他的爱可以说是发挥得淋漓尽致，真真正正地爱到深处无怨尤。

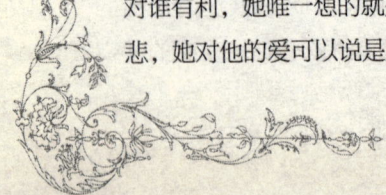

第二十二章 成全

她对他而言,不再是甜蜜的负担,而是良心的包袱,就算他回来了,也不过是尽责而已,想到这儿,她的心更痛了,"也许……他爱的人不是我……"她哀痛地说。她和品馨还没有真正交手,就感觉自己已经一败涂地了。

她或许可以利用周邦彦的良心阻挠他们,但她不忍看到自己的爱情沦为别人的绊脚石,如果她的爱能从占有转为牺牲,如果她能用这一年的时间和他重新来过,那么她在周邦彦的心里是否也会从沉重的包袱变成美好的回忆?也许事隔多年后,当那些风风雨雨的记忆逐渐淡去,他会赫然发现,他仍然深爱着她。美好的愿景使她强忍心中的痛楚道:"我只想问你一句话,你真的肯为他而死?你不后悔吗?"

品馨温柔而坚定地答道:"我不是为他而死,我是为了我自己。他给了我这个世界上最美最好的爱情,我一生一世所追求的是他满足我的,我怎么会后悔呢?"她想得很清楚,水能载舟亦能覆舟,一个愿望,成就了所有人,她还有什么不满足。

她怀疑道:"可是他曾经让你痛不欲生啊!你不恨他吗?"

"爱与恨是对立的,恨无法在爱里长生。"

"可是只有一年……"

"这样的感觉别人连一天都无法给我。"

她哑口无言,品馨的真情彻底打动了她,过去她一直认为是他们联手摧毁了她的幸福,但现在她却发现自己没有办法恨了,爱的感觉深深地融化了这一切,她强忍住泪水问:"如果一直没名没分你也愿意跟他吗?"

"嗯。"品馨毫不考虑地点头。

江雁贞一听眼泪便掉了下来,她无话可说了,也许只有放手才能真的得到全部。

* * * * *

江雁贞的眼眶已经被泪水浸透,千回百转的思绪让她麻痹已久的心灵重新觉醒，原来自己也爱过，也痛过，也期待过，也失望过，仿佛又回到了好久好久以前，那个对爱情充满了殷切期盼和梦想的少女，不知不觉中，脸上渐渐出现了许久不曾绽放出的光彩。

她突然眼睛一亮，紧握住品馨的双手说："我这辈子最重要的就是我的家，不要拆散我们。"

品馨愣了一下，一时反应不过来，江雁贞已松了手，抢过搁在桌上的瓶子，一饮而尽。

品馨骇然，霍地站起身，大惊失色道："你在做什么？"她扑过去拉住她说："你为什么要这样做？"

江雁贞痛心地说："我早就该成全你们的……"

这一刻，她因懂得成全而不再怯懦。

"你怎么那么傻！"品馨哭着抱住她，"这不是你的错，没有我的起头，又哪有后头呢？"

江雁贞也哭了，她激动得哭到声音都哑了，她伤心地哭喊道："你不晓得我们从来都没有像夫妻那样地生活过，那样地了解，那样地相爱！你知道我有多么失望吗？我失望透顶了！"这么多年下来，好强的她即使在独自一人的时候，都不敢去想她的婚姻其实是她人生的一大败笔，她只能在人前以乐观随和掩饰自己内心无法面对的事实，而今，她竟然向一个外人开口说了她一向羞于启齿的话，透露了她心中最沉痛的秘密！她的泪"哗哗"地流个不停，"所以我想通了，一年也好，一年的有也总比一辈子的无好。我走了以后，你们就可以在一起了，只要你不在公开场合出现，我的家就会永远存在，这是最好的方法了。"她心里想的是，只要品馨不要名分，她永远都是周邦彦的太太，不管是生前还是死后。他们婚姻的真相会随着她的死去而埋葬，从此她再也不用烦恼她的生活要如何的"实至名归"了。

江雁贞颤抖着声音，对着瓶子许下了她这辈子的梦寐所求———年的真心相爱，一年的家庭和乐，一年美满的夫妻生活，一年毫无遗憾怨怼的人生。

第二十二章 成全

品馨在一旁早已泣不成声，许完愿后，江雁贞故作坚强地对她说："现在换我要对你说，我死了以后请你好好照顾他，还有我和他的孩子。"她的眼泪一颗接着一颗，不听使唤地从眼角滑落下来，她含着泪祈求地看着品馨，"请你给他们一个充满爱的家。"

品馨痛哭流涕，不断点头道："我会的，我会的。"但是怎么可以是这样的结局？这不是她要的啊！她的爱竟然伤害了一个最无辜的人！她受不了这种折磨，心碎得不知该如何是好,她终于发自内心地忏悔！后悔！"我错了！我错了！我什么都不要了！我把他还给你，然后永远消失在你们面前！"

突如其来的强烈拍门声惊醒了她们两个人，江雁贞才站起身，就看到已等不及、自行开门闯进来的周邦彦。

"你果然在这儿！"跟着进来的静旋一看到品馨便着急道："你没事吧？"她赶到品馨跟前，一脸担心地说："我好怕你……我把周邦彦带来了，你放心，他都明白了。"

品馨哭着说："江雁贞她喝了药水！"

周邦彦想到来之前静旋告诉他的话，又气又疼地问江雁贞："你知不知道同一瓶药水用到第四次会有什么下场？"

"我知道，品馨全告诉我了。"

"她打算再使用最后一次，只希望我能成全你们，让你们好好地在一起一年，一年后她也可以死而无憾地离开了。"江雁贞看着品馨，泪水模糊了她的视线，模糊了她一直想看清楚的那张脸，心中的恨意也因此淡去许多，她的情绪愈来愈和缓，"可是我知道，就算她死了，你的心也不会回到我身边，而她却会永远活在你的心底。"

周邦彦一直处在震惊中，他无法接受两个女人争先恐后地为他牺牲，他何德何能有此际遇？就像静旋说的，他何时真的为他身边的女人做过什么了？比起她们，他的付出是如此的微不足道。

他自责道："都是我的错，我太自私了……"他娶了江雁贞却没能好好对她，他接受了杨品馨的感情后又一再地优柔寡断。他一直将自己看成

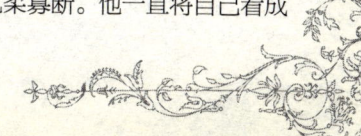

是一个施予者，因为来得容易，使他觉得只要敞开大门便是最大的恩惠了，事实上从头到尾他最爱的人就是自己，只是他并不觉得有何不妥，他甚至觉得，不爱自己的人又如何去爱别人呢？因此爱自己才是当务之急，才是首先要做的事。然而他却不知道，爱别人和爱自己是没有抵触的，当你充满爱的时候，你不会去伤害别人，别人也伤害不了你。

真正的爱是不会伤人又伤己的。

周邦彦看了看江雁贞，又看了看杨品馨，"你们口中的兰姨到底在哪儿？带我去找她，解铃还需系铃人。"

静旋叹气，"找到她又能如何？"

周邦彦果决地说："找到她，告诉她，我愿意代替雁贞，有什么帐都算在我身上！"

江雁贞一听，眼泪也淌了出来，周邦彦并不像自己以为的那样无情啊！

在另一个时空，一对男女正观望着这群人。

Tony 先开口了，"怎么办？咒语解除了。"

原来，要破解这瓶药水的咒语就是无私的爱，当有人发自内心愿意牺牲自己成全他人的那一刻，它就已经失效了。

兰姨笑了笑，"这不是很好吗？他们已经了解到爱不是占有，而是成全，这是好事呀，就当做是祝福他们的礼物吧。"

"礼物？我们又不是圣诞老人！"Tony 气呼呼地，"真背！这一单居然白干了！"

兰姨看 Tony 一副气急败坏的样子，"噗嗤"笑了，这也难怪，毕竟千百年来，这样的例子仅为少数。

"算了！损失算一人一半好了。"Tony 双手一挥，无可奈何的样子，还是挺讲义气的。

两个人你一言我一语地隐没在不知名的时空尽头。

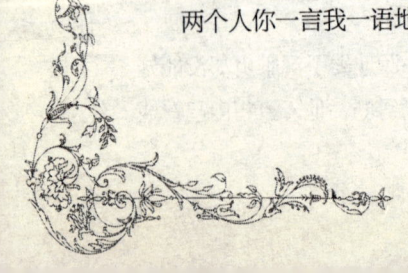

{尾 声}

  品馨笑得苍凉,感叹道:"时间过得好快啊!"她还记得刚和周邦彦在一起时,她就已经知道,他在她的心里将成为永恒,而他们活在这个永恒里早已忘了时间。

  她抬起头看着清澈的蓝天,亲切爽朗得一如周邦彦年轻的时候。她的嘴角浮现出淡淡的微笑,突然转头看着静旋,豁达地说:"下一回不知是我送你,还是你送我?"

二十五年后,品馨从医院走出来,在赶回家的途中她打了电话给江雁贞。

正如江雁贞所说的,她的确很快就找到了幸福。品馨和周邦彦结婚一年半后,江雁贞也嫁到美国去了,而孩子们自然跟着改在美国受教育,这亦是原先她所期望的。江雁贞的第二任丈夫在美国几个主要城市开了好几间大型的超市,专做华人的生意,事业稳定之余,还有许多时间可以陪伴着她四处旅游,她不止一次和品馨说:"以前我不懂,因为要面子,也因为认定了这个人的关系,我从来都不曾想过,生命还有很多可能,可以说是我把自己给困住了。"幸福的光辉在她脸上像花开似的灿烂,她笑盈盈地说:"现在我的生活里再也没有妥协、无奈、勉强、不甘心这些字眼了。"

已经替周邦彦生了一个女儿的品馨也感同身受地说:"你不能给他幸福并不代表你不能给别人幸福,在对的时间碰到对的人无疑是天底下最美好的事了。"她和周邦彦的相处并没有像童话故事般的完美无瑕,但是经历过太多风雨的他们懂得如何珍惜对方,也因此两人之间的相处即使偶尔刮风下雨,也不至于酿成大风大浪。

他们就这样携手走过了二十个年头,一直到四个多月前周邦彦因腹痛进了医院,原本风平浪静的生活才又起波澜。

一开始周邦彦老说自己胃闷胀气,偶尔还会拉肚子,品馨劝他去看医

生,他总推说小病不要紧,劝得他烦还会不高兴地说:"别看我快七十了,我的身体还健康得很。"品馨每次都得像哄小孩似的说:"没有人说你不健康啊!但是这样胃一直痛着不舒服嘛!"品馨倒不曾往坏处想,看到他经常喊累也只当他是老了,没想到很快地周邦彦整个人便瘦了一圈,看他日渐憔悴的模样,她不禁紧张起来,最后周邦彦熬不过她,只好让她陪着去医院检查。

检查的结果竟是出乎意料的噩耗!周邦彦不但罹患了肝癌,而且已进入了末期。

医生严肃地告知品馨:"他左边的肝脏已经充满了癌细胞,而且右边也发现了数粒大小不一的癌细胞,实在不适合再动任何手术了。"最后医生郑重地说:"大概就三个月到半年左右,好好陪他吧!"周邦彦对生死无常看得挺开,唯独对年纪尚轻的品馨有些挂心,但品馨表现出来的独立和坚韧似乎都在告诉他没什么好不放心的。品馨仍旧积极乐观,她不赞成坐着等死,最后他们采取了中药治疗,也因为品馨拒绝再让周邦彦吃更多的苦头。

只是原本以为的天长地久突然间压缩成了三个月到半年,两个人都觉得应该把后半辈子要做的事加紧塞进所剩不多的时间里,不过认真地想了半天后,居然找不出任何急需处理或交代的事情,周邦彦为此感到安慰地对她说:"我这辈子真的够了,上天给我的都是最好的。"他轻抚她的脸庞,慈祥地看着她说:"有你陪我走完这一生,我真的很幸福。"

想到这儿,眼泪突然从眼角淌了出来,就在刚才,医生告诉她周邦彦的情况很不乐观,要她准备一下,她不知道要做些什么,一个人呆呆地守着病房许久,才忽然想到要给在英国念书的女儿打个电话,要她立刻请假回来。

等到周邦彦睡了以后,她这才慢慢地走出医院,想着该回家一趟,拿几件周邦彦的换洗衣服。最后她趁着红绿灯的当口拨电话给江雁贞,希望她能回来见周邦彦最后一面。电话那头的江雁贞惊讶道:"怎么会这么快?"距离上次品馨和她说周邦彦生病时也不过才相隔四个月。

"我先让小孩子回去好了。"江雁贞沉吟道。

"那你呢?"

"我年纪大了,而且身体不太好,可能没法子长途飞行……"周邦彦大了江雁贞足足八岁,才六十几的她,照理身子应该还很硬朗。

但品馨还是体谅地说:"那……没关系,孩子回来就好。"

"有什么……变化再和我说。"

"好。"

挂了电话后品馨的心里满是感慨,只不过二十多年,江雁贞的转变还真是彻底啊!想当初她还流着眼泪愿牺牲生命只求能和周邦彦好好在一起过一年,现在却连见最后一面都显得意兴阑珊。

她至今仍记得静旋曾经对她说的那句话:"每一个人都是会变的。"静旋自己更不用说了,兰姨的事情过了后,她决定退出演艺圈,随着丈夫移民到加拿大,专心在家相夫教子。生了两个小孩的她,不只心性稳定多了,连体重也跟着直线上升,婚前婚后竟差了二十公斤。

而她自己呢?结婚后第一年她终于如愿以偿地怀了孕,生了一个可爱的女儿,她和周邦彦便开始聚少离多的婚姻生活,一直到几年前周邦彦决定退休,将公司交给专业经理人,开始过起每天看山看水的幽闲日子,那几年烦心的事少了许多,做了二十几年夫妻的两人,难得地过了一段出双入对的甜蜜生活,品馨总以为日子会一直这样过下去……

和江雁贞通完电话后一星期,周邦彦走了。

那天晚上周邦彦全身剧痛,腹胀如鼓,只一会儿他突然张大了嘴,鲜血一大口一大口地从体内喷洒而出,就连下体也开始排出血来。尽管事前医生已告知这是肝癌末期所引发的食道静脉曲张破裂的缘故,但现场看了仍教人触目惊心,孩子们全都吓坏了。品馨虽然早有心理准备,但看着他被病痛折磨得几乎奄奄一息时仍觉心如刀割,她趴在病床旁,紧握着周邦彦的双手,恨不得能替他分担一些痛苦。他们唯一的女儿在一旁低着头咬

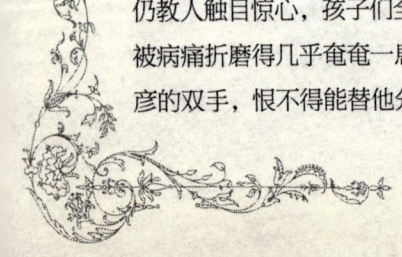

紧牙关,不让自己哭出声音,因为品馨一早便交代过谁也不许哭,要让爸爸安心地离开。

品馨整个人难受不已,眼眶都红了,最后,她极度不舍,忍痛压低声音在他耳边说:"你好好去吧!我会照顾好自己的。"看到已陷入昏迷状态的周邦彦,她的心真是疼啊!她强忍住悲痛又说:"下辈子我们还会在一起,你等我!"仿佛是在响应她的心愿,周邦彦突然停止挣扎,用尽力气捏了一下她的手掌,终于吐出了最后一口气。

静旋听说了周邦彦的事,立刻启程赶回台湾陪伴品馨,没想到周邦彦走得快,竟连最后一面都没来得及见上。

在追思会结束后,静旋扶着品馨慢慢走出会场,她轻轻拍着好友的肩,半是欣慰半是开玩笑地说:"你变得好坚强,我准备的面纸居然都没派上用场。"

品馨笑得苍凉,感叹道:"时间过得好快啊!"她还记得刚和周邦彦在一起时,她就已经知道,他在她的心里将成为永恒,而他们活在这个永恒里早已忘了时间。

她抬起头看着清澈的蓝天,亲切爽朗得一如周邦彦年轻的时候。她的嘴角浮现出淡淡的微笑,突然转头看着静旋,豁达地说:"下一回不知是我送你,还是你送我?"

静旋抱以会心一笑,时间对她们而言早已失去意义,她们彼此已深入对方的记忆,超越生死,永远都无法抹灭。

"就算什么都忘了,我还是会记得对你一见钟情的那一刻,那时的我没有放弃,现在也不会。"

——《巴尼的人生》

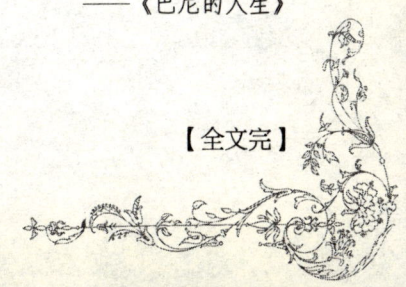

【全文完】